意林

公元787年，唐封疆大吏马总集诸子精华，编著成《意林》一书6卷，流传至今

意林：始于公元787年，距今1200余年

U0889259

意林®轻文库

青春最美，梦想出发

中国式好看轻小说优鲜品牌

凤九卿（六）

元宝儿 著

吉林摄影出版社
·长春·

图书在版编目（CIP）数据

凤九卿. 六 / 元宝儿著. -- 长春：吉林摄影出版社, 2016.7
（意林·轻文库. 绘梦古风系列；018号）
ISBN 978-7-5498-2647-6
Ⅰ. ①凤… Ⅱ. ①元… Ⅲ. ①长篇小说－中国－当代Ⅳ. ①I247.5
中国版本图书馆CIP数据核字(2016)第161265号

凤九卿（六）
Feng Jiuqing（Liu）

著　　者	元宝儿
出 版 人	孙洪军
总 策 划	安　雅　张　星
责任编辑	施　岚　胡晓路
图书统筹	安小纪
特约编辑	黄佳佳
绘　　图	源　雪
书籍装帧	胡静梅
美术编辑	王　春
开　　本	700mm×1000mm　1/16
字　　数	260千字
印　　张	15
版　　次	2016年7月第1版
印　　次	2017年3月第2次印刷

出　　版	吉林摄影出版社
发　　行	吉林摄影出版社
地　　址	长春市泰来街1825号
	邮编：130062
电　　话	总编办：0431-86012616
	发行科：0431-86012602
网　　址	www.jlsycbs.net
经　　销	全国各地新华书店
印　　刷	北京嘉业印刷厂

书　　号　ISBN 978-7-5498-2647-6　　　　定价：24.80元

目录 CONTENTS

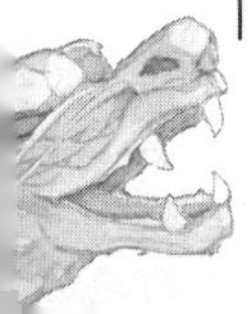

第七十章 凤皇后喜得贵子

疫中逃亡

两天之后，轩辕容锦带着暗卫风风火火地回到京城。他没有在第一时间回宫，而是直接去了丞相府，与贺明睿会合。

看到容锦和九卿安然无恙地出现在自己的府中，贺明睿的脸上是掩不住的惊喜和诧异。

“皇上，皇后，你们总算是回来了！还以为你们在承阳发生了意外，我正想写信给吴将军求助，就接到你们派人送来的加急信件，让我速速抓捕姚天寿……”贺明睿的情绪很少会这么激动。实在是这次的事情闹得有些大，就连他这个见惯大场面的人，也差点儿招架不住。

轩辕容锦点了点头，对他道：“有什么话，我们还是先进屋再说。”

贺明睿这才反应过来，急忙将众人请进了屋子里。

待众人坐稳之后，贺明睿才心有余悸地道：“姚天寿私自调兵去承阳准备屠城这件事，我昨天下午才知道。这老狐狸精明得很，皇上以寻找皇后为由离开京城的这些日子，他一直不显山不露水，每天按时去议政殿与大臣们商聊国是，并不曾显露出任何野心。直到昨天臣接到皇上的密旨，派人对他进行抓捕，才得知这老狐狸竟然偷了赵将军的虎符，在赵将军完全不知情的情况下，从军中偷偷调遣两万兵马，以承阳发生瘟疫为名，准备进行大规模屠城。”

凤九卿秀眉一挑：“你说的赵将军，是顾琰广当初向皇上力荐的那位吗？”

贺明睿点头：“没错，就是他！不知姚天寿在赵将军身边安插了多少奸细。那枚虎符被赵将军藏到了家中的秘密之地，结果前些天他因公出了一趟门，再回来的时候，虎符已经不见了。要不是昨天去姚府抓人，意外发现了那枚虎符，恐怕现在虎符已经下落不明。不过皇上放心，姚天寿现在被关进天牢。赵将军也在等皇上回朝之日，亲自来皇上面前负荆请罪。”

憋了一肚子火的轩辕容锦，这次说什么都不会再放过姚天寿。

回到京城的第二天，他便亲自去刑部提审姚天寿。

自知已经死到临头，身穿囚服，被扣了手铐、脚镣的姚天寿，被推跪在地时，嘴边还露出满不在乎的冷笑。

“自古成王败寇乃为常事，我这次输给皇上，只能说我棋差一着，技不如人。砍头不过碗口大个疤，若有来世，我姚天寿仍旧是一条英雄好汉。”

见他死到临头还不悔改，轩辕容锦语带讥讽道：“做了这么多伤天害理的事情，等待你的只有上天对你的惩罚。至于英雄好汉，你还是歇了这份心思吧！”

姚天寿面色微微一变，色厉内荏地大吼：“要不是因为你，我怎么会沦落到今天这个地步？是你！是你逼我的！”

“朕逼你什么了？”

“要不是你为了那个凤九卿，将我的灵儿打入冷宫，我怎么可能会落得今日下场？轩辕容锦，你和凤九卿两个奸恶之辈，一定会遭到上天的报应的。”

话音刚落之际，“啪啪”两掌，站在旁边的江虎将手狠狠地抽在姚天寿的脸上。抽完，还不忘出言警告：“皇上面前，休得放肆！”

挨了两耳光的姚天寿吐了一口血水，破口大骂道：“他根本就不配坐在这个位置上！”

轩辕容锦慢慢步下座椅，走到跪在地上的姚天寿面前，居高临下地看着他：“朕不配，难道你就配吗？”

姚天寿振振有词：“你如何知道我不配？说不定我坐这个位置，偌大的江山会在我的掌管之下变得更加繁荣昌盛。”

轩辕容锦嘲讽地笑了：“配与不配，这不是由你说了算。你要是真能扭转黑阙的命运，朕今天也没有机会站在这里看着你成为阶下囚。姚天寿，大道理朕不屑同你讲，只要你交出解药，朕可以念在大家曾君臣一场的分儿上，放你女儿出宫，还她自由。至于你……”他负着双手在姚天寿身边转了一圈，“朕也可以网开一面，饶你不死。将你们父女二人贬为庶人后，送你们离京，永远离开这个曾给你们带来伤害的地方，你觉得可还公平？”

虽然他恨不能将姚家父女二人千刀万剐，可想到九卿身上的毒，他必须做出这样的取舍。

“哈哈哈……”容锦话音刚落，姚天寿便仰天大笑，“没想到我黑阙一代铁血帝王，为了一个女人，竟然连恨之入骨的死囚都可以放过。轩辕容锦，你对凤九卿还真是用情至深啊！可惜啊可惜……”姚天寿用十分同情的目光看了容锦一眼，“别说我根本就没有解药，即便我有，也不会交给你。像你这种心狠手辣、不择手段的人，就算暂时饶我父女一命，待凤九卿康复之后，也会想尽一切办法将我们置于死地。左右都是死，我们父女为什么不拉一个垫背的来陪葬？哈哈，有黑阙皇后为我父女二人殉葬，即便是死，我此生也死而无憾！”

不理会轩辕容锦瞬间阴沉下去的俊脸，姚天寿用力咬了咬牙根。

“不好，他牙里藏了毒……”江虎反应过来，想要冲过去阻止，姚天寿已经七窍流血，轰然倒地。

临死之前，他还不忘向容锦投去一个得意的笑容：“轩辕容锦，你且记得，属于你的风光，很快……就会成为永久的过去！”

说完这句话，姚天寿永远地闭上了双眼，结束了他这荒唐的一生。

江虎探了探他的气息，冲容锦摇了摇头：“已经死了！”

轩辕容锦心中五味杂陈，说不出是什么滋味。

姚天寿死了，他的九卿怎么办？难道他要眼睁睁看着九卿有朝一日毒发身亡，与自己天人永隔？

姚天寿最后是以谋逆罪被定罪的。他自杀之后，被关在冷宫中的姚雪灵也被赐了一条白绫，与姚天寿一起被下了葬。

姚家父女一死，跟着之前还在“张罗”的选妃事宜被暂时搁浅。

朝中一连发生这么多事，没有哪个大臣胆敢在这个时候惹皇上不痛快，又不是活得不耐烦了。

回京之后，凤九卿始终没有放弃对鬼见愁的期待。

当日她离开承阳之前，曾对容锦派去阳河镇等鬼见愁回来的两个暗卫吩咐，让他们仔细调查一下这个鬼见愁的来历，以及他平时出门的一些习惯和规律。

几天之后，那两个留在承阳调查鬼见愁下落的侍卫急匆匆回到京城，回报了一件令她意想不到的事情。

承阳，乃至整个阳河镇，根本就没有一位名号叫鬼见愁的神医。

这突如其来的消息，令凤九卿一时之间有些无法接受。若世上并无此人，骆逍遥为何会费尽千辛万苦将她骗去承阳？

他这么做，究竟有什么目的？

难道仅仅是因为太久没见，所以想利用她的病情故意引她去承阳与他一会吗？

不！骆逍遥应该不是这么无聊的人，他既然这么做，一定有他的道理和目的。

可是，两个人现在已经分道扬镳，就算她想找骆逍遥仔细问清楚，一时之间恐怕也找不到他的下落。

有生以来凤九卿第一次遇到如此奇怪又棘手的问题，她赶紧吩咐宫中的内侍，去一趟七王府，将被容锦当日离京之前下旨禁足在七王府的轩辕赫玉召进皇宫。

有了皇后的命令，七王府那边负责监守的人不敢不放行。

总算恢复自由的轩辕赫玉，听说九卿已经从承阳回到了京城，就像一匹脱了缰的野马，飞也似的从七王府跑进了皇宫。

“九卿，快说说，你有没有见到那个鬼见愁？他医术怎么样？你身体里的毒现在被解掉了没有？那个鬼见愁叫什么名字，多大年纪？有没有说过要收徒弟……”

“此人根本不存在！”

“此人根……啊？你刚刚说什么？此人根本不存在？”激动的轩辕赫玉，被凤九卿的话浇了一头冷水。

“这怎么可能？你不是在跟我开玩笑吧？”

“所以我今天找你过来，才要问问你，你当初是从哪里听说鬼见愁这个人的？”

“这……”轩辕赫玉抓了抓耳朵，仔细回忆了一下，才小声回道，“我是从坊间听说这个人医术很高明的。”

“坊间？”凤九卿无力扶额，她当初究竟是有多蠢，居然连打听都没打听一句，便贸然离宫，直奔承阳，去寻找一个根本就不存在的神医。

虽然她不想将这件事算到骆逍遥头上，但既然“鬼见愁”这个绰号是骆逍遥告诉她的，想必小七口中所说的坊间流传，也是骆逍遥故意派人散播给他的。

难怪骆逍遥说他就是个小傻子，天底下还有比轩辕赫玉更傻的人吗？

见凤九卿不像在与自己开玩笑，轩辕赫玉一把抓住她的衣袖：“九卿，到底是怎么回事？难道你这次去承阳，根本就没见到那位神医吗？那么你的毒……”

凤九卿不着痕迹地将他拉在自己衣袖上的手拍了下去，用冷静至极的语气说：“我中的是从西域那边流传过来的无子毒，一年之内虽然不会有性命危险，却会影响到子女的孕育。毒素在体内残留超过一年，就会暴毙身亡。而给我下毒的不是别人，正是姚雪灵她爹姚天寿。”

轩辕赫玉瞬间惊在原地，瞠目结舌道：“一年之后就会暴毙身亡？这……这怎么可能？如果真是这样，你岂不是没剩几天好活了？”

“你休要在这里胡说八道！”这时，门外传来容锦暴怒的声音。

他刚刚忙完朝政之事，回到龙御宫，就听到这么一句捅他心窝子的话。

“皇兄……”轩辕赫玉没理会容锦对他的厉喝，神色不好地迎了过去，“九卿说她恐怕连一年都活不下去，这件事是不是真的？你们该不会是在骗我吧？”

轩辕容锦每次看到他这个七弟都会被气个半死：“你为什么会出现在这里？朕不是罚你在七王府禁足一年吗？”

“皇兄……”轩辕赫玉的语气有些急，“这并不是问题的重点好吗？你们这些天去承阳，到底发生了什么事？为什么事情会变得这么突然？那个什么见鬼的无子毒怎么会与西域扯上关系？这个毒我以前闻所未闻……”

“所以你说朕留着你还有什么用？连九卿的毒都解不了，你怎么还有脸继续活着？”

若说这世上最难过的人，当数将九卿视为命根子一样来看护的轩辕容锦。

如今姚天寿已经死了，想从他口中获知解药的下落已经完全不可能。

至于那个给姚天寿配毒的西域毒师，据当日周国安交代，这个人在配完无子毒这服药后，就被姚天寿找机会给杀了。

如今姚天寿和西域毒师都已经不在人世，想救九卿，就只能听天由命。

轩辕赫玉无法置信，口中喃喃道：“不应该啊，怎么会这样呢？”

轩辕容锦对门外的小福子下令道：“着人将这个不成器的给朕关进七王府，没有朕的允许，不准他再出门一步。”

直到小福子派两个侍卫将轩辕赫玉拉出房门，他才回过神来，趁被拖离之前，对凤九卿信誓旦旦道：“你放心，无论如何，我都会想办法治好你的病，你就在这里等我的好消息吧……”

虽说轩辕赫玉是一片好心，但无子毒乃是西域毒师所配，并不是那么轻易就能破解的，凤九卿并没有真的听进心里去。见人已走远，她对脸色不太好的容锦道：“关于鬼见愁根本不存在这件事，你是不是已经听说了？”

轩辕容锦之所以会在百忙之中回到龙御宫，的确是从回京汇报情况的暗卫口中听说了此事。

“九卿……”他一把扳过她的肩膀，表情阴郁，“朕现在怀疑，这所有的一切都是骆逍遥搞出来的阴谋，他肯定有问题。”

凤九卿不太愿意接受这个事实，摇头道：“我相信逍遥。”

见她义无反顾地对骆逍遥采取了信任态度，容锦的脸色一下子变得难看起来。

“你说你相信他，那鬼见愁的事情究竟如何解释？一个明明不存在的人，却被他捏造得如此出神入化，甚至不惜为那个根本不存在的人安置了一处宅院，谎称是鬼见愁的祖宅。九卿，你仔细想想，所有的事情串联到一起，难道还不足以说明他心术不正？”

凤九卿的心稍稍动摇了一下。容锦分析得没有错，可她又实在找不到骆逍遥用这种方法引她去承阳的目的。

如果仅仅是想见她一面，凭他的本事随时都可以，没必要撒这个谎，只为与她单独相处那几天。

“容锦，我觉得你对逍遥的看法有些偏激。他并不是那种无聊的男人，做每一件事，肯定有他的目的和想法……”

轩辕容锦一下子就爹了毛：“区区一个骆逍遥，就值得你对他如此信任吗？”

凤九卿看出他眼底的怒火，小声劝道：“你先不要生气……”

“不生气？眼睁睁看着自己的女人被人算计到这个地步，非但没有从中醒悟，反而还站在对方的立场同自己叫板。九卿，如果你我立场对调，你会怎么想？”

“我只是在理智地分析问题。”

“难道朕现在就不理智？”

“可我实在找不出逍遥骗我去承阳的理由。”

“哼！你当然找不到，因为他这么做的目的非常简单，利用你的病，来满足他私下见你的欲望。他曾当着朕的面亲口承认，他对你动机不纯。”

“这也许是他为人坦诚的象征……”

轩辕容锦快要被她的逻辑给气炸了，语气变得有些尖锐：“说来说去，你宁愿相信他，也不愿相信朕？”

凤九卿懒得再与他吵，索性推开他的束缚，沉下语气道：“对也好，错也罢。我不想在数得出来的剩余日子里，每天与你争执吵架。容锦，我现在很累！”

见她脸上疲色渐现，容锦才猛然意识到，这个被自己不停刁难的女人，已经没有多少日子好活了。

想到这里，他的心一下子又难受起来。

容锦一把将她抱进怀里，将脸深深埋进她的颈窝：“对不起，朕只是太害怕失去你，才会变得这么不冷静。九卿，朕不敢去想，有朝一日，朕身边若没有你的陪伴，究竟有没有勇气独自走完这一生。”

他语气中的畏惧和颤抖，勾起九卿心底的无奈和难过。

他害怕失去她的同时，她又何尝不是如此？

难道老天真的这么残忍，每当她品尝到一点儿甜头的时候，就要狠心地夺走她所有的幸福？

意外怀孕

姚天寿的死亡，并未让这场没有硝烟的战争就此结束。从周国安交代的罪状来看，与姚天寿暗中有勾结的大臣遍布了各省各地。

轩辕容锦将周国安签字画押的罪状递给贺明睿，由他出面，全权处理此事。

姚天寿密谋造反，再一次给朝廷带来不小的动荡。容锦一边操劳国事，一边又派心腹去西域寻找解毒药师。

无论付出多大代价，他都要想办法将九卿从生死线上强拉回来。他甚至不惜花重金悬赏天下名医，只要能帮皇后解掉无子毒，哪怕对方是市井之徒，他也会对其封王加爵，许对方世代荣华富贵。

突然闯进御书房的凤九卿，看到容锦在拟这道圣旨，连忙阻止了他。

“为什么？”容锦对她阻止自己的行为表示深深的不解，“都已经到了这个时候，你怎么还如此固执？难道名声真的比性命还重要？是不是非要死到临头，与朕天人永隔你才甘心？”

面对容锦的暴躁，凤九卿淡淡解释：“我的名声并不重要，我只是不想让我爹、我师父、唐浅、虞相，还有远在边关驻守的顾将军和龙小六他们为我担心……”

容锦顿时又怒了：“在这个世上，他们就是你的至亲。现在你出了事，他们为你担忧操心本就是人之常情。你是不是非要等到临死那天，才肯将消息告诉你的亲人？你以为你那么做，他们就会感激你？”

“我并不是这个意思。容锦，你先听我说。我算了算，从我们成亲到现在，过去了整整七个月。如果无子毒毒发身亡的时间是一年，那么我至少还有五个月的时间。我始终觉得，骆逍遥是这件事情的关键。他当日捏造了一个鬼见愁，必然有他这么做的理由。只要找到骆逍遥，说不定所有的疑团都能迎刃而解。”

“骆逍遥！骆逍遥！”只要听到这三个字，容锦的心情就会骤然阴沉起来，“凤九卿，你究竟是有多傻，居然会天真地以为骆逍遥可以帮你消灾解难？朕已经说过，鬼见愁只不过是他出于私心，引你去承阳的一个幌子……”

“就算是幌子，我也要他当面跟我解释清楚。”

“解释？有什么好解释的？他若真想与你解释，当日在承阳临别时，就不会话都不留一句便与咱们分道扬镳。是他自己做贼心虚，没有勇气面对你，所以才会逃得这么迅速干脆。”

凤九卿对他的偏激和执拗无法认同，当下也冷了脸：“总之，不管你心里怎么想，我绝对不会同意你用昭告天下的办法将我身中奇毒的消息散播出去。至亲的担心的确可以令我暖心，可现在并没有到迫在眉睫的时候。有朝一日，若我真的没办法扭转命运，自会派人去太华山，请我爹和师父来京城见我最后一面。”

“最后一面”这几个字，深深触动了容锦的心弦。

只要想到不久的将来，有可能会与她阴阳两隔，他就会有一种整个世界瞬间坍塌的绝望感。

“九卿，你为什么一定要这么固执？”

凤九卿语气坚定道：“真正固执的是你，我只是想为自己找一条捷径……”

“如果你所说的捷径是骆逍遥，朕绝对无法苟同。”

“你是不是不相信我对你的感情？”

容锦冷笑：“任谁眼睁睁看着自己的女人一心惦记着别人，都无法接受这个事实。更何况，朕还是个皇帝！”

凤九卿厉声反驳：“难道在你心里，我就是那种朝三暮四的女人？”

“九卿，你现在最该操心的事情，是如何想办法将身上的无子毒解掉。而不是心心念念地去寻找那个姓骆的给你一个什么见鬼的答案。”

“你简直不可理喻……”凤九卿顿觉血脉偾张，再跟他继续吵下去，她不敢保证自己会不会被他气到爆血管，“我觉得我们之间现在越来越难以沟通，你的专制和霸道，已经让我忍无可忍。”

凤九卿觉得非常难受，不但因为容锦对她的不理解而心里难受，就连身体好像也出了状况，头晕目眩。她必须离开这里，让自己尽快冷静下来。

容锦见她情绪激动，脸色苍白，意识到有些不太对劲，一把拉住她的手，急切道：

“九卿，你怎么了？是不是身体不舒服……”

话音刚落，就见凤九卿两眼一闭，毫无预兆地瘫软在自己的怀里。

轩辕容锦被这突如其来的一幕给吓呆了，他一把将九卿抱了个满怀，捏了捏她的下巴：“九卿，九卿你怎么了？来人！快来人！小福子，马上去叫太医……”

就在容锦急得不知该如何是好时，轩辕赫玉提着药箱，风风火火地闯进了御书房。

“皇兄，我跟你说……”一进门，就见凤九卿不省人事地瘫软在自家皇兄的怀中，轩辕赫玉被吓得一下子蹦了起来，“你……你对九卿做了什么？”

容锦已经顾不得同这个没脑子的七弟发脾气。他将昏死过去的九卿打横抱进书房旁边的休息室，又对还没搞清状况的轩辕赫玉连忙道：“九卿无故昏倒，朕也不知道究竟是何情况。小七，你快给九卿看看，是不是她的毒提早发作了？”

“啊？怎么会这样？”轩辕赫玉急忙跟了进来，放好药箱，坐在九卿的床边，捏过她的手腕，诊起了脉。

轩辕容锦负着手，在屋子里走来走去，急得六神无主。

正给九卿诊脉的轩辕赫玉被他绕得眼睛直发晕，没好气道：“你能不能稍微安静一下，走来走去，烦不烦啊？”

容锦怎么可能冷静得下来？前一刻九卿还理直气壮地跟自己呛声吵架，下一刻就瘫软晕倒。这让他根本没办法冷静！万一真的是无子毒提前发作，那他岂不是马上就要面临与九卿阴阳两隔的局面？

不！他绝不接受这个事实。

九卿怎么可能会死？在他的心里，九卿就像一个无敌的战神，永远都是那么英姿飒爽、坚韧挺拔。

这样一个强大到可以翻手为云，覆手为雨的人，她怎么会死？又怎么可以死？

“小七……”按捺不住内心焦躁和恐惧的容锦，一把抓住赫玉的衣领，“无论用什么办法，都要救活九卿。她不能死，她要是死了，朕也肯定活不成！”

正在给九卿诊脉的轩辕赫玉被自家皇兄扯了一把，重心不稳地摔落在地，屁股差点儿摔成八瓣。

轩辕赫玉快要被容锦给气奓毛了，急三火四地从地上爬了起来，大声嚷嚷：“你就算不能帮忙，拜托你也别在这里帮倒忙好吗？你要是不想让九卿提早被佛祖召走，就安静一点儿，别再打扰我！”

容锦也觉得自己刚刚的行为的确是冲动了一些，赶紧扶着小七重新又坐了回去：“好好，你快给九卿看病，朕不打扰你。”

轩辕赫玉装模作样地哼了一声，这才重新提起九卿的手腕，认认真真地诊脉。

“咦？”半晌后，轩辕赫玉微微皱眉，“难道是我的医术出了问题？怎么会这样子？”

容锦好不容易按捺下去的焦躁，因为弟弟的话，又浮了上来：“什么意思？九卿到底怎么了？”

轩辕赫玉没搭理他，继续凝眉诊脉，只不过脸上的表情却慢慢变得诡异起来。

他越是一声不吭，容锦的心便越是吊得老高。

过了将近半炷香的时间，轩辕赫玉用极度不可思议的语气对容锦道：“九卿好像怀孕了。”

“啊？”容锦一时间没有反应过来，满脸茫然。

“怀孕？她……她不是中了无子毒，不能怀孕吗？”

“她的毒，好像已经被人解了。”

“什么？”容锦震惊，“怎么会？我们刚才还在为寻找解毒办法一事争吵。难道无子毒被下到身体里，还能不攻自破不成？”

轩辕赫玉脸上的震惊并不比容锦少多少：“按九卿现在的脉象来看，之前中毒的症状真的已经消失不见了！她之所以晕倒是因为目前身体虚弱，应该是怀孕引起的。皇兄，我觉得我不会看错，九卿真的怀孕了。”

说完，兄弟二人沉默不语，还沉浸在这突如其来的变故中。

这时，昏过去的凤九卿慢慢睁开眼，逐渐恢复了意识。她看到容锦和小七围在她的身边，眼底露出不解：“我……我这是怎么了？”

第七十一章

骆逍遥为卿失明

不敢置信

凤九卿觉得自己头晕目眩，四肢乏力，就像连续跑了三天三夜，体力严重透支，就连呼吸都觉得十分困难。

“九卿……”容锦扒拉开碍眼的弟弟，径自坐到床边，紧紧拉住她的手，“你现在感觉怎么样？”

凤九卿虚弱地摇摇头：“可能是吃坏了东西，肚子有些不舒服，头也晕晕的……”

像苍蝇一样被皇兄一手挥开，轩辕赫玉恨恨地瞪了自己那过河拆桥的皇兄一眼，才对凤九卿说：“你怀孕了。而且，我刚刚给你诊脉的时候，还发现了另外一件事，你的毒，也已经被人解了。”

凤九卿的眼睛一下子瞪得溜圆。

她不敢相信地看了看轩辕赫玉，又将目光落在容锦的脸上，小声地问：“小七该不会是在梦游吧？”

容锦现在也晕乎乎的。他上一刻还在为九卿的性命担忧，下一刻就有人告诉他，他的心肝儿不但不用死，而且还怀了他的孩子！

这一下地狱一下天堂的感觉，任哪个正常人一时之间都无法适应。

轩辕赫玉快要被这两口子气疯了：“难道你们不相信我的医术？”

凤九卿见他不像在跟自己开玩笑，急急起身：“小七，你说的都是真的吗？”由于起得太急，一下子重心不稳，又要摔回床上。

容锦急忙将她抱了个满怀，用无比温柔的语气道：“你小心一些，可千万不要动了胎气。”

轩辕赫玉最受不了这两个人在自己面前秀恩爱，没好气地瞪了两个人一眼："爱信不信！"

"可是……"凤九卿忍不住将手摸向自己的小腹，"这怎么可能呢？你之前明明说我中了毒。而且，以姚天寿恨不能将我置于死地的心态来看，他给我下毒的时候，绝对不会留半分情面。如果下毒一事是假的话，我嫁给容锦半年有余，不可能怀不上孩子……"

轩辕赫玉也很坚持："我对自己的医术绝对信任，上次你找我帮你诊脉的时候，我很确定从你的脉象中发现了中毒的迹象。就算那时我并不知道你中的是无子毒，可按你那时的身体情况，想怀上孩子，根本就是白日做梦。所以，我坚信你当时的身体出了状况。至于现在为什么毒不药而解，你又为什么会离奇地怀上孩子，依我推断……"

轩辕赫玉揉了揉下巴："你应该是遇到了某位高人，或者是有神仙暗中帮忙。"

容锦在弟弟的脑袋上用力拍了一巴掌："休要在九卿面前胡说八道，世上哪有什么神仙？"

轩辕赫玉捂着脑袋跳开，不满地嚷道："不然你来给我解释解释，这到底是个什么情况？"

容锦哼了一声："说不定从头到尾都是你的误诊。"

"那不可能！"涉及自己的医术，轩辕赫玉是死都不会妥协的，"我不会诊错，她之前就是中毒了。"

"那她的毒究竟是怎么解的？"

凤九卿没理会轩辕赫玉那毫无边际的猜测，她现在脑子里已经乱成了一团。答案呼之欲出，可她却怎么都无法说出口，因为这个答案对她来说有些无从解释。但除了这个答案之外，她又找不到更合理的解释。

不管真相如何，凤九卿的毒终于被解掉，而且还意外怀上身孕的事情，都让大家狂喜不已。

皇后娘娘终于有喜了，这可是值得庆贺的一件大事。

第二天上早朝时，容锦便满脸喜气地将皇后有孕在身的事情当众宣布出来。

这下，文武大臣们不但没有继续弹劾皇后无子的资格，从今以后也休想再拿皇上膝下没有子嗣这个借口，将那些不招人待见的女人往他身边送。

不管大臣们究竟高不高兴，反正容锦自己挺高兴。

自从凤九卿怀上了身孕，他就将她视为重点保护对象，捧在手上怕摔着，含在嘴里怕化了。

为了避免有人在暗中做手脚，吃穿用度方面，他也是费尽了心机。

凤九卿被他的大动干戈搞得无可奈何。她刚刚怀孕，除了胃口有些不太好，其他方面并没有多大的影响，因此没有必要搞得如此大费周张。

可任凭她怎么抗议，到了容锦面前，都只有四个字——抗议无效。

轩辕容锦这边是人逢喜事精神爽。凤九卿却始终对自己忽然怀孕一事无法释怀。

这天，小七例行进宫给她调配保胎汤的方子，一边写药方，一边自顾自咕哝："也不知你到底是不是受到了上天的庇佑，那么奇怪的毒都能说解就解，这简直就是奇迹啊。你知道吗？你忽然昏倒的那天，我之所以会带着药箱进宫，是因为我查了一些西域的制毒资料。你中的那个无子毒，毒性确实可怕，想解此毒，简直就是难上加难。当然，解这个毒也不是全无办法。我本来查到了一些线索，想要进宫来献宝的，结果还没等我大显身手，你居然无药自愈了。哎，你说，这世上还有比这更新鲜奇怪的事情吗！"

正拧着眉不知在想什么的凤九卿，忽然问轩辕赫玉："你是说，你已经找到了解毒的方法？"

写完药方的轩辕赫玉，将毛笔放到笔洗上，拎起药方对着上面的墨迹吹了吹，回道："具体的解毒方法还没研究明白，不过被我查到解无子毒的一味必备药材。你不了解医术，可能对有些药的功效不太了解。俗话说得好，是药三分毒。有些药，甚至还可以称为毒中之毒。而且解你这个无子毒所需要的一味药材，就是毒中的剧毒，这味药有一个非常可怕的名字，叫暗黑草。"

"暗黑草？"凤九卿对这个名字非常好奇，"难道你说的这味草药，是黑色的不成？"

"不！"

轩辕赫玉摇头："这草药本身与正常的草药没什么区别，生长出来的时候都是绿色的。之所以会叫它暗黑草，是因为在熬制的过程中，药里会散发出一种毒气，长时间接触会使人失明。所以这味药才会被人称作暗黑草。"

凤九卿急忙又问："既然这药这么可怕，在熬制的过程中就不能做一些防范措施吗？比如将眼睛蒙起来，或是戴个面罩之类？还有，既然暗黑草被你说得这么可怕，用它来做解药，岂不是会毒上加毒？"

"这你就有所不知了。"涉及自己的强项，轩辕赫玉十分自信，"首先，熬这味药的时候，必须时刻掌握味道和火候，还要观察入药后的颜色。稍有不慎，非但不能达到解毒的功效，反而还会变成一锅毒药。至于毒上加毒这个理解，你就更是错上加错，并不是什么毒加毒，你应该理解为以毒攻毒。”

听到这里，凤九卿的心情再也无法平静。因为她已经猜到，给她解毒的人，正是骆逍遥。

当时她还不理解，如今回想起来，从她踏进梧桐小居的第一天开始，骆逍遥就已经展开了解毒计划——那碗被他炖得烂熟的鸡汤。他几乎每天早上都会用各种各样的方式逼她喝一碗，当时她就觉得鸡汤里有一股怪怪的草药味，骆逍遥却解释说，他炖的是药膳。

后来，她不止一次发现他眼睛出现了状况，尤其是两个人在承阳北门被周无双派去的杀手围杀那次。

她十分确定，有那么一刻，骆逍遥的眼睛是失明的。虽然后来好了，可他的视力一定受到了严重的影响。

想到这里，凤九卿忽然觉得自己的心脏一下子揪疼了起来。

会是她猜测的这个样子吗?

为了帮她解毒，他究竟设了多么大的一个局?

先是故意向心思单纯的小七散播鬼见愁的存在，接着又利用小七将她引去承阳。

为了将这场戏演得逼真，他还在阳河镇安排了一幢宅院，为的就是给她吃一粒定心丸，让她安安心心地留在承阳等他解毒。

想到他每天天不亮，便起身去厨房熬鸡汤给她喝，熬制的过程中，还要承受可能会永远失明的后果……

凤九卿实在不敢再想下去，因为她根本就承受不起世间有一个人，为了挽救她的性命，居然连自身安危都不顾。

“九卿，你怎么哭了？”自说自话的轩辕赫玉一抬头，就看到凤九卿的脸上挂了两行清泪。

他吓得从椅子上跳了起来，手忙脚乱道：“我……我又没说什么不该说的话，你怎么能说哭就哭呢？这要是让皇兄看到，还以为我欺负你，他一定不会饶了我……”

凤九卿这才意识到自己的情绪居然失了控。

她急忙擦去眼角的泪水，哽咽地解释：“我没有哭，只是……喜极而泣罢了。”

轩辕赫玉无意中带给她的这个消息，令凤九卿的心实在是安稳不下来。

只要一闭上眼睛，就能想到骆逍遥每次劝自己喝鸡汤时，那一脸没心没肺的样子。

他似乎总能找到借口逼她喝掉那碗汤，每次看到碗中的汤汁被喝得见了底，他就会露出孩子般的笑容，那么幸福，那么满足。

而她在享受鸡汤美味的时候，却不知道，他在熬制鸡汤时，时时刻刻都在承受着无法预测的灾难。

她到底是有多粗心，怎么就没有多嘴问问，他为什么每天都要逼她喝鸡汤？

越想越难过，越想越自责。

凤九卿忽然很想出宫走走，这种每天被束缚在后宫中供养的滋味让她抓狂。

只要一闲下来，脑海中就会出现骆逍遥的音容笑貌。

她曾经只是回馈不起他的感情，现在，她居然还欠了他一条命。

凤九卿偷偷离开皇宫的大门，一个人漫无目的地在繁华的京城大街上走着。

她必须让自己冷静下来，并尽快找到骆逍遥的下落。

如果他的眼睛真的因为给她熬药而失了明，她不敢保证自己后半生会不会活在自责里。

只有找到他，医好他，她才能安安心心地过完下半生。

可是人海茫茫，骆逍遥究竟在哪里？

一块烫金的牌匾闯入了凤九卿的视线，只见牌匾上写着四个大字：有缘相遇。

仔细一看，这是一家卖古董玉器的店。

凤九卿觉得这名字起得十分奇怪，一般卖古董玉器的，店老板都会将名字取成“珍宝斋”“玉海阁”这种与玉石珠宝有关的名字。

有缘相遇？怎么会有人给自己的玉器店取这么奇怪的名字？

凤九卿摇头笑笑，抬起脚刚要走，脑海中忽然想起一件事。

记得当日她和骆逍遥双双遇难，从承阳北门的山坡上滚下去的那晚，她曾问他，如果有朝一日他们分开，她想见他的时候，还会再见到吗？

他当时说什么来着？

“若有缘相遇，我们还会再见的。”

有缘相遇！

有缘相遇！

凤九卿急匆匆地走进了那间古董玉器店。

店内的古董架上摆着一堆古玩玉器，墙壁上挂满了各种各样的字画，客人寥寥无几。

店老板笑着迎出来：“这位姑娘，想看古董，还是字画？”

凤九卿打量了店老板一番，店老板是一位五十岁出头的中年男人，慈眉善目，笑容中流露出几分善意和真诚。

“请问，您是这里的老板吗？”

店老板笑着点头：“我就是这里的老板，不知姑娘有何吩咐？”

凤九卿指了指门外挂着的牌匾：“我很好奇，为什么贵店，会取这么一个奇怪的名字？”

老板指了指店内的物品：“这里每一样东西，都是我花费不少精力和心血得到的宝贝。若哪位客人将它们带回自己的家里，就是上天赐予的一种缘分。正所谓有缘相遇，才能彼此得见。姑娘，你说是不是这么个理？”

有缘相遇，才能彼此得见？

凤九卿被店老板这句话震得久久不能平复。

“姑娘，既然来了，要不要在小店挑选几样心仪的东西？”

凤九卿没有回应老板的话，她在屋子里四处转了转，对陈列的古董玉器没什么兴趣，倒是墙上挂着的一幅画引起了她的注意。

画中是一片茂盛的桃花林，林子深处有一幢大宅，宅上的门匾写着四个极为眼熟的字：梧桐小居！

她神情为之一振，指着那幅画道：“老板，这画是何人所画？”

老板顺着她所指的方向看了一眼，回道：“哦，这是一位客人寄放在这里的。”

“那客人是男是女，何时寄放的此画？他现在又在何处？”

老板有些为难地摇了摇头：“哎哟，姑娘这问题可真是把我给问住了。这幅画究竟是何人所寄放，那人是男是女，我并不得知。”

凤九卿的语气有些急切：“你是老板，怎么可能会不得知？”

老板赶紧解释：“虽然我是老板，但这幅画是我家小女收的，她收这幅画的时候，我并不在场。只说这幅画是一位客人暂时寄放在这里的，而且还是一件非卖品。”

凤九卿觉得自己的心脏就要破喉而出了，语气焦急道：“可不可以让我见见你家女儿？”

“这……”就在店老板犹豫的工夫，偏门处忽然有人撩帘而出。

从里面走出来一位十六七岁的端庄少女，冲凤九卿福了福身：“凤姑娘，好久不见！”

看到来人，凤九卿吃了一惊：“苹儿？”

正是之前住在梧桐小居，被骆逍遥安排在她身边伺候的那个小婢女。

“你怎么会在这里？你……”还要再往下说些什么的凤九卿，此时已经恍然大悟。

苹儿冲她做了一个请的手势：“有什么话，咱们还是里面谈吧。”

在苹儿的邀请下，凤九卿被带到了古董店的内堂。苹儿手脚勤快地给她端茶倒水，又摆了一盘刚刚洗干净的水果。

都做完后，苹儿这才慢悠悠开了口，对凤九卿道：“我要是没猜错，凤姑娘现在定是攒了一肚子的疑问想问我。”

她猜得没错，凤九卿的确是云里雾里，分不清状况。

凤九卿先问了一个最关心的问题：“你家公子现在何处？”

“奴婢也不知道。不过公子吩咐，若有朝一日，凤姑娘能在偌大的京城中踏进这家店，看到墙上挂着的那幅画，便让奴婢替他转告凤姑娘一句。无论他在哪里，都会一切安好。凤姑娘莫要担忧挂念。”

这种推托之词，凤九卿岂能相信。她一把抓住苹儿的手臂，急切道：“你家公子的眼睛是不是出了问题？”

苹儿微微一怔：“凤姑娘怎么会这样问？”

“休要骗我，我只想听实话。”

“实话伤人。”

凤九卿只觉得自己的心“咯噔”一声，狠狠地狂跳了一下：“他真的出事了？而且还是为我出的事？”

苹儿轻声道：“公子只愿你一世无忧！”

“他现在究竟在哪里？”

“奴婢真的不知道。自那日离开承阳之后，公子便命人将我送回了京城。这家有缘相遇，是公子半年前开的店面。奴婢和父亲代为管理，一年到头也未必能见到公子一面。他的行踪向来神秘，除非主动露面，否则就连奴婢也不知道他的去处。”

凤九卿不死心地问：“之前我们住在梧桐小居时，你家公子给我炖的鸡汤，是不是专门为我解毒的解药？”

苹儿轻轻点了点头：“自从公子听说凤姑娘中了奇毒，便亲自去了一趟西域，不知从谁那里得到了解毒良方。奴婢也是后来才知道解药里有一味剧毒无比的药材，熬药的时候，会致人双目失明。奴婢本想代替公子接下熬药的活，可公子说，熬这服药有很多讲究，既要注意火候，又要注意味道，还要注意汤的颜色。稍有差池，就会酿成严重的后果。因此，凤姑娘住在梧桐小居的那些日子，都是公子每天天不亮，起大早去厨房为您熬的药。他担心直接给您喝药会引起您的怀疑，所以故意将药掺杂在鸡汤里，只有这样，您才会心安理得地将药全部喝光。”

凤九卿听得心里直难受：“他为什么不肯告诉我实情？”

“因为公子不想让您知道他为您所做的一切，您要是知道实情，必然会出手阻止。”

凤九卿又问：“君悦客栈以及阳河镇那幢宅子，也是你家公子亲手设计安排的？”

苹儿再次点头：“为了不引起凤姑娘的怀疑，公子提前确实做足了准备。公子说，您聪明敏感，不好糊弄，若不做好万全的准备，被您发现端倪，他的戏就演不下去了。”

凤九卿双拳紧握，喃喃道：“他为什么要这么傻？”

苹儿劝道：“凤姑娘不要难过。公子说，您是他这辈子唯一的朋友。只有您一世无忧，他才能活得潇洒坦荡。而且公子还说，只要有缘，你们今生定会再次相见。”

凤九卿不知道自己是怎么回到皇宫的。

如果一开始她只是猜测自己的毒是被骆逍遥所解，那么，在亲眼见过苹儿之后，所有的答案皆已经水落石出。

她不知道骆逍遥现在的情况到底是怎样。因为他们分开的时候，他的眼睛还看得到东西，并没有彻底失明。

可小七说，暗黑草是一种非常可怕的毒药，虽然短时间内不会给视力带来影响，可时间久了，就会让双眼失去光明。

凤九卿并不知道，她离开皇宫的这段时间，宫里已经乱成了一锅粥。

看到她毫发无损地回来，以为她又出了什么状况的轩辕容锦气极败坏地迎了过来：“九卿，你去了哪里？”

当他看到她身上穿着平民百姓的衣服时，怒气又高涨了几分：“你该不会背着朕又偷偷出宫了吧？”

凤九卿这才从恍惚中慢慢醒过神，她看了容锦一眼：“是，我出了一趟宫。”

“你疯了吗？”容锦不问缘由，便对她大吼，“你是不是忘了自己现在还怀着身孕？在这种关键的时候，你怎么敢随处乱走？而且你离开皇宫的时候，居然连话都不留一句，你还有责任心吗？难道你就是用这种态度来对待朕和你肚子里的孩子的？”

不管是小七，还是宫中的御医，都郑重地跟他讲过，女人怀孕的前三个月是最危险的，若护理不周，恐怕会后悔莫及。

可凤九卿就是一个不让人省心的女人，这么危险的情况下，居然还敢擅自出宫！

凤九卿并没有像往常一样同他辩解，只是淡淡说了一句："我出宫去找骆逍遥了。"

如此直言不讳的回答，就像在容锦的心窝子上捅了一把刀。他已经无法形容自己此时的心情。自己心爱的女人，都已经怀上了他的孩子，居然还一天到晚去想别的男人，甚至还有胆子在他面前承认这个事实。

这凤九卿是有多大胆，是不是他太宠她，便让她忘了彼此的身份？

"你……"容锦刚要开口训斥，就听凤九卿道："因为我们欠他的！"

"你说什么？"

"容锦……"她有些疲惫，"你还记得咱们住在梧桐小居的那段时间，骆逍遥每天都会不厌其烦地给我炖鸡汤喝吗？"

容锦回想了一下，眯着眼点了点头："就因为几碗鸡汤，你就要对他念念不忘？"

"那不是单纯的鸡汤，那是无子毒的解药。"

容锦的眉毛一下子就挑高了起来："解药？什么意思？"

"小七告诉我，化解无子毒需要一味特殊的药材，名叫暗黑草。熬制解药的时候，暗黑草散发出来的毒气，对人的视力有极大的影响。你还记不记得有一次我们在梧桐小居跟骆逍遥一起聊天，他当时原本是要拿茶杯，却差一点儿撞上了滚烫的茶壶？当时你还调侃他笨手笨脚，其实那时，他已经中了暗黑草的毒。"

容锦听得云里雾里："你是说，当日他给你煮的鸡汤，就是无子毒的解药？为了帮你解毒，他还不惜以身涉险，甚至有可能会双目失明？"

见九卿并没有否认，轩辕容锦一时间不知该如何形容自己的心情。这种一时天堂、一时地狱的感觉，真是折磨得他死去活来。

九卿的毒被解掉，而且还意外怀上身孕这件事令他心花怒放。可一想到默默为九卿付出这一切的那个人，是一直对九卿心怀觊觎的骆逍遥，他便怎么都高兴不起来。

每个人都有私心，尤其是在感情上。

九卿重情重义，尤其对骆逍遥怀有一种特殊的感情。如果骆逍遥为了救她，不惜自毁双目，就算九卿的身体恢复健康，在她心里，骆逍遥也永远都会占有一席之地。

理智上，容锦知道此时的自己该对"大义凛然"的骆逍遥感激不尽。

可情感上，他又对骆逍遥这种"自私自利"的做法感到异常愤怒。

骆逍遥这个浑蛋明明知道解毒方法，却非要用这样的方式来替九卿解毒，他不就是想用这一招，让九卿一辈子都对他心怀愧疚吗？

如果他肯将解毒的方法早些说出来，他们夫妻又何必承他这份恩情？

越往深想，容锦便越是无法释怀。

他实在不知自己该做出怎样的回应。是为骆逍遥的英勇大义而欢呼，还是该为那阴险小人的苦肉计而感到愤怒？

不得不说，这个骆逍遥，还真是走了一步必胜的好棋。

第七十二章 议朝政怀疑血脉

昭告天下

虽然骆逍遥用这种见不得光的计谋来获取九卿欢心的行为，令容锦感到深深的怨怼和不齿，可他并没有在怒极之下失去理智。

这件事要是处理不好，非但不能解心头之恨，说不定还会将九卿推向骆逍遥的怀抱。

这种丢了西瓜捡芝麻的事情，容锦是绝对不会做的。

她现在正是怀孕初期。御医说，这个时候的胎儿最不稳定，保养不好，很可能就会造成滑胎。

为了避免悲剧发生，容锦想了不少方法试图讨凤九卿欢心。

可金银玉器、珠宝首饰这些身外之物，她根本就不放在眼里。

思来想去，他想出了一个比较接地气的方法，将明睿和小七请进宫，让他们与自己一同陪九卿吃晚饭，来缓解多日以来沉闷的气氛。

吃饭的时候，容锦还专门为九卿准备了一个大大的惊喜，是凤莫千亲手写来的一封信。

信中，凤莫千对女儿终于怀上皇上骨肉一事表示非常高兴，并吩咐女儿一定要好好养胎，顺顺利利给皇上生一位小皇子，或是一位漂亮的小公主。待九卿将来给孩子办百日宴时，他会亲自进京，来探望自己的小外孙。

接到父亲的亲笔信，凤九卿阴霾多时的心情，总算是见到了一点儿光明。

吃饭的时候，她问容锦："你该不会将我怀孕的消息，昭告天下了吧？"

容锦非常体贴地给她夹了一筷子红烧肉，笑着说："昭告天下那是迟早的事情，不过现在还没到那个地步。朕只是将你怀孕的事情，写信通知给你的亲朋好友。除了你爹和你师父之外，虞相、唐浅和顾将军他们也接到了消息。只要你生下孩子，他们会从四面八方赶进京城，到时候免不了又是一番热闹。”说到这里，容锦喜形于色，“想到那样的画面，朕都有些按捺不住了。”

贺明睿调侃：“皇上喜得贵子，这确实是一件值得庆祝的大事。若非皇后不喜欢大操大办，宫中应该设宴，宴请文武官员，一同进宫为皇后庆祝。”

容锦点头：“的确该好好庆祝一下，朕得用实际行动告诉外面那些人，朕就要有儿子了。”

凤九卿对宫宴这种活动实在是没什么兴趣，于是摆手道：“我现在只是怀孕初期，孩子都没见影儿呢，这么大操大办，岂不是会折了孩子的福气？”

正拼命往嘴巴里塞东西的轩辕赫玉粲然一笑：“皇兄之所以这么迫不及待地将他就要有儿子的事情昭告天下，是害怕那些大臣不死心，继续往他身边塞女人。”

说完，还不怀好意地看了容锦一眼，陷害之意溢于言表。

容锦用筷子的另一端，对着弟弟的脑袋敲了一下：“说什么蠢话呢，朕可是一个非常有自制力的男人。”

轩辕赫玉堪堪躲过兄长的袭击，继续气人道：“你有自制力？谁信？”

“小七，你皮子是不是又痒了？”

轩辕赫玉一本正经地气他：“我只是实话实说。”

贺明睿慢悠悠道：“按年纪算，七王现在也到了娶妻生子的时候，这是孤独终老的前奏啊！”

说着，贺明睿动作优雅地拿起茶杯喝了口茶，唇边笑容浅浅，似是充满了讥讽和嘲笑。

轩辕赫玉见众人频频向自己投来调侃的目光，面子有些挂不住。

他直接用手中的筷子指向贺明睿：“我的事还轮不到你来操心，有这个闲工夫，你不如想想如何帮皇兄稳固朝纲。”

贺明睿道：“皇上英明神武，就算没有我从中帮忙，黑阙江山依旧固若金汤。”

“哼！说来说去，你就是懒，想要推卸责任罢了。”

“我有这么说过？”

“你就是这个意思！”

“欲加之罪，何患无辞？臣可真是冤枉死了！”

“那你怎么还不死？”

有了小七这个萌货从中调解，吃饭的气氛总算是热络了许多。

就连心情一直不太好的凤九卿，也不由得多吃了一碗饭，并与明睿和小七相谈甚欢。

这种融洽的气氛，一直持续到御膳房的内侍将一大碗熬得香喷喷的鸡汤端到众人面前。

看到鸡汤的那一刻，正言笑晏晏的凤九卿，忽然敛起嘴边的笑容，像是陷入了某种沉思。

轩辕容锦注意到了这个细节，脸色一下子变得难看起来，对那个端着汤碗的内侍道："谁让你们将这碗汤端来的？拿下去！"

内侍被皇上严厉的口吻吓了一跳，呆呆地站在那里，不知该退还是该进。

凤九卿抬手阻止，对那小太监道："端过来吧。"

小太监偷偷瞟了一眼皇上的脸色，畏畏缩缩地将汤端到了桌上。

凤九卿拿起汤匙，盛了一口汤送进嘴里，轻轻说了一句："味道稍微差了一些。"

容锦的脸色此时已经不能用难看来形容，他何其聪明，岂会听不出九卿刚刚那句话中的意思。

差了一些……

她分明是在说，宫中御膳房厨子的厨艺，比骆逍遥还不如。

原本为讨九卿欢心的这顿晚膳，最终因为一碗鸡汤而被毁得一塌糊涂。

凤九卿似乎也意识到自己说了不该说的话，在浅浅尝了一口鸡汤之后，对那个小太监说："将这道汤撤下去吧！"

正好小福子这时从外面走了进来，低眉顺眼地对容锦道："李大人和吴大人有重要的事情进宫求见皇上一面。"

容锦想都没想，便放下手中的筷子，冷着脸对众人道："你们先吃，朕去去就来。"

说完，看都没看凤九卿一眼，甩开衣袖，便走了出去。

轩辕赫玉满脸茫然地指了指自家皇兄消失的方向："他怎么了？"

贺明睿轻咳了一声："小福子公公刚刚不是说了，李大人和吴大人有要事求见。"

赫玉撇了撇嘴："那也不用摆出一脸别人欠他八百吊不还的样子吧。"

贺明睿瞪了他一眼："皇上是不会为了八百吊随随便便与人发脾气的。"说完，又看向凤九卿，"既然皇上已经走了，我们再留在这里，便有些不太合适。七王，我们也散了吧。皇后现在怀着身孕，以免操劳太久，会影响身体。"

轩辕赫玉虽然还想赖在这里不走，可贺明睿说得没错，九卿现在的身体，并不适合招待客人。

眼看两个人一前一后准备起身离去，凤九卿忽然对贺明睿道：“明睿，能不能单独跟你说几句话？”

言下之意，是让轩辕赫玉一个人先走。

“哼！你们一个个都神神秘秘的，真是一点儿都不好玩。”轩辕赫玉心里不爽，却还是识趣地起身，气哼哼地离开了。

贺明睿冲凤九卿拱了拱手：“皇后有什么话不如直说。”

凤九卿犹豫片刻，才试探地开了口：“关于我的事情，你应该已经听容锦说过了吧？”

“不知皇后指的是哪一件？”

“骆逍遥不惜性命，为我解毒那一件。”

贺明睿敛了敛眉头，并没有否认：“听皇上略提一二。”

“明睿，我知道有些要求提出来可能会让你觉得过分，可我现在真的很想尽快找到他的下落。你能不能帮我想想办法，派人去打听一下他的下落？”

贺明睿沉默半晌，说道：“这个忙臣可以帮，可有句话臣要说在前面。回想当初我们在一起同生共死的那段日子，臣恐怕此生难忘。皇上和皇后在一起经历了无数波折才走到今天，臣不希望由于一些外界原因，而破坏了皇上与皇后之间的感情。至于那位骆公子……”

贺明睿犹豫了一下，继续说道：“假如他现在出了变故，皇后当如何抉择？是留在宫中继续与皇上过太平日子，还是为了义气，带着腹中的孩儿离宫出走，去解救骆公子于水火之中？”

这个问题，着实把凤九卿给问住了。因为她也不知道，面对这样的问题，当如何选择。

“皇后，您别怪臣多嘴。俗话说得好，在其位，谋其事。一旦越界，便可能会酿成无法估量的后果，到时候恐怕想后悔都来不及。”

凤九卿何尝不明白这个道理。就算她在心底明明知道自己对骆逍遥只有朋友情义，可在容锦的眼中，还是变成了彻头彻尾的背叛。

她苦笑着点了点头：“我明白了！明睿，谢谢你，你先走吧！”

贺明睿作了一揖：“臣告退！”

贺明睿离开之后，留下凤九卿一个人在屋子里想了很多。

她最近确实一直沉浸在思念骆逍遥的情绪之中。在感情上，她并没有背叛容锦。可在行为上，她却已经越了界。

明睿对她的无声的警告并没有错。现在的她，应该将全部重心放在孕育子女方面。而不是像一个失魂落魄的游魂一样，整天沉浸在一种忘我的悲伤之中。

至于骆逍遥为她付出的一切，有朝一日，她必会倾尽全力，报答他对自己的恩情。

想通了这一点的凤九卿，心情一下子豁然开朗。

到了傍晚，当容锦忙完公事回到龙御宫时，她像个贤妻一样，主动迎出房门，将他拉到了房间里。

如此怪异的举止，令容锦的心一下子就吊了起来。

这倒不是说凤九卿不贤惠，而是在他的印象里，她很少会主动讨好。

她可以为他付出生命，却学不来那些有手段的小女人，放低姿态，卑微地索取男人对她的恩宠。

正因为凤九卿有她特立独行的一面，容锦才会对她爱到如此地步。

“九卿，你怎么了？”

回到龙御宫之前，容锦的心一直都有些忐忑。今天他请小七和明睿进宫吃饭，本来是想借这个机会哄九卿开心，结果却因为一碗鸡汤，闹得大家最后不欢而散。仔细想来，他做人也是够小气的。

九卿的命是骆逍遥所救，换位思考一下，当初他不也因为姚雪灵“救过”自己的命，而赐了她一块免死金牌吗？

他自己可以因为别人的恩情做出一些“非分之举”，九卿心里有骆逍遥的一席之地，这也是人之常情。所以他才担心，九卿会不会因为他的贸然离去而生气。

凤九卿并没有看到他眼底的担忧，笑眯眯地将他拉到房里，递给他一张纸：“你看看这个！”

容锦满脸不解地从她手中接过一张写有墨迹的宣纸，仔细一看，上面零零散散写了几个名字。

尔聪，尔聿，尔清，尔桀……

越往下看，容锦脸上的表情越是茫然：“九卿，你给我这个做什么？”

凤九卿指着纸上的几个名字：“这是我趁你不在的时候，给我们未来的儿子取的名字。这几个名字，寓意都不错，我一时之间也决定不下来究竟哪个名字比较合适。正好你回来，帮我参谋参谋，你觉得我们的儿子叫哪个名字比较好？”

她一口一句“我们的儿子”，哄得容锦心情大好。

“这些名字都是你自己取的吗？”

凤九卿笑着点头：“对啊，本来我不打算用‘尔’字做通字的，可如果我们儿子的名字中没有‘尔’字，总觉得有些对不起尔白。毕竟尔白当日是被我们视为儿子来养的，所以我希望，我们的第一个孩子，名字中也有一个‘尔’字。”

容锦对这个完全没意见：“好啊，朕也非常喜欢‘尔’这个字，至于你取的这几个名字……”他从头到尾又重新看了一眼，“相对来说，朕还是比较喜欢‘桀’这个字。”

“好，那咱们将来的儿子，就叫尔桀，轩辕尔桀。”

想到不久的将来会有一个白白胖胖的孩子降临于世，轩辕容锦的心就融化了。他无比爱惜地捏着手中的宣纸：“其他几个名字也非常不错，我们可以将长子取名为尔桀，待将来生下次子，三子，四子，五子，你取的所有名字便都可以用上了。”

凤九卿“扑哧”一笑：“干吗要生那么多孩子？膝下有一儿一女便足矣。”

“哎呀，九卿，咱们只顾着给儿子取名，万一你生下来的是女儿，尔桀这个名字就有些不合适了。不行，咱们还得多取几个小姑娘用得上的名字，朕特别喜欢你名字中的‘卿’，就叫爱卿如何？”

凤九卿瞪他一眼：“爱卿不是你对朝中各位大臣的称呼吗？”

容锦这才反应过来，微微皱起了眉头，寻思了片刻：“思卿呢？念卿呢？卿儿呢？”

“干吗非要用这个‘卿’字？我觉得‘卿’这个字的含义有些硬，用在姑娘家身上不太好。如果我肚子里的这一胎是个闺女，可以取一个比较文雅的名字，比如寻音，若颜，娉婷，这些名字不是也很好听吗？”

“娉婷。朕喜欢这个名字，如果你肚子里的孩子是位公主，朕就叫她轩辕娉婷。”

给未来孩子取名这件事，令容锦感到非常开怀。夫妻俩就像找到了共同的爱好，脑袋对着脑袋，兴高采烈地商讨着每个名字背后的寓意。

夜渐渐深时，容锦将九卿揽在自己的身侧，柔声说：“朕以为，咱们之间不会再有这样的和乐。”

凤九卿将脸埋在他的腋窝处，略带歉意道：“之前是我考虑不周，一味地沉浸在悲伤的情绪之中，竟忘了自己身上应负的责任。我不但有夫君，即将还要有自己的孩子，所以我必须尽到为人妻、为人母的责任。除此之外，我还是黑阙的皇后，要与你这个皇帝一同来面对天下苍生，解决天下大事。至于逍遥，他对我的恩情我自不会忘记，有朝一日若他需要我的帮助，在我力所能及的情况下，我一定会义无反顾地帮他。”

她的话令容锦听得熨帖不已，虽然心里还是对她记挂骆逍遥一事有些小小的不满，可九卿能为他做到这个地步，已经令他非常感动。

他紧紧将她搂在自己的身侧：“你放心，朕已经派人四处去打听骆逍遥的下落。如果他的眼睛真的已经失明了，朕会想尽一切办法将他治愈，绝对会竭尽所能帮你还掉这份人情。”

疑心病发

正是人逢喜事精神爽。

与九卿初步达成协议的容锦，最近一段日子，过得如鱼得水。

自从姚天寿的案子结束之后，朝廷中那些不安分的大臣，一个个也暂时泄了气，不敢再生出将自家闺女往皇上身边推的念头，让容锦轻松了不少。

按照黑阙朝廷上早朝的祖例，每隔三天，会有一场大朝会，其他时间都是小朝会。

所谓大朝会，就是在京城任职的五品以上官员，必须赶在辰时之前，按文武等级排列，在金銮殿与皇上一起商议朝政。

而平时的小朝会，则不必这么麻烦。小朝会的地点在议政殿，有些像茶话会的形式，要求出席的官员必须达到正三品。

这天正逢去议政殿出席小朝会。

满面红光的轩辕容锦是最后一个来到议政殿的，一进门便听到殿内传来几位大臣的笑闹声。看到皇上大驾光临，众臣赶紧伏地请安。

容锦径自走到议政殿的首位，落座之后冲众人挥了挥手："各位爱卿都平身吧。"

待众臣起身后，他兴致不错地问："朕进门之前，各位爱卿都聊了些什么有趣的事情，竟笑得那般开怀？说出来给朕听听，让朕也乐和乐和。"

最近朝中的局面趋于稳定，并没有什么迫在眉睫的事情等着众人处理。因此，每天例行召开小朝会时，皇上与臣子之间的气氛相处得还算融洽。

一个三十岁出头的武将笑着对容锦道："回皇上，臣等刚刚在聊徐元徐将军家里的事情。"

徐元是个四品武将，按照他的官位，今天并没有机会来议政殿参加小朝会。所以，几位同僚在聊起别人家的八卦时，才会这么肆无忌惮。

容锦对徐元这个人还是有些印象的。他算是朝中的一位元老，今年四十五六岁。为人还算耿直可靠，就是性格有些木讷，说话太直，经常会不小心得罪人。

同僚们都知道徐元属于一根筋，因此就算被他得罪了，也不会太放在心上。

“如果朕没记错的话，这徐将军前些日子向朕递过一份折子，说家中出了些状况，要告假一段时间。”

徐元向自己请假的时候，容锦并没有将此事放在心上。那时的他，注意力都集中在九卿身上，根本没有多余的工夫去关心朝中的臣子。

另一位大臣接口道：“皇上说得没错，徐将军家里的确是出了状况，恐怕一时半会儿，是不会回朝当差了。”

“哦？”容锦好奇地挑挑眉，“徐将军家中到底出了何事？”

那大臣道：“就在不久前，徐将军忽然发现，他养了二十多年的儿子，并不是自己亲生的。”

容锦被臣子家的八卦勾出了几分兴趣：“此言何意？”

“回皇上，这件事，臣也是听旁人所说。徐将军的妻子当年刚进门没多久，就出了一场意外。据说是去庙上上香时，遭了歹人的折辱。徐夫人被救回来没多久，就怀了孩子，十个月后，给徐家生下了一个大胖小子。这些年，徐将军对徐公子那是百依百顺，简直是疼到了心窝里。可就在不久前，徐公子的亲爹找上门来，正是当年污辱过徐夫人的那个劫匪。”

容锦微微皱眉：“这劫匪真是好大的胆……”

大臣回道：“这劫匪的身份今非昔比。听说经过二十几年的奋斗，现在已经成了外省的一个家财万贯的土财主，唯一遗憾的就是膝下无子。之所以敢壮着胆子来到京城与徐家抢儿子，是因为这个土财主患了重病，活不了几天了，想在临死前见自己的亲生儿子一面，还求徐公子在他死后，为他打幡儿守灵，尽一尽儿子的义务……”

其他大臣跟着起哄：“唉！真是可怜了徐将军，白白替人养了二十几年的儿子，这事儿要是摊在我的身上，估计也是要疯啊！”

众人七嘴八舌，聊得热火朝天。

容锦脸上的笑容，却因为这些大臣所讲的八卦，渐渐敛了下去。

虽然他并不想多心，可当这些大臣提到徐将军白白给人养了二十多年儿子的时候，他忍不住回忆起当日九卿和骆逍遥落难于承阳北郊山底下时的那幅画面。

直到现在他都忘不了，当他看到骆逍遥和凤九卿像一对甜蜜的情侣，相互偎依着彼此睡在一起时，内心深处究竟是有多么嫉妒。

那件事发生之后，他极力劝自己不要多想。他必须相信九卿的为人，在感情上，九卿一定不会背叛他，更不可能与骆逍遥发生什么苟且之事。

可怀疑的种子一旦深埋心中，就会在心底迅速生根发芽，令人怎么都摆脱不掉那肮脏的画面。

直到早朝结束，容锦依旧没有从徐将军被戴了二十多年绿帽子的阴影中走出来。

九卿腹中的孩子真的是他的吗？万一那晚发生了意外，九卿和骆逍遥情不自禁，偷吃了禁果呢？

不！这绝不可能！容锦拼命告诉自己，他猜想出来的画面，都是虚构和不存在的。

可坐在御案前的他，却怎么都没办法静下心来心平气和地批阅桌上的奏折。

“小福子，去把七王给朕叫来！”思来想去，容锦还是决定将弟弟叫来仔细问问情况。

第七十三章

私心重毒杀亲子

危险临近

临近晌午，轩辕赫玉臭着一张俊脸，不太情愿地来到御书房，还噘着嘴抱怨：“皇兄，有什么事，你让小福子代为转达一声就是，干吗每次都要叫我进宫？你不知道我也是很忙的吗？”

他正在府中炼制药丸，每次都是忙到一半，就见小福子阴魂不散地出现在自己面前，宣布皇上有事要找他。

这要是换了旁人，哪敢用这种不敬的态度与皇上说话。可轩辕赫玉不是旁人，他不求功名、不求财富，这辈子唯一的嗜好就是学医制药，因此才会对高高在上的皇权视若无睹。

容锦并没有将弟弟的不敬放在眼中，他挥退房中闲杂人等，才开口询问：“小七，你研习医术这么多年，通过脉象，能否测算出女子怀孕的具体时间？”

提到医术，轩辕赫玉顿时来了兴致，拍着胸脯道：“那当然，脉搏的跳动频率和次数，可以说明很多问题。别说是怀孕时间，就是身体里的五脏六腑出了状况，也都是通过脉象体现出来的。”

“那你给朕说说，九卿从怀孕到现在，时间大概有多久？”

“哦，原来你叫我来这里，就是想问这个问题啊。那天我给九卿把脉的时候好像忘了告诉你，她从怀孕到现在，应该有将近两个月时间。”

“你确定吗？”

轩辕赫玉一本正经地点头：“前后误差不会超过两天。”

容锦仔细回想了一下，如果九卿的怀孕时间是两个月，两个月前正是她和骆逍遥双双遭难的日子。

假如九卿和骆逍遥真的发生了什么，那么她肚子里的孩子有可能是自己的，也有可能是骆逍遥的。

“皇兄，你怎么忽然想起问这个问题？”

容锦慢慢回过神，脸色不太好地对弟弟说：“朕只是想计算一下九卿生子的日子。”

“哦，这个不用你计算，我早就帮你算好了。来年开春，九卿就能生下孩子，季节赶得还算不错，总比炎热的夏天或是寒冷的冬天生娃要幸福多了。”

“小七……”犹豫半晌，容锦又问，“据你观察，以九卿现在的情况，生孩子会不会有什么危险？朕记得你前些日子曾说，九卿因为怀孕的关系，身体变得有些虚弱，是不是因为这孩子来得不是时候，给九卿带来了影响？”

轩辕赫玉大大咧咧地坐在椅子内一边吃水果一边摆手道：“放心吧！她现在的情况好着呢，顺顺利利地生下第一胎应该没有问题。”

“可你之前明明说过，她身体虚弱……”

“身体虚弱是正常的，毕竟是怀孕嘛，怎么能跟常人相比？女人到了这个时候，就要好好保护，免得动了胎气。”说完，他不解地又问，“皇兄，你到底在担心什么？”

容锦避开他灼热的视线，冷声回道：“朕只是有些担心九卿的身体。毕竟她之前被人下了毒，毒才刚解，就怀上孩子，朕害怕这个孩子会给九卿带来影响。”

轩辕赫玉点了点头：“你这么一说，也确实是这么个理。如果可以的话，孩子再迟来几个月才正合适。不过既然九卿已经怀上了，说不定这就是老天的旨意。第一胎，这可是非常重要且又极有意义的。”

容锦心中焦躁似火，面上却不动声色地问：“九卿生完这一胎，会顺利再怀上第二胎、第三胎吗？”

轩辕赫玉就像听到了什么天大的笑话：“当然会啊，她现在的身体已经完全没问题了，以后可以给咱们轩辕家生好多好多孩子。”说到这里，轩辕赫玉的脸上突然露出一抹讨好的神色。他厚着脸皮凑到容锦的御案前，双手撑住下巴，小心翼翼地说：“皇兄，我跟您老人家商量个事儿呗！等将来九卿多生几个儿子之后，过继一个孩子给我养，你看成不？”

容锦拎起桌上的毛笔，在他额头上敲了一下：“你自己又不是不能生，凭什么要朕的孩子，不给！”

轩辕赫玉揉着脑袋大声嚷嚷：“万一我一辈子不娶妻呢？”

“你为什么不娶妻？”

“遇不到合适的就不娶呗。”

“你连相处的机会都不肯给人家姑娘，怎么知道那些姑娘与你在一起就不合适？”

“我连看她们一眼都觉得累得慌。”

容锦白了他一眼：“你有病吧？”

“皇兄，我是认真的！反正咱们是亲兄弟，你就把儿子送给我一个怎么了？我又没向你多要，就一个还不成吗？”

容锦被他的话气乐了：“合着朕的儿子还高产大丰收了不成？”

“别那么小气嘛……”

“出去！”

“皇兄……”轩辕赫玉还要再磨叽下去，被容锦撵走了。

小七一走，容锦的心思又活络了起来。

傍晚回到龙御宫时，九卿正跟宁儿交代事情。

见皇上回来了，宁儿屈膝行礼，给皇上磕头问安。

容锦见屋子里摆了不少名贵的物件，先是挥手打发了宁儿，才问凤九卿：“这些东西是哪里来的？”

身为“史上最悲催”的六宫之主，凤九卿将一份礼品清单递到容锦面前：“马上就要到中秋节，各省各地的官员陆陆续续送了一些礼物进宫。按照祖上的惯例，这些东西都是要送给后宫妃子们享用的。可现在后宫只有我一个人，所以……”她无力地摊了摊手，“你回来之前，我正吩咐宁儿，拣些不太贵重的，作为奖赏，给宫里那些手脚勤快的宫人当作赏赐。至于太过贵重的，直接收入国库就是。”

送来的这些东西都是胭脂水粉，珠宝钗饰，再不就是美丽华贵的绫罗绸缎。凤九卿一个人根本就用不过来，干脆将东西赏给下人，也能收买一份人心。

容锦点了点头：“你看着安排就好。”

正所谓男主外，女主内。自从九卿被立为皇后，后宫中所有的事情便全权交到她的手中，容锦是一概不管，当然，他也没有兴趣管。

他放下礼品清单，将忙碌的九卿拉到椅子上坐了下来，好言好语道：“这些事情，交给下人们去做就好。你现在还怀着身孕，不宜操劳太多，能不动弹，咱们就尽量歇着。别不小心动了胎气，到时候怕是要后悔莫及。”

他的贴心，令九卿感到十分温暖：“你放心吧，我的身体我自己清楚。除了刚知道自己怀孕那几天有些不太舒服，最近的情况一直都非常不错。而且我也问过小七和宫中的御医了。他们说，适当地活动身体，对孩子是很有好处的。”

容锦微微一笑，轻轻拉过她的手臂，褪去她的衣袖。

他的行为，令凤九卿感到不解：“你这是做什么？”

容锦道：“咱们从承阳回来之前，你不是滚下山坡，受了伤吗？朕看看，你身上的伤都痊愈了没有。”

凤九卿失笑：“这都多久以前的事情了，而且那些都是擦伤，早就好了。”

容锦有些不太放心道：“你可不要小瞧擦伤，万一留下疤，岂不是会影响美观？”

“留疤也不怕，小七手里有除疤膏。问他要两瓶涂在疤痕上，不用多久，痕迹就会变浅，非常有效果。”

容锦点了点头：“是啊，朕怎么就把小七的本事给忘了呢。对了九卿……”犹豫了一会儿，他试探地问道，“朕记得你曾说过，那次你和骆逍遥被人追杀时，就发现他的眼睛出了状况，当时的情况到底是怎样？”

容锦真正关心的并不是骆逍遥的眼睛，他只是想从九卿口中了解当时的具体细节。

凤九卿倒是没有怀疑他的动机，将那日事情发生的经过，事无巨细地向他又解释了一遍。只是说到她和骆逍遥背靠着背，睡在一起时，语气有些尴尬：“后来我们实在是困极了，夜里聊着聊着，就没了意识。再醒来的时候，你便带着江龙、江虎找到了我们，事情的经过大致就是这样子。”

“也就是说，你睡着之后究竟发生了何事，你自己也不清楚？”

这突如其来的问题，将凤九卿给问得一怔：“睡着之后还能发生什么事吗？”

容锦微微一笑，赶紧解释：“朕只是觉得你当时在防守上有些疏忽，万一有狼群出现，你们岂不是要遇到大麻烦。”

“这我倒是不担心，因为我们燃了火堆。狼怕火，只要有火光，它们应该不敢轻易靠前。”

容锦轻轻地点了点头：“你有分寸就好！”

凤九卿没再接茬，心底却对容锦忽然问起这件事，感到十分诧异。

他应该不是无聊的男人，而且关于当初发生在承阳那件事，她已经跟他转述过一遍。

为何事隔数日，又重新问起此事？

他究竟在怀疑什么？

亲自下药

关于承阳北门险些遭人暗害的这段小插曲，在那天之后，容锦便再没提起。

时间一如既往地向前流逝着……

容锦和九卿的婚姻也在两个人的精心维护下走向了平稳和正常。

不忙朝政的时候，容锦会陪着九卿在御花园中散散步，赏赏花，喝喝茶水，聊聊天。

就连凤九卿自己都觉得，她最近的日子的确是幸福得过了头，甚至过头到让她觉得这所有的一切都是那么不真实。

这天同往常一样，她和容锦在吃过午膳之后，在御花园中散步，边走边聊，时而回忆过往，时而又憧憬着遥远的未来。

“九卿，逛了这么久，累了吧？咱们去那边的凉亭处歇歇脚。”

两个人踏进了御花园深处的一座小凉亭。现在正值初秋时节，偌大的花园中依旧草木葱茏、繁花似锦。

容锦像对待一件珍稀宝贝那般扶着九卿，亲自从宫女手中接过软垫，放到石雕的椅子上，声音温柔无比：“九卿，坐这里。”

凤九卿被他小心翼翼的样子逗得哭笑不得：“我现在又不是大腹便便，你不必这样草木皆兵，像对待易碎的瓷娃娃一样对待我。”

“那可不行。”容锦一脸认真地摇头，“这可是咱们俩的第一个孩子，也是上天赐给咱们婚后的第一份大礼。要是不小心出了什么意外，那朕可真是要哭死的。”

凤九卿嘴上说着不在意，心底却被他紧张自己的模样感动得一塌糊涂。

凉亭中的石桌子上，摆满了新鲜诱人的水果、酸甜可口的蜜饯，都是九卿平时爱吃的小零嘴。

凤九卿随手拿了一粒话梅放进口中，虽然酸得她眉头直皱，却还是胃口不错地一连吃了好几粒。

容锦笑着调侃："人家都说酸儿辣女，自从你怀了身孕，就酸不离口。看来，咱们的第一个孩子，肯定会是个大胖儿子。"

九卿边吃话梅边回："也未必啊。其实我也很想吃辣食，不过小七说吃太多辣对身体不好，这才不得已地忍着呢。"

就在两个人互相调侃之际，一个小太监小心翼翼地捧着一只漂亮华美的白玉碗，从台阶下走了上来，一进凉亭，便跪倒在地，恭恭敬敬道："皇上，药已经熬好了。"

容锦神色复杂地看了小太监一眼："端过来吧。"

小太监慢慢起身，轻手轻脚地将碗放到了石桌子上。

正在吃话梅的凤九卿不解地挑高眉头："什么药啊？"

容锦将两旁闲杂人等全都打发了，这才对九卿道："这是朕专门让御膳房给你熬的保胎药。"

"保胎？"凤九卿下意识地摸了摸自己的肚子，"小七说，我现在的情况非常稳定，并不需要借用药物来保胎。"

容锦将那只装有深棕色药汁的白玉碗向她面前轻轻推了两下，面上笑容不变道："虽然小七说你身体素质不错，可既然怀了孩子，咱们就要小心对待。这保胎药，是太医院那边专门按你现在的情况给你开的方子，里面的药材有助于腹中胎儿的成长，喝了之后只有好处，没有坏处。九卿，你听话，乖乖把这碗药喝了。"

凤九卿忽然觉得有些不对劲。在用药这方面，容锦以前从来不信任宫中的御医，因为那些御医的医术，与古灵精怪的小七根本没法比。

就算容锦给她喝保胎药，药方也该由小七来出才是，根本轮不到宫里的那些御医。

可是现在，他竟然亲口说，这保胎药的方子是御医配的。

再看容锦那一脸巴不得她快点儿将药喝掉的样子，凤九卿总觉得哪里出了问题。

"九卿，难道你不希望我们的孩子能够在更加健康的状态下好好成长吗？"

"容锦，正所谓是药三分毒……"

"这是什么傻话？如果你是个健康的人，这些药当然没必要喝，可别忘了你肚子里现在还怀着朕的孩子。就算你不为自己考虑，也得为孩子着想。难道你忘了？你曾经在姚天寿的谋害下中了无子毒，就算现在毒已经被解，可这个时候怀上身孕，难保你身体里不会残留着无子毒的痕迹。万一影响了孩子的成长，等将来发现的时候，岂不是要来不及！”说着，他干脆将药碗端了起来，送到九卿嘴边，“乖，快喝吧。难道朕还会害你不成？”

凤九卿下意识地接过药碗，才发现碗有些烫手。

“药太烫了。”

容锦又赶紧将碗拿到自己面前：“朕帮你吹吹。”

他越是表现得急不可耐，凤九卿便越觉得这里面暗藏玄机。

吹了一会儿，容锦将碗递到她面前，哄劝道：“已经温了，这个时候喝下去刚刚好。来，九卿，朕喂你喝。”

“皇上……”就在这时，小福子的声音由远及近传了过来，手中还捧着一封信，“陈州五百里加急，是何将军派人送来的，请皇上亲启。”

凤九卿趁机将碗接了过来，对容锦道：“你若有事，便先去忙吧。”

“朕不忙……”容锦转而又对小福子道：“将信拿来给朕。”

容锦转身跟小福子说话的工夫，凤九卿悄无声息地将碗中的药汁倒进了旁边的草丛中，并抬起衣袖，装出一副将药全部喝光的样子。

这个动作她做得如行云流水，快得令人毫无察觉。

当容锦从小福子手中接过急信时，凤九卿已经将空碗轻轻放到了桌子上。

“九卿，药呢？”

凤九卿从容地回道：“喝光了啊！”

有那么一刻，她好像从他的脸上看到了沉重，以及一抹无法形容的释怀。

他的手在信上紧紧捏了两下，有什么话呼之欲出，最后却还是勾起笑容：“喝了就好，喝了就好！”说完，镇定地将信展开，像是沉浸在公事之中。

坐在他身边的凤九卿从他脸上不经意流露出来的细微表情上看出，他似乎有些害怕和紧张。

这样一个手握重权，独揽江山的男人，他究竟在怕什么？

九卿轻轻将手搭在他的手背上，柔声道：“出了什么事？你好像有些不太对劲。”

畏惧和慌张只在容锦的脸上停留了片刻。很快，他便恢复如常，指着信上的内容道：“何将军在信里说，南海一带，又出现了海寇，几日前从南海通往京城的官船，被那些海寇劫了。好在船上并没有太贵重的东西，只是一些零散的物资，不然朝廷恐怕又要面临巨大的损失。”

迅速将信看完，容锦眯着眼将信摔到了桌子上，重重哼了一声：“这些海寇，真是越来越猖狂了。小福子，你马上去将李将军和赵将军给朕召进御书房，朕有重要的事与他们商讨。”

小福子领命走了。

凤九卿对容锦道：“国事为重，你去忙吧！不用在这里陪我。”

容锦先是看了看那只空碗，眼底闪烁着意义不明的光芒，片刻后，才轻轻点头，道：“好，那朕先去御书房忙着。九卿，你早些回宫休息，千万别动了胎气。”

容锦起身刚要走，忽然又转过头，神色复杂地对她说：“在朕心里，任何人都比不得你重要。只有你健康地活着，朕才有勇气和动力去迎接第二日的朝阳。所以，你才是朕心中最在乎的那个人。”说完这句莫名其妙的话，他才疾步离开。

容锦前脚刚走，凤九卿便对身边伺候的人说，自己有些乏了，决定回龙御宫睡个午觉。并吩咐两旁，她睡觉的时候不准任何人来打扰。

至少在龙御宫那些婢女和太监的眼睛里，皇后娘娘的确回到了寝宫。可事实上，九卿却悄无声息地离开皇宫，直奔小七的王府。

她熟门熟路地来到小七的炼药房。

炼药房里，轩辕赫玉就像个小乞丐，灰头土脸地坐在一只矮墩子上，卖力地捣药。为了炼药，他完全陷入了一种痴迷的状态，就连屋子里有人进来，他都没有任何反应。

凤九卿慢悠悠地走到他身后，不轻不重地在他的后脑勺上拍了一巴掌。

“谁？”猛然受了一掌的轩辕赫玉一下子就从矮墩子上跳了起来，当他看到拍了自己一掌的人是凤九卿时，大叫了一声，“是你？你该不会又趁皇兄不注意，一个人偷偷溜出宫了吧？”

凤九卿好笑又好气地用脚钩过他刚刚坐过的那只矮墩子，径自坐了下去：“你是不是傻，门口怎么连个侍卫都没安排？万一有人趁你不注意的时候夺走你的小命怎么办？”

轩辕赫玉抗议道：“谁说我没在门口安排侍卫的？我明明安排了几个人在门口把守，难道他们玩忽职守，没在外面守着？”

“反正我来的时候外面没人。”

轩辕赫玉恍然大悟地拍了拍自己的额头：“哦，我想起来了，我嫌他们在门口晃来晃去会惹我心烦，三天前便将他们给撤掉了。对了九卿，你怎么来了？”

凤九卿直接从袖袋中抽出一块漂亮的丝帕，向他递了过去。

轩辕赫玉眼神一亮，无比欣喜地接过丝帕：“难道这是你亲手绣给我的礼物？”

“这帕子是宁儿绣的！”

轩辕赫玉一听这帕子是宁儿绣的，顿时没了兴致。

他一把将帕子又丢了回去，没好气道：“我对那个丫头没兴趣，你还是让她死了高攀的心吧。”

凤九卿将丝帕接了个正着，哭笑不得道：“谁让你在这里自作多情了，我有说过宁儿喜欢你吗？”

“她不喜欢我，送我帕子做什么？”

“这帕子上被我染了一些药汁，我是来拜托你帮我验一验，帕子上的药汁究竟有什么功效。”

“哦？”轩辕赫玉又将丝帕接了过去，上上下下打量了一番。

丝帕是浅粉色的，上面绣着精致的图案，右上角的地方残留着一块棕色的水痕。

他将帕子拿到面前仔细闻了闻，由于水痕的地方已经彻底干了，上面并没有什么特殊的味道。

轩辕赫玉径自取来一小杯清水，将帕子有水痕的那角，小心翼翼地放进清水里。

没一会儿工夫，杯子里的水便渐渐变成了浅棕色。

他将帕子丢至一边，从药箱里取出几只奇怪的小药瓶，往杯子里倒了些许粉末，静静观察杯中水的变化。

约莫过了半炷香的时间，轩辕赫玉终于给出了答案：“从味道和颜色来看，这药里含有马钱子和生南星的成分，而这两味药，是有孕女子用来打胎的。”说完，轩辕赫玉的眉头一下子就皱了起来，语气急切道，“九卿，这药你是从哪儿弄来的？你怎么会用打胎药？”

当九卿听到“打胎药”三个字时，只觉得脑袋“嗡”的一声，整个人都眩晕了一下。

不明就里的轩辕赫玉忽然明白了什么，一个大跨步冲到她面前：“你该不会是又跟皇兄闹别扭，一气之下要打掉腹中的孩子吧？”

凤九卿稳了稳心神，对满脸惊慌的轩辕赫玉道：“这药，是今天晌午，你皇兄命御膳房煎给我喝的。他说，方子是太医院的御医配的，并告诉我这是保胎药。”

“皇兄怎么可能会糊涂到将打胎药当成保胎药给你喝？是不是有人又想使坏，想要在暗中谋害于你？”

凤九卿表情阴沉地看了他一眼：“我并不觉得目前的身体状况需要用保胎药来保胎。至于这碗保胎药，是容锦专门吩咐御膳房给我煎的……”

轩辕赫玉眨了眨眼，脸色变得有些难看：“所……所以呢？”

他很想直接问，这碗打胎药是不是皇兄专门给九卿准备的。可这个答案却让他觉得太惊悚，因为在他的印象里，皇兄将九卿当成命根子一样看待。伤她一分一毫都会让他疼痛难忍，他怎么可能会亲自下令，让御膳房给她煎打胎药？

难道皇兄疯了吗？

凤九卿也不愿相信这个事实。

当小七亲口告诉她，今天中午被容锦强迫喝的那碗是打胎药而并非保胎药时，她觉得自己的世界瞬间崩塌。

“也许……”过了很久，她才找到自己的声音，“也许容锦并不像我这样，期待这个孩子的到来。”

“不！这不可能！”轩辕赫玉立刻反驳，“皇兄不是那种人，他不知道有多期待儿子的降生，怎么可能会不欢迎这个孩子的到来？九卿，我想这里面一定有什么误会，说不定是御膳房阳奉阴违。对，一定是御膳房那边在搞鬼，我这就进宫去找皇兄，问问他到底是怎么回事。肯定有人要谋害你和你肚子里的孩子，才胆大妄为地在药里加了不该加的东西……”

凤九卿厉声喝道：“别自欺欺人了！不要忘了，御膳房那边全部是他的心腹。”

轩辕赫玉惊得一屁股坐在地上，无法置信地看着她：“所以你是想说，真正想夺走这孩子性命的那个人，就是皇兄他自己？”

事到如今，凤九卿总算明白，前些天容锦为什么会突然问起骆逍遥的眼疾。

他真正想知道的并不是骆逍遥的眼睛是否已经失明，而是那晚她和骆逍遥单独在一起，究竟有没有做背叛他的事情。

原来如此啊！

这一刻，凤九卿说不清心底究竟是愤怒还是可悲。被深爱之人怀疑忠贞不保，这恐怕是全天下的女人都无法忍受的侮辱。

在今天以前，她一直以为自己是全天下最幸福的女人，原来不过是自欺欺人罢了。

幸福？呵！多么可笑的两个字。

她早就该猜到，她凤九卿，根本就配不起这两个字！

“九卿，你……你还好吧？”轩辕赫玉见她脸色苍白，情绪激动，非常担心她会在一怒之下出什么状况。

凤九卿冲他苦笑一声：“我花了整整十年时间，竟换来今天这样可悲的后果。如果你是我，你会怎么样？”

“我……我想，这一切，有可能只是一个误会……”

“误会……”凤九卿捏紧双拳，唇边冷笑连连，“呵！误会……”

龙御宫所有的内侍，对皇后偷偷离开，又偷偷回来并没有任何察觉。

第七十四章 露真相帝后失和

战争爆发

傍晚，在御书房里跟朝中几位武将讨论完公事的容锦，急匆匆地赶回了龙御宫。

中午在御花园的凉亭处他之所以会走得那么急，并非因为公事真有那么重要。

只是那一刻，他有些不敢面对凤九卿，因为他做了一件恐怕这辈子都不会原谅自己的错事。

虽然在下决定的那一刻他知道这是错的，可私心作祟，他还是在冲动之下做出了选择。

整整一下午，他都在忐忑不安的情绪中度过。

总算熬到了傍晚，当容锦踏进龙御宫宫门的那一刻，更是心虚得厉害。

“皇上回来了。”正在屋子里忙前忙后的宁儿，见皇上回宫，赶紧上前行礼问安。

“娘娘呢？”

宁儿笑道：“自从皇上去了御书房办公，娘娘便称身体乏累，从晌午一直睡到现在，还吩咐奴婢，未经允许，不得擅自进去打扰。不过眼下就要到晚膳时间，想来娘娘应该已经醒了。”

容锦点了点头，径自向寝宫的方向走去。当他推开那两扇大门时，就见九卿正坐在窗边的一把摇椅上，从窗口处洒落进来的夕阳余晖照在她脸上，仿佛泛起了一层金色的光芒。

他心尖微微一颤，快步走进去，从旁边拎起一件外袍，体贴地披在了她的肩上。

“窗口风大，你怎么也没给自己披件衣裳？”

凤九卿仿佛才注意到他的存在，嘴边勾出一抹若有若无的讥笑。

“窗口的风再大，也吹不死我腹中的孩子，你有什么好担心的？”

容锦眉头微微一皱：“你怎么会说出这种话？朕只不过在担心你的身体……”

凤九卿冷冷看了他一眼：“你真的担心我的身体，为什么要给我喝打胎药？”

容锦瞬间变了脸色，他向后踉跄了几步，心神不稳道：“你在胡说什么？”

“容锦，我与你相识相知十年有余，你是不是觉得，我对你的脾气秉性一点儿都不了解？”她缓缓起身，神情倨傲地与他四目相对，“就为了你心底那小小的怀疑，你便要对我们的孩子做出这么残忍的决定？容锦，当你将那碗打胎药喂到我嘴边的时候，你都不会觉得残忍吗？”她一把抓住他的手，放在自己平坦的小腹上，“这里面曾经孕育的那个，可是你的亲生骨肉。”

容锦像碰到了一块烫手山芋，忙不迭抽回手，慌乱地解释：“九卿，你听我说……”

“说？你还想说什么？当你给我喝下那碗打胎药时，你已经失去了与我说话的资格。”

凤九卿从来都没像现在这么恨过他。就连当年他为了姚雪灵射了她一箭，险些夺走她的性命，都没让她恨到这个地步。

“你这个人真是好可怕！”她看着他，像看着陌生人，“十年的感情，竟换不来你一丝一毫的信任。轩辕容锦，你不愧是脚踏千万尸体，最终坐上皇位的铁血帝王。像你这种高高在上的当权者，心果然是冷的。”

“九卿，你先不要激动，朕知道自己可能在不理智的情况下做了一些令你无法忍受的事情。可……”

容锦语无伦次地想要解释，却发现任何理由都是借口，无法让他恳求她的原谅，他徒劳地想要伸手去拉她，她像躲瘟疫那样躲开了他。

这样的九卿，令容锦感到非常害怕。

有那么一刻，他觉得自己可能就要失去她。可一想到两个人曾经在一起经历了那么多风风雨雨，他又单方面坚信，九卿不会对他那么残忍。

“九卿，你可还记得今天在御花园里，朕临走前与你说的那句话？朕说，这个世上，没有人能取代你在朕心中的位置，就连你腹中的孩子亦是如此。朕知道自己做了一些不该做的事，让你伤心难过。可朕只要一想到你和骆逍遥睡在一起的画面，心里便忍不住嫉妒。朕相信你在感情上不会背叛于朕，可……可朕还是会害怕……”

“啪！”凤九卿狠狠抽了他一记耳光，怒道：“你真肮脏！”

这一记耳光，她一点儿都没留情面，容锦的嘴角被打出了一丝鲜血。

他揉了揉麻痛的嘴角，拭去唇边的血渍，神色不再惊慌。

“对！”他毫无愧色地点头，“你说得没错，朕的想法的确非常肮脏，可朕并不后悔做出这样的决定。九卿，我们都还年轻，孩子没了，我们可以再要！”

凤九卿就像听到一则天大的笑话：“再要？你也配？”她一把将他推至一边，厉声吼道，“发生了这样的事情，你以为我们还有继续下去的可能吗？”

“不然呢？”容锦见她发了狠，心中也是怒意横生。

他粗暴地抓住她的手腕，将她牢牢囚禁在自己的怀中：“朕这么做，只是想一绝后患。你对骆逍遥或许没有其他想法，你怎么敢保证他没有趁你睡着的时候对你有不轨的行为……”

凤九卿气得抬起手，就要抽他第二记耳光，却被容锦一把抓住手腕。容锦咬牙切齿地对她道：“你为什么不能站在朕的立场上替朕想想？如果你是朕，亲眼看到自己心爱之人，与另一个人像情人那般亲密地睡在一起，紧接着便怀上了孩子，你会怎么想？朕的确很想要一个孩子，但那个孩子必须是朕亲生的……”

凤九卿从他的怀中挣脱，顺便扯回自己的手腕：“好！你尽管去要你自己的孩子，只是从今以后休想再碰我一下。容锦，我们结束了！”

“哼！你说结束就结束，你觉得这种结论现实吗？普天之下，莫非王土；率土之滨，莫非王臣。纵然你插上双翼，又怎么能逃得过朕的掌控？”

这一刻，容锦忽然变得无比邪佞。他一把捏住她的下巴，用警告的语气道：“你当然可以自私任性地逃向天涯海角，可你不要忘了，你还有亲人和朋友在朕的掌控之中。你要是有什么三长两短，那些与你有关的人，一个都别想逃掉。”

凤九卿嘲讽地笑了一声：“这就是你爱一个人的方式？”

容锦放柔声音：“朕也很想用你喜欢的方式来爱你。可是九卿，你实在太过耀眼。为了避免你被其他人抢走，朕只能断了你的羽翼，掩去你的光芒，将你囚禁在只有朕一个人能找得到的地方。至于孩子……”他的唇轻轻贴向她的耳际，“咱们今后的日子还有那么长，何患要不到呢？”

陷入冷战

那天之后，皇上和皇后陷入了冷战。

容锦知道自己做的事情会让九卿非常难过，其实做过之后他自己也很后悔。

他曾劝过自己，就算替别人养孩子，只要那个孩子是九卿所生，他便可以将孩子当成自己的亲生儿子来爱护。

可他害怕。害怕那个孩子的身体里如果流的是骆逍遥的血，他不敢保证有朝一日，九卿和孩子，都会被骆逍遥那个心机深沉的男子抢走。

为了永绝后患，他在冲动之下做出了这个残忍的决定。

只有他自己知道，他的心比谁都痛。

九卿为了这件事对他恨之入骨，他能理解，甚至也能感同身受。

不过他相信，时间可以冲淡一切。等九卿的怒气慢慢散去，他再想办法哄她开心，两个人就会像从前一样，恢复如初。

结果他没等到九卿对他的宽恕，反而迎来小七对他的责问。

当轩辕赫玉搞清楚来龙去脉之后，再顾不得什么兄弟之情，怒气冲冲地闯进皇宫，不理会御书房里还有大臣与容锦谈论公事，一脚便将书房里一只香炉踢翻在地。

七王突如其来的怒气，将御书房中所有的人都给吓到了。

小福子急三火四地从外面闯了进来，一把拦住轩辕赫玉，胆战心惊道："王爷，您这是要干吗？"

"你给我滚一边儿去！"轩辕赫玉一脚将小福子踢开，对屋子里几个惊慌失措的大臣道，"你们也马上给我滚！滚！马上滚！"

“皇上，这……这是什么情况？”

几位正商讨国是的大臣还是头一次看到七王发脾气。这七王的胆子也太大了吧，就算皇上再怎么疼爱他这个弟弟，敢以下犯上用这种嚣张的态度闯进御书房，犯的也是君前失仪的死罪。

容锦脸色不太好地冲众人挥了挥手，对他们道：“各位爱卿暂且退下，等朕处理完手边的事情，再请你们进宫做下一步商讨。”

众人知道皇上这是有话要与七王单独说，虽然不知道这兄弟二人到底发生何事，可从七王那暴怒的脸上不难看出，皇上肯定做了什么让七王无法忍受的事情，才会把这位爷气到暴跳如雷。

众人一走，轩辕赫玉一头冲到容锦面前，指着他的鼻子道：“你就是一个疯子，居然连自己的亲生骨肉都不放过。我怎么会有你这么心狠手辣的哥哥？你根本就不配做我哥！”

容锦面无表情地坐在原位纹丝未动。面对小七的指控，他不带任何情绪道：“不想给朕当弟弟，你可以马上走！”

轩辕赫玉大怒：“你就是用这种态度来回应九卿对你的爱的吗？”

“朕如何回应九卿的爱，那是朕与九卿两个人之间的问题，与你一个外人有什么关系？”

“你没良心！”

“朕有没有良心，自有上天做评断，还轮不到你来指手画脚。”

“你……你简直不可理喻！”

容锦冷笑一声：“朕不可理喻，那么你呢？”他指了指刚刚被轩辕赫玉一脚踢飞的香炉，“像条毫无教养的疯狗一样闯进御书房，并当着那么多大臣的面以下犯上。轩辕赫玉，朕倒是要问问，这规矩是谁教给你的？”

“规矩？”轩辕赫玉一把将他桌上的笔墨纸砚全部砸到地上，“到了这个时候，你居然还与我讲规矩？你连自己的亲生儿子都不放过，这天底下还有什么事是你轩辕容锦干不出来的？”

“你怎么知道那个孩子一定是朕的？”

“孩子当然是你的，因为九卿不可能怀上骆逍遥的孩子。”

容锦眉头一蹙，目光微微闪烁。轩辕赫玉一字一句地对他说：“我早就告诉过你，暗黑草毒性很大，不但可以置人于眼盲，且受染者在三年之内没办法使女子受孕。”

“你说什么？”这个答案，终于让容锦无法继续冷静。他猛地从椅子上站了起来，一把揪住轩辕赫玉的衣领，“无法使女子受孕是什么意思？”

轩辕赫玉气哼哼道：“就是字面上的意思！这个药对男子生育方面影响极大。如果那个骆逍遥当初熬药给九卿治病染上毒气，不但他的眼睛有可能会瞎，恐怕未来一段时间，他还要像个苦行僧一样做清心寡欲的和尚。”

容锦此时实在是无法形容心底的震撼，他惊得坐回原位，心里全是懊悔。

他到底对九卿做了什么？

孩子……他居然亲手害死了自己的亲生骨肉？

他和九卿曾经那么希望拥有一个属于彼此的孩子，可他却因为心底对骆逍遥的怀疑，酿下了这样一桩可能一辈子都无法挽回的大错。

难道他真像小七所说，已经疯了吗？

轩辕赫玉接下来对他的斥责和不满，已经让容锦充耳不闻。

他不知道自己究竟是怎么走回龙御宫的，只觉得当他踏进宫门的时候，浑身的力气好像全部被人给抽走。

他知道自己在害怕，怕面对九卿，更怕面对犯下错误的自己。他自私自利，又一意孤行。

如果时光可以重来，他一定痛改前非，推翻他曾经犯下的所有过错。

带着这种沉重的心情，容锦小心翼翼地推开寝宫的房门。他既想尽快看到她，又十分害怕面对她。

屋子里，九卿坐在桌案前，提着毛笔，正认认真真写着什么。

他知道她一定听到了门响和脚步声，可她并没有抬头，甚至都没有回头看他一眼。他轻手轻脚地走到桌前，看到她在纸上通篇写着“桀”字。

那一瞬，容锦的心痛了起来。他知道这个“桀”字背后所代表的意义。九卿似乎在用这样的方式，来哀悼那个已经“逝去”的孩子。

他一把压住她正在写字的手，声音嘶哑道：“九卿，朕知道错了！”

凤九卿没有抬头看他，一把甩开他的手，一笔一画继续着之前的动作。

容锦从她的背后紧紧环抱住她，嗓音颤抖地说道：“要朕怎么做，你才肯原谅朕？”

凤九卿停止写字的动作：“你并没有做错什么，所以无须道歉。”

她慢慢放下手中的毛笔，转身与他四目相对，语气疏离又陌生：“你是高高在上的帝王，你有资格和理由怀疑一切对你不忠的人，包括妻子、臣子，或是你的儿子。你没有错，你做的一切决定都是应该应分。错的人是我，我不该为了解无子毒，不顾你的意愿，跑去承阳。不该为了鬼见愁，只身冒险，差点儿中了周无双的算计。而我最不该做的就是，为了不让你这个皇帝为难，居然心心念念地去静安寺求子……”

她语气忽然变得一狠：“历经了那么多艰难险阻，老天爷好不容易赐给我一个孩子，竟被你一碗打胎药给否决了。这只能说明一个问题，我肚子里的那个孩子，从一开始，就没资格出现。”

容锦用力摇头：“不！这一切都是朕的错。九卿，朕知道你心中有恨有怨，朕甚至执意地认为自己所做的一切都是正确的。直到小七今天进宫来找朕，朕才知道，你和骆逍遥之间是清白的。朕当时一定是被猪油蒙了心，才会自私地认为你在身体上背叛了朕……”

越往下说，容锦便越是语无伦次。他心里想的全是道歉和自责的话，可说出口的忏悔，充满了苍白和无力。就连他自己都无法原谅自己，又怎么敢奢望九卿的原谅？

凤九卿已经不想知道小七究竟与他说了些什么。不管他们说了什么，都改变不了眼前的局面。

“你不用愧疚。我说过，不管你做了什么决定，对你来说，都是对的！”

“可朕知道自己错了……”

凤九卿冷笑一声：“对与错现在还重要吗？”

她的话，让容锦无言以对。就算他现在把自己的心挖出来给她看，也改变不了已经发生的悲剧。

他紧紧抓住她的手，就像一个漂浮在海上多日的求生者，无助地抓住这唯一一块活下去的浮木，用卑微得连自己都不敢相信的语气道：“我们可以再要一个孩子。这一次，朕一定会好好珍惜……”

在他无比期待的目光中，她冷冷回了一句：“我累了，我现在只想安静。”

为爱囚禁

那天之后，凤九卿很明显地意识到，她被软禁了。

龙御宫四周的守卫比从前多了两倍，就连她想踏出宫门，都会被宫中的太监以“她身体不适”为由，跪请她不可擅自踏出龙御宫的大门。

于是，她的活动范围被局限在龙御宫之内。想要出宫，必须征求皇上的旨意，否则，她就犯了违抗君令的罪名，是要接受宫规惩罚的。

凤九卿被气得不知该哭还是该笑。

“我究竟犯了什么错？为什么不准我离开宫门？难道我这国母之尊只是皇上扮家家酒，随便捏造出来的假身份吗？”

话音刚落，守在宫门口的侍卫们便齐齐跪了一地。

为首的侍卫恭敬而又不失倨傲地回答：“属下是奉皇上旨意，守在龙御宫四周来保护皇后娘娘的安全。”

凤九卿不悦地眯起双眼：“安全？现在正是太平盛世，无外忧，无内患。何人敢妄动本宫安全？”

“皇上旨意，属下不敢违抗，还请娘娘莫要为难。”

凤九卿还要再说什么，被宁儿轻轻拉了拉衣袖，小声劝道：“既然这是皇上的旨意，娘娘，咱们还是先回去吧。”

凤九卿知道继续难为这些侍卫，也争不出一个高低胜负，只能悻悻而归。

宁儿担心她被气个好歹，跟在她身后小心翼翼地劝道：“依奴婢来看，皇上这么做，也是为了娘娘的身体着想，毕竟……”

宁儿语气微微顿了一下，没敢将皇上给皇后送打胎药的事直接说出口。这件事，现在在宫中几乎是一个人人皆知的秘密。

没有人知道一向疼爱皇后的皇上，为什么要做出这样残忍的决定。不过站在一个婢女的立场，宁儿并不希望皇后因为这件事，与皇上冷战到底。

“总之不管怎么说，皇上对娘娘的感情天地可鉴。下令限制您的出行，自有他这么做的道理。为了娘娘的凤体着想，这几日还是安心留在宫中好好调养身子，免得落下什么病根儿，日后年纪大了，对身体造成影响。”

就算宁儿没有将话明说，凤九卿也听出她话中的意思。对于一个刚刚喝完打胎药的女人来说，她现在的身体的确应该是憔悴和娇弱的。

她不耐烦地冲宁儿挥了挥手：“你先退下吧！”

这种有如困兽一样的局面，让她心底对容锦那唯一一点儿爱恋，也因为他的独断专行、蛮不讲理而消失殆尽。

宁儿乖巧地福了福身子：“那娘娘安心在房里休息，奴婢就在外面候着，有什么吩咐，您叫一声就是。”说完，躬身离去。

虽然凤九卿的行动受到了限制，可她的生活质量并没有受到影响。

每天宫里的内侍都会将御膳房做好的美味佳肴，按照她的口味，准时送到她的面前，各种新鲜的瓜果也从不间断。

只是送来的东西多，被她吃掉的东西少。

容锦听说了这件事，心中焦急万分。在他看来，九卿刚刚流产，正是需要大补的时候，不吃东西，身体怎么能承受得住。

傍晚，他回到龙御宫时，见桌子上摆放的珍馐美味几乎一口都没被动过，他的心一下子就疼了起来。

“九卿，听说你一整天都没吃东西。是不是胃口不好，要不要朕请小七过来给你看看？”

凤九卿完全不想搭理他，躺在床上，百无聊赖地翻着书。

容锦略带几分讨好之意，坐到她的床边，轻轻拿走她手中的书，柔声劝道：“躺着看书对眼睛不好，而且你现在的身体也不适合看书。你想同朕闹脾气，朕随你闹。你不高兴，骂朕两句，打朕两下，朕都可以由着你。可你不吃不喝，身体会受不住的。”

“容锦……”凤九卿坐起身来，目不转睛地看着他，“是不是在你眼中，现在的我就是一个活该被你囚禁的囚犯？”

轩辕容锦见她总算正眼看自己，心情稍稍明朗了几分，他好言好语道：“你怎么会这样想？在朕心中，你是比无价之宝还要重要的存在，朕怎么可能会用对待囚犯的方式来对待你？”

凤九卿冷笑一声：“若非如此，守在宫外那些不准我出门的侍卫你又怎么解释？”

“他们是朕特意安排在这里，保护你周全的。”

“难道有人要杀我？”

“防患于未然！”

“呵！防患于未然？这么可笑的借口，亏你想得出来！”

容锦并没有将她的讥讽放在眼中，耐心哄道：“朕之所以不想让你四处乱走，主要是担心你的身体。朕听说，流产也是需要坐月子的，不能随便去外面吹风，这样会给身体留下病根的。”

提到孩子，凤九卿的脸色一下子变得难看不已：“身体是我的，我想怎样就怎样，你管得着吗？”

容锦一本正经道：“朕当然管得着。因为你还要陪朕过完下半辈子，要是你的身体出了什么问题，朕岂能安心？”

“哼！当初你给我下药的时候，怎么没想过会给我的身体带来伤害？”

容锦诚恳道：“朕已经知道错了。是打是骂悉听尊便，朕对你只有一个要求，好好保养身体，千万别因为朕的愚蠢，而伤害了你自己。”

“容锦，你知道现在的你，有多虚伪吗？”

凤九卿推开他搭在自己身上的手，嘲讽道：“说一千道一万，你真正担心的并不是我的身体，而是害怕我会在你不注意时一走了之。你身体里流着残酷的血液，亲情与爱情对你来说，只是生命中的一小部分。因为你输不起，所以便毁灭一切对你来说可能是障碍的存在。你知道你现在在我眼中有多可笑吗？你已经不再是那个曾经率领千军万马，带着壮志宏图去攻打北漠的轩辕容锦了。”

她无情的话，令原本挂笑的容锦的表情，瞬间变得阴郁起来。

他缓缓起身，居高临下地看着她，道：“如果朕给你自由，你会不会在朕完全看不到的情况下一走了之？”

凤九卿反问：“你觉得呢？”

容锦冷笑了一声：“所以，你还是乖乖听话，留在龙御宫好好调养身体。朕相信，时间可以冲淡一切。”

第七十五章

去与留百般纠结

大彻大悟

那天之后，容锦非但没有解除对九卿的囚禁，反而还在原有人手的基础上，又加了一层守卫。

现在的龙御宫，对凤九卿来说，真比囚笼还要可怕。

帝后之间陷入冷战，最倒霉的就是身边的下人以及朝中的臣子。

容锦可以在九卿面前伏低做小，好话说尽。在朝臣面前却越发严厉，甚至变得不可理喻。

贺明睿觉得再这样下去，只能让两个人的关系越拉越远，于是主动做起和事佬，决定替皇上去皇后面前求个情。

"如果你今天是来给那个男人当说客的，我劝你还是大可不必。不管你说什么，都改变不了我的心意，我跟他之间，不可能再恢复从前。"

面对贺明睿的主动求见，凤九卿一下子便猜出对方的来意。

自从她跟容锦陷入冷战，已经有不少人受容锦所托，来寻求她的原谅。

若是其他事，凤九卿未必会气这么久。她也是有血有肉有灵魂的，容锦这次的行为，严重触犯到了她的底线。

这让她开始怀疑，他对她根本就不是爱，而是自私的占有和无情的伤害。

被当场揭穿来意的贺明睿尴尬地笑："好吧，既然你已经猜到我的来意，说再多周旋之词倒显得我愚蠢可笑。我不否认这次的确是来给皇上当说客的，不过基于私人立场，你我曾经也称得上是无话不谈的好朋友。时至今日，大家的身份都发生了改变，你是黑阙的皇后，我是黑阙的丞相，唯一没改变的，也许只剩下我们之间曾经共患难的那段友情。”

因为受到了软禁，凤九卿每天唯一能打发时间的，只有伏在案前写字、作画。面对贺明睿的苦口婆心，她似笑非笑地从埋头作画中抬起头，挑了挑眉：“莫非你还想与我打友谊牌？”

贺明睿走到书案前，看着她寥寥几笔画出来的水墨画，没有回答她的问题，反而问了一句：“上次燕国帝后来我黑阙做客，皇后当着众人的面作的那幅画中画，令臣直到今日都记忆犹新。臣一直想找个时间讨教，为何画遇到了水，便会幻化成另一幅图案？”

凤九卿放下笔，擦了擦手，简短回了一句：“问题主要出在颜料上，作画的颜料参杂了树脂和特殊的药材，遇到水后，会产生药物变化，因此才会显露出不同的图案。”

贺明睿冲她竖起大拇指，赞道：“果然高才！”

“明睿，像你这么聪明的人，实在没必要像个小孩子一样向我讨教这么简单易懂的问题。你的能力在我之上，想摸清其中原理，应该是小菜一碟。”

“皇后这话可真是抬举为臣了，如果皇后是男儿身，在朝中的影响力一定比臣还要大。”

凤九卿哼笑一声：“依我的脾气秉性，若为男子，必会成为朝堂上的佞臣，早晚都是被上位者除之后快的大奸角。”

“哈哈哈……”贺明睿朗声大笑，“皇上要是有你这样聪明绝顶的臣子，晚上睡觉都会笑醒，又怎么会对你除之后快？”

凤九卿一本正经地说：“因为像我这种眼中容不下一粒沙的脾气，唯一信奉的只有八个字，顺我者昌，逆我者亡！”

贺明睿丝毫不被她的霸气所影响，同样用一本正经的语气回道：“所以臣才说，你与皇上，是天生绝配！”

“是不是天生绝配现在成了次要问题。主要问题是，我无法接受自己的伴侣是像轩辕容锦这样自私成狂的男人。明睿，你我相识数年，对我的脾气应该有所了解。现在被容锦毁掉的不仅仅是一个还没出生的孩子，而且还有我与他之间对彼此的信任。夫妻之间若没了信任，你觉得还有继续走下去的必要吗？”

贺明睿感同身受地点点头：“皇上这次这件事，做得确实欠缺考虑。”

“所以你还要不要继续留在这里为他说好话？”

“臣并没有为皇上说好话的想法，只是以朋友的身份来探望皇后。”顿了顿，贺明睿又接口道，“虽然有些话说出来可能会让你觉得我是在放马后炮，但当初咱们离开北漠之前我曾跟你说过，皇上命犯孤煞，凡是与他接触的女子，都不会落得好下场。而那时你是怎么回答我的？”

提起过往，凤九卿的记忆一下子被拉回到几年前。

当年，明睿的确隐晦地劝过她在与容锦的感情上一定要三思而后行。而她却执拗地相信，我命由我不由天。

事实证明，她的想法还是太天真了。凤九卿无声苦笑：“若当初我肯听你一句劝，未必会沦落到今天的下场。”

贺明睿摇了摇头：“臣给你一句良心的建议，与其在这里怨恨命运的不公，倒不如顺应天意，站在彼此的立场为对方考虑一二……”

凤九卿听完后，怒上心来：“就是因为我太多次站在他的立场上为他考虑，才落得今天这么一个狼狈的下场。明睿，你说我任性也好，自私也罢。当我知道他想要用一碗打胎药打掉我腹中孩儿的那一刻，我已经决定与他恩断义绝，不可能再继续这段夫妻情分。”

“你想恩断义绝就恩断义绝？朕告诉你，那不可能！”站在门外许久的容锦听到这句话，再也按捺不住心中的焦躁，气极败坏地从外面闯了进来。

他可以忍受九卿对他的指责和不满，也愿意接受她给他的惩罚和斥骂。

可当他听到她亲口说出“恩断义绝”这几个字时，他彻底暴怒了。

无视贺明睿的劝阻，容锦一把抓住凤九卿的肩膀，厉声道：“闹也闹了，疯也疯了，你究竟还要折腾到什么时候？对，朕承认当初不顾你意愿打掉你腹中孩子的行为确实不对。可你是朕明媒正娶的妻子，也是黑阙的国母，仅凭一个只在你腹中生存了两个月，连形状都没成的孩子，你就要与朕恩断义绝。凤九卿，你怎么能如此心狠？难道在你心中，朕的地位已经低到连一个胚胎都不如吗？”

“胚胎？”被他用力捏住肩膀的凤九卿的吼声比他还要大，“那不仅是一个胚胎，他是你的亲生骨肉。你杀了他，就等于否定了我们之间的感情……”

“孩子以后我们可以再要……”

“你觉得我还会再给你生吗？”

容锦被她绝情的语气气到跳脚：“就算正常怀孕的女子，也有意外流产的时候。你就不能将这件事当作意外，放下一切，重新开始？”

“重新开始？你说得可真容易。”

“不然你还想怎么样？是不是非要朕以死谢罪你才甘心？”

“皇上……”贺明睿赶紧上前劝阻，“皇上，你冷静一些。皇后痛失爱子，她情绪不稳、心情不好，作为男人，你应该理解。”

容锦大怒：“哪里就有什么爱子？那个孩子在她肚子里只存活了两个月，连形都未成，是男是女都不知道。而且朕已经无数次向她赔礼道歉，为什么还要揪着这件事不肯放手？说一千道一万，她不就是因为朕怀疑她跟骆逍遥有私情，才会气成这副模样吗？”

“皇上，不管谁是谁非，你先放开皇后，大家可以坐下来开诚布公地好好谈谈。你这样冲动，只会让事情变得更加糟糕……”

贺明睿见凤九卿的脸色变得越来越苍白，隐隐意识到有些不太对劲。

可轩辕容锦正在气头上，根本听不进去他的劝告。他一连忍了这么多天，现在实在是忍无可忍。

因为他从九卿的态度中明显感受到她去意已决。这样的九卿，既让他感到愤恨，又让他觉得害怕。

此时他脑海中只有一个意识，不惜一切代价，也要将她留在自己身边。他无法承受再失去她一次的痛苦，那会让他陷入彻底的绝望之中。

“皇上，你冷静一下。臣觉得皇后现在的状态有些不太对劲。你看看她的脸色，白得就像纸片一样……”

在贺明睿的提醒下，容锦总算注意到凤九卿的不对劲。她脸色惨白，嘴唇发青，目光涣散。这哪里是不对劲，这分明就是出了大状况！

“九卿，你怎么了？”

容锦下意识地放开手，结果他才刚刚松手，凤九卿就像被抽空了所有的力气，软软地瘫倒下去。

容锦忙不迭将她抱进自己的怀里，对贺明睿道：“快！快去找小七！”

轩辕赫玉已经记不得这是他第几次被皇兄急召进皇宫了。得知九卿在皇兄的“欺负”下又出了状况，他气极败坏地闯进龙御宫，刚要对自家皇兄发出责难，就被贺明睿拦了过去：“有什么话，等你看过皇后的病情之后再说也不迟。”

轩辕赫玉重重“哼”了一声，这才提着药箱，向床边走去。

此时的九卿已经陷入了昏迷状态。

容锦在一旁急得来回踱步：“怎么会这样呢？朕当初向御医索要药方时，那些老家伙明明告诉朕，那个打胎药方对身体并不会造成任何伤害，只要好生调养几日就能恢复如常。难道是那些老家伙欺骗朕，想趁机谋害九卿的性命？”

贺明睿赶紧劝道："依臣之见，太医院的御医并没有这个胆子。"

"哼！这天底下想要夺朕和九卿性命的大有人在。"

"你们俩能不能安静一下，别打扰我在这里帮九卿看病。"

轩辕赫玉挨个瞪了两个人一眼，直到两个人全部闭嘴，才凝眉敛目，继续诊脉。

"咦？怎么会这样？"

容锦的心一下子又吊了起来，急忙问道："怎么了？九卿该不会又被人偷偷下了毒吧？"

"皇兄，你就不能盼九卿一点儿好？"

轩辕赫玉白了容锦一眼，又静下心继续把脉，过了一会儿，他的眉头慢慢舒展开来，眼中流露出些许喜悦："孩子居然还在。"

"什么？"容锦和贺明睿同时一惊。

尤其是容锦，眼睛瞪得溜圆："你是说，九卿并没有打掉孩子？"

轩辕赫玉顾不得挤对他，用力点了点头："虽然从脉象来看，她现在的情况有些不太好，可我十分确定，她肚子里的孩子还活着。"

容锦简直不知该如何形容心中的激动。难道说，当日他给九卿的那碗打胎药，她并没有喝掉？

"小七，你快告诉朕，九卿现在的情况怎样？"

"劳累过度，饮食不当，休息欠佳，心情不畅。就算孩子并没有被打掉，以她现在这个状态，想要将孩子顺顺利利生下来，恐怕也是一个大难题。"

原本喜悦的心情，顿时在小七的打击下消失殆尽。

容锦坐在床边，轻轻拉起九卿的手，无比自责道："一切都是朕的错。小七，只要你能保住九卿肚子里的孩子，朕愿意付出任何代价。"

值得庆幸的是，九卿之所以会昏迷，只是因为当时的情绪过于激动。

她只昏迷了一炷香的时间，便在众人的期盼下缓缓转醒。

贺明睿知道皇上这时一定有很多话想要与皇后说，便扯着轩辕赫玉的衣袖，示意他别继续留在这里碍眼。

待房间里只剩下容锦和九卿两个人，他才语带愧疚道："九卿，朕真的没想到，孩子居然还活着。你之前为什么没有将这件事告诉朕呢？"

醒来后的凤九卿真是一句话都不愿与他讲，只是别过脸，拒绝与他面对面。

容锦非但不恼，反而柔声道："好，你不想与朕说话，朕也不勉强。你现在的心情朕能理解，朕能有今天，都是自作自受，活该如此。至于你腹中的孩子……"他小心翼翼地将手放在她的小腹上，“朕会与你一同期待他的出生，之前的事，朕向你道歉。从今以后，朕不会再怀疑你对朕的感情。九卿，不管你能不能明白朕当时的心情，朕只求你再给朕最后一次机会。”

虽然他知道短时间内，九卿不会原谅他，但既然她肚子里的孩子还在，这足以说明一个问题，九卿心里还是对他有情。

不然，也不会在那么伤心绝望的情况下，还留着他的种。

容锦坐在床边自说自话了好一会儿，见九卿连吭都懒得吭一声，他不气不恼，好脾气地在她耳边说道：“别气了，气大伤身。你要是不想跟朕说话，朕也不勉强，不过为了你肚子里的孩子着想，首先咱们得把身体养好。至于外面那些侍卫，朕已经将他们全部撤掉了。从现在开始，只要不离开皇宫，你想去哪儿就去哪儿，朕不会再干涉。”

见她眼底似有松动，容锦再接再厉道：“当然，如果你非要出宫去溜达也不是不行，但身边最好有人跟着。你要是不介意，等朕忙完手边的公务，可以陪你一起出宫去逛逛。”

尽管凤九卿还是对自己爱搭不理，容锦觉得他还是取得了阶段性的胜利。

九卿不顾一切地保住他的孩子，就是对他最好的爱的证明。

嘴上说已经将龙御宫外面的侍卫全部撤掉，为了以防万一，他还是安排了暗卫，密切关注九卿离开龙御宫后的一举一动。

他以为九卿对暗卫的存在毫无所觉。事实上九卿早就将那两个暗中盯着她的暗卫尽收眼底。

所谓的自由，根本就是他为了哄她，而编造出来的谎言罢了。

在宁儿的陪伴下，她去御花园散了两次步。结果除了那两个暗卫之外，御花园里一下子多出了好多内侍。

有人捧着水果，有人端着茶壶，有人拿着外袍。

她每走几步，那些人就会亦步亦趋地小心跟随，时刻准备听候她的吩咐和差遣。

这种情况发生过两次之后，凤九卿对出宫已经没了兴致。

这天，她百无聊赖地躺在铺着软垫子的摇椅上小睡，耳边忽然传来异样的声响。凤九卿对危险有着超乎常人的警惕性，她一下子睁开眼睛，向房间四周望了一眼。

随即冷静而又严肃地问：“谁？”

就听窗口处传来一阵男子的低笑。熟悉的声音，一下子勾起凤九卿心底的记忆。

“骆逍遥？”随着这个名字脱口而出，窗口处忽然闪进一道黑影。

出现在眼前的，不是骆逍遥还会是谁?

凤九卿的心一下子便雀跃起来，猛地跳下摇椅，直奔窗口走去。

她有些不敢相信自己的眼睛，上上下下打量着眼前俊美高大的男子："我这是在做梦吗？逍遥，真的是你？"

骆逍遥将食指放在唇边，轻轻冲她"嘘"了一声："龙御宫外面至少有七个暗卫，宫内有八个太监，六个宫女，还不算守在你门口随时听候差遣的那个叫宁儿的丫头。"

凤九卿微微一惊，压低声音道："七个暗卫？可我只发现了两个。"

骆逍遥微微一笑："看来你怀孕之后，警觉性可比从前降低了不少。不过这也不能怪你。那几个暗卫身手的确不错，我也是费了好一番功夫，才偷偷摸到你这里的。"

凤九卿顾不得其他，直直看向他的眼睛："我已经从苹儿那里听说你的事了。逍遥，你的眼睛……"

"这并不是重点。我今天冒死闯来这里，只想问你一句，你愿意离开这里，去过新的生活吗？"

突如其来的问题，问得九卿面色一怔。

骆逍遥又道："那家伙对你做的缺德事，我已经知道了。"

想到容锦因为怀疑自己跟别的男人有染，而偷偷给她喝打胎药这件事，总能勾起凤九卿心底最深的怨恨。

"九卿，虽然我不想在人后说他坏话，但那件事他做得的确太过。虎毒尚且不食子，更何况这个孩子，还是你费尽千辛万苦才求来的宝贝。我时间有限，你若想走，我自会帮你安排。你若选择留下，就当咱们现在是老朋友会面。决定权在你，我只是给你提供一个选择的捷径。"

凤九卿不太确定道："天涯海角，我又能逃去哪里？"

骆逍遥自负一笑："你想离开，我自有办法。"

"容我考虑一二……"

"好，我给你一天时间考虑。明天这个时候，我会想办法再混进这里，到时你给我留个暗号，若想离开，就在门口那棵树上挂一块红布条。如果明天这个时候我没在门口看到红布条，就当你放弃。"

说完，他忽然压低声音，小声道："外面好像有人来了，九卿，记住我刚刚的话，我先走一步。"

说完，骆逍遥轻盈地跳出窗外，眨眼之间便消失不见。

从外面敲门而入的正是端着一盘新鲜水果的宁儿："娘娘，这是皇上刚刚派人送来的大樱桃，说是从外省快马加鞭专门送来给您吃的。"

凤九卿很快恢复如常，面无表情地看着宁儿渐渐走向自己，将洗得干干净净的大樱桃放到了自己面前。

水果盘里的樱桃个个鲜红饱满，散发着一股水果的清香，看样子就知道十分美味。

她随手拿起一颗樱桃，放进嘴里尝了一口。酸甜的味道在齿内留香，瞬间便勾出她的食欲。

宁儿小心翼翼地问："味道还好吗？"

凤九卿微笑点头："你也尝尝。"

"不不！"宁儿急忙摆手，"这可是皇上特意派人去外省摘来给娘娘吃的，他说娘娘有孕在身，应该多吃些新鲜的水果。可娘娘最近胃口一直不太好，宫中提供的水果娘娘都吃腻味了，皇上为了促进娘娘的食欲，每天都让御膳房变着花样给娘娘做膳食。饶是这样，皇上还是不放心，又派人去各省各地寻找新鲜的水果，过些日子，可能还会有水蜜桃等陆陆续续被送进皇宫。"

虽然明知道宁儿这是在自己面前说容锦的好话，凤九卿听着还是有些五味杂陈。

她知道容锦对她用情至深，甚至为了她，不惜大动干戈，得罪朝臣。

可他的性格太极端、太执拗、太自我。与他在一起，随时随地都可能会被他算计。这并不是说他有害她之心，而是因为，他这么做，是出于一种骨血里流出来的本能。

她真的很害怕，两个人继续相处下去，有朝一日她和她腹中的孩子，会不会死在他的手里。

凤九卿一边深深地爱着他，一边又畏惧地怕着他。

也许这深宫中的生活，从一开始就不是她所期待的。想到骆逍遥临走前说的那番话，凤九卿知道自己的心动摇了。

她并不是想要跟骆逍遥私奔，她只是想换一种更轻松、更自在的生活方式。

这样被囚禁在宫里的生活，让她难受，令她窒息。

七个暗卫！想到这个可怕的数字，她觉得心寒。这就是容锦对她的信任，他分明连喘息的机会都不肯给她。

离开与留下，就像两股麻绳，狠狠撕扯着她的灵魂。

这种摇摆不定的情绪，一直维持到容锦回宫。

明知道九卿最近不爱搭理自己，容锦依旧会厚着脸皮，忙完公务，便会回到龙御宫陪她吃饭说话。

虽然大多数情况下都是他在自说自话，他依旧对这件事乐此不疲。

"与朝中这些老狐狸打交道，绝对要多留个心眼，这些大臣都是人精中的人精，有好事就会一哄而上，有坏事就会推卸责任。就拿吏部那个姓刘的来说，朕承认他在朝堂上确实有几分本事，可此人心眼太多，凡事都要算计对自己有利还是有弊。朕只不过交代给他一件小事去办，他就罗列出一堆有的没的来跟朕讨价还价。还有刑部的李大人，当初朕还没登基，在刑部可是任过职的，凡是被送进刑部的犯人，有几个不是朝廷重犯？他倒好，居然敢在朕的眼皮子底下收受贿赂……”

凤九卿埋头吃东西的时候，容锦就在她耳边唠唠叨叨，将每天发生在朝中的事情，跟自家媳妇汇报一通。

他也不指望九卿回应他。

只要九卿肯坐在他的身边，听他唠叨，对他来说就是一种莫大的满足。

“然后呢？”就在容锦有一句没一句地说着朝中琐事时，最近一直没拿正眼瞧过他的凤九卿，忽然问了这么一句。

容锦满脸茫然：“什么然后？”

凤九卿咬着筷子，认真地问：“那个在刑部收受贿赂的李大人，你是怎么处理的？”

容锦见她居然跟自己用这么认真的语气聊起了闲话，眉头一展，急忙回道：“然后朕就在一怒之下革了他的官职，将他贬到穷苦之地去服兵役。”

兴致勃勃地说完，容锦喜笑颜开地挪着椅子坐到她身边：“九卿，你终于肯理朕了？”

凤九卿夹了一筷子菜放到他的碗里：“你我终究是夫妻，总不能因为之前那点儿误会，一辈子都不跟你讲话。这几天我一个人独处的时候也仔细想了想，我们俩从相识到成亲，历经了十多年的磨难。如今总算修得正果，须学会珍惜，才能守得住这份幸福。”

见容锦因为自己一番话变得神色激动，手足无措，凤九卿忽然觉得心里很难受。

她轻轻拉过他的手，在手背上拍了拍：“其实我也有不对的地方。要不是我一心记挂骆逍遥为我治病可能会落得眼盲的下场，你也不会多思多疑，误将我们的孩子视为来路不明。既已为人妻，就该守住本分，一心一意与自己的夫君长厢厮守。容锦，我知道这些天因为我的怒气，害得你心绪不宁，诚惶诚恐。之前的事情就让我们忘了吧，我们重新开始。”

容锦觉得自己好像听到了天籁之音，他紧紧握住九卿的手，语无伦次道：“朕……朕这不是在做梦吧？你真的原谅朕了？九卿，虽然朕知道现在无论说什么，都弥补不了曾经对你所犯下的过错。可只要能让你消气，朕不介意再接受你更多的惩罚。”

凤九卿笑了一声："我们两个冷战了这么久，你还没战够吗？"

他急忙摇头："早就够了！朕每天都在担心，你会不会就这么跟朕冷战一辈子。朕甚至已经做好了用一辈子的时间向你赔礼道歉的准备，九卿，朕真的不敢相信，你竟然可以这样善解人意……"

此时的容锦，是发自内心地感到喜悦。

他紧紧握住她的手，生怕一松开，眼前的人儿就会不翼而飞。

容锦越是这样紧张小心，凤九卿心里便越是酸痛得难以自持，泪水不断滴落，落向容锦的手背，仿佛湿润了容锦的整颗心。

"九卿，你怎么哭了？"容锦手足无措地抬起衣袖，有些笨拙地擦去她眼角的泪水。

凤九卿这才意识到自己失了态，小声哽咽道："大概是太久没跟你这样说话，心中欢喜，一时感动才会喜极而泣。"

容锦心疼道："都是老夫老妻了，你怎么还像个小姑娘一样容易害羞难过。快别哭了，你正怀着身子，哭多了，对身体不好，也会影响腹中的孩儿。"

一旦将话说开，两个人之间的关系也重新变得和谐起来。

对容锦来说，九卿的原谅，无疑是他的一次重生。

第七十六章 思量后劳燕分飞

悔不当初

夜深人静之时，他就像保护一件至爱的宝贝，紧紧将她抱在自己的怀中。

只有这样相拥着彼此，才能让他感觉到自己并没有失去心中这份至爱。

“九卿，朕何其有幸，茫茫人海之中，竟遇到了你这样一朵解语花。在朕做了那么多伤害你的事情之后，你居然还肯原谅朕……除了谢谢，朕已经不知道该说些什么才好了。”

他那紧张又担忧的语气，刺得凤九卿心尖一痛。

她学着他的模样，紧紧抱着他宽阔的后背，小声说：“其实我也没有你说得那么好。”

“不！这世上再没有哪个女人，能令朕倾心至此。”

“我也有很多令人无法忍受的缺点。”

“你所有的缺点，在朕眼中都是优点，而且还是无可挑剔的优点。”

凤九卿有些窝心，咬了咬下唇，试探地问：“万一有朝一日我做了令你不开心的事情呢？”

容锦用脸颊在她耳边轻轻蹭了几下：“无论你做什么，朕都不会怪你。”

有那么一刻，凤九卿甚至想到了放弃。

当她生出离开皇宫的念头时，心底不受控制地揪疼着。

容锦自私，其实她比容锦更自私。为了尽早摆脱这种无形的折磨，她竟然狠得下心，离开这个对她深爱到极致的男子。

可是……凤九卿又反问自己，他真的爱她吗？

如果真的爱，当他独断专行地将打胎药喂到她嘴边的时候，究竟有没有想过她得知真相之后的感受?

他就不怕她伤心难过？不怕她因为失去好不容易盼到的这个孩子而崩溃吗？她有多盼望这个孩子的到来，就有多憎恨容锦当初的不留情面。

龙御宫的庭院被修饰得清新雅致，犹如世外桃源。院子中有一棵百年以上的大杨树，树下摆放着一把铺着厚厚软垫子的摇椅，椅子旁边的石桌上，放着各种各样的水果点心。

凤九卿像往常一样躺在摇椅内晒着午时的太阳。她的掌心中，紧紧捏着一根事先准备好的红布条，闭着双眸，心底已经乱成了一团。

挂还是不挂？一旦挂上，看到红布条的骆逍遥就会采取行动，接她出宫，从此远离这块是非之地。

可要是不挂，她可能就会错失了这个奔向自由的大好机会。不但要像囚犯一样被容锦关在这偌大的皇宫里，还随时有可能会因为他哪天又怀疑她的不贞和背叛，而将她置于死地。

猛然间想到那碗被容锦笑着递过来的打胎药，凤九卿就像受到了什么惊吓，蓦地睁开双眼……

没想到眼前出现一张脸，正是容锦。

她吓得打了一个冷战，脸色不太好地问：“你怎么回来了？”

容锦坐在她的身边，轻柔地拂开她额前的发丝：“朕已经回来有些时候了，见你闭着眼好像睡着了，便一直坐在这里看着你。九卿，你似乎有什么心事，朕见你刚刚睡觉的时候，脸上的表情有些不太对劲，你是不是做什么噩梦了？”

凤九卿不知该如何回答他的问题。

她根本就没有睡觉，而是进入了一种忘我的遐想状态。甚至忘我到，连他何时出现在她身边都毫无知觉。

她心有余悸地摇了摇头，慢慢从摇椅上坐了起来，不经意间，被她紧紧捏在手中的红布条掉了下来。

“这是什么？”容锦将布条从地上拾了起来。

凤九卿目光一紧，下意识地想要将红布条抢回来，又担心自己的动作过大，会引起他的怀疑，于是咬了咬下唇，神色复杂地对他道：“我曾在一本书上看到过记载，有孕在身的女子，在触眼可及的地方挂上一根红布条，是对腹中孩子的一种祈福仪式……”她指了指院子里那棵参天老树，“我本来想要亲手将这块红布条挂在树上的，后来不知怎的就稀里糊涂地睡了过去。”

容锦面色一喜，笑着对她道：“这种事怎么能让你一个孕妇来做，朕帮你挂。”说着，拿起红布条，动作利落地跳到了树上。

凤九卿想要阻止的时候已经来不及了，只能眼睁睁看着容锦像完成某项重大使命一般，认认真真将红布条系到了大杨树最醒目的位置。

他一边系还一边问：“九卿，你看这个位置怎么样？这里正对着咱们寝宫的窗口，每天从床上醒来，透过窗口，第一眼就能看到这里，朕选的这个位置是不是很不错？”

凤九卿不知该如何形容自己此时的心情，只能握紧双拳，克制自己千万不要露出太多复杂的情绪。

容锦聪明敏感，她只要表现得稍微不对劲，就会让他生出疑心。

看着招摇醒目的红布条被容锦亲手系在高高的枝头上迎风飘摆，凤九卿真说不出她此刻是心酸多一些，还是无奈多一些。

也许，容锦已经替她做出了选择。

看着树枝上的他露出天真无邪的笑容，一个劲儿地向她邀功，她的心是绞痛的。

系好红布条的容锦，姿态潇洒地从树上飘然而落，大步走到她的身边，亲昵地拉住她的手：“九卿，咱们的儿子，一定是天底下最有福气的孩子。”

凤九卿无声地点了点头：“但愿如此。”

当天夜里，容锦和九卿正沉浸在梦乡里，外面忽然传来小福子惊慌的敲门声：“皇上，大事不好，御书房着火了。”

一直处于假寐之中的凤九卿，一下子便在黑暗中睁开了双眼。

她知道，骆逍遥的行动已经正式开始了。这一刻，她忽然变得有些紧张。

睡在她身边的容锦也因为小福子的奏报而急忙起身，他披着外袍将小福子唤了进来，语气急切地问：“你刚刚说什么？御书房着火？好端端的，御书房怎么会起火？”

小福子跪倒在地，哭丧着脸道：“奴才也是刚刚听到这个消息，许是今儿夜里风太大，不知从哪里引来了火星，御书房忽然就起了大火。眼下奴才已经吩咐底下人赶去救火，可火势实在太大，皇上书房里的折子和您精心收藏的书籍恐怕一样也留不住。”

御书房可是轩辕容锦办公的重要场所，书房中每一样东西对他来说都非常重要。

一旦起火，那些重要的东西就会毁于一旦。

饶是容锦再怎么冷静，此时此刻也不能再心平气和地留在寝宫中继续睡觉。

“你赶紧加派人手，尽可能将书房中能抢救出来的东西全部抢救出来，朕稍后就过去。”

打发了小福子，容锦轻手轻脚又折回床帐，见凤九卿已经睁了眼，他敛了敛急躁的情绪，柔声对她安慰：“御书房那边出了些状况，朕得亲自过去看看。九卿，你先安睡，等朕去去就回来陪你。”说完，还细心地帮她掖了掖被角，“晚上冷，别着凉了。”

凤九卿见他抬腿就要走，神情激动地一把拉住他的手臂：“容锦……”她欲言又止，仿佛用尽全部力气来看他最后一眼。

不明所以的容锦重新又折回她的身边，安慰道：“你现在怀着身子，不宜操心外面的情况。乖，朕很快就会回来。”

凤九卿咬了咬牙，用带着些许哽咽的声音对他说了八个字：“好好保重，多加小心！”

说完，还展开双臂，用力抱了他一下。

不明所以的容锦被她这有如小女孩般的娇态哄得心头一软，他将唇瓣轻轻落在她的头顶，用同样的力道回抱了她一下，语带调侃道：“傻媳妇，难道你还怕朕一去不回啊？快别撒娇了，等朕一会儿回来再说吧。”

看着容锦迅速离去的脚步，凤九卿的眼泪不受控制地流了下来。

这时，安静的寝宫中，响起一道调侃的笑声：“你要是后悔，现在还来得及。”

正是不知何时出现在这里的骆逍遥。

凤九卿擦去眼泪，很快便恢复从前的坚强，并用斩钉截铁的语气回了对方一句：“既然做了决定，便没有回头的道理。”

说话间，她已经抖开衣袍，迅速地穿好，并从床底下拿出事先打包好的细软，说道：“咱们走吧！”

使计离开

御书房的火并没有容锦想象中那么可怕。经过宫中内侍的一番抢救，火在凌晨时分被彻底扑灭。

值得庆幸的是，不少重要的奏折并没有被烧毁，只是书架上放的那些书，很不幸地化为灰烬，变成了一股黑烟。

接下来的善后工作，容锦交给小福子全权负责。

天还没有彻底大亮。

当他拖着疲惫的身体回到龙御宫，准备踏进床帐时，意外地发现已经人去楼空，哪里还见得到凤九卿的影子？

这突如其来的一幕，刺激得容锦目眦欲裂。

九卿去了哪里？他来来回回在寝宫中找了一圈，偌大的宫中根本就不见九卿的身影。

不！这绝不可能是真的！容锦觉得自己正沉浸在一场梦境之中，只要他挣脱梦境，就会回到现实。

而现实里，无论发生什么事，九卿都不会离开他的身边。

对！这就是梦！一场令他觉得恐惧，又没办法挣脱的梦。他用力掐自己的手臂，结果却传来刺骨的疼痛。

那一刻，容锦的眼睛红了。

“来人……”他暴怒地大吼一声，想要将龙御宫里伺候的奴才全部叫来，结果却没有任何回应。

容锦终于发现了不对劲，出门一看，伺候在门口守夜的太监和宫女，全都陷入了昏睡状态。

就连那几个负责在暗中盯梢的暗卫，都像是被人下了迷药，沉沉地睡在那里，一动不动。

这件事，很快便惊动了满朝文武。

御书房忽然失火，皇后离奇失踪，这简直成为黑阙有史以来的第一桩奇案。闯进容锦脑海中的第一个意识，是九卿被人绑架了。

可结合这些日子以来发生的种种琐事，他忽然意识到，这并不是绑架，而是一场有预谋、有计划、有条理的逃离方案。

虽然他并不想承认这个事实，可太多的悬念告诉他，从九卿假装对他解开心结，与他重修于好的那一刻起，她已经产生了离宫的想法。

"真是岂有此理！"想通这一切的容锦用力拍向桌案，桌子被他这一掌震得四分五裂，上面的杯杯碗碗掉在地上，发出一阵脆响。

"江龙、江虎，你们马上传朕口谕，立刻封锁全城，包括所有的水路航线。再派八千御林军对全城展开大范围搜索，凡可疑人物，一律给朕抓进天牢。不管凤九卿现在何处，朕活要见人，死要见尸！"

所有的人都被皇上的怒气给吓到了。

江龙、江虎不敢违命，转身出门去执行主子的命令。

大清早得到消息的贺明睿见容锦满脸暴怒，气得浑身发抖，忍不住劝道："皇上，事情也许没有您想得那么严重，这里面说不定有什么误会。"

"误会？"此时残留在容锦脸上的笑容，要多邪佞便有多邪佞，"是朕愚蠢，居然天真地相信凤九卿在历经了那样的事情之后，会与朕重修于好。她这个人有多记仇，朕早就该猜到。朕之前一心要除掉她腹中的孩子，对她来说是无法原谅的大忌。所以，朕有十足的理由相信，昨晚御书房那场大火，是有人故意为之。她的目的很简单，声东击西，以求脱身。"

贺明睿紧蹙眉头："可臣实在想不明白，皇后在宫中并没有帮手，御书房那场大火究竟因何而起？另外，以皇后目前的情况来看，想在一夕之间将皇上安插在龙御宫周围的那七个暗卫全部撂倒，应该是一件很困难的事情。她就算再怎么想离开皇宫，也不会拿自己肚子里的孩子开玩笑……"

"所以……"容锦的脸色骤然变黑，并一口咬定道，"她有帮手。"

贺明睿浑身一颤："谁？"

容锦咬了咬牙，目光不经意落在窗口外高高悬挂在大杨树上的那根红布条上，脑海中顿时打了一道响雷，并从牙缝中挤出一个名字："骆逍遥！"

远走高飞

此时凤九卿和骆逍遥所栖身的地方，是他早些年在京城购置的一幢私人住宅。

宅子很小，地点也很偏僻。因为只是暂时落脚，宅子里连一个收拾院子的仆役都没有。

凤九卿知道她这一走，宫中那边肯定已经乱成了一团。不过，她现在并没有多余的工夫去关心其他，总算跟骆逍遥再度重逢，她真正关心的是他的眼睛。

“这件事，你是不是打算瞒我一辈子？”

两个人一路从皇宫逃到这里的时候，骆逍遥眼疾又犯，回程的途中，因为视力模糊，险些从疾驰的马背上摔落。

凤九卿看得又心疼又生气，要不是因为她，他也不会落到今天这个地步。

“嘘！”骆逍遥见她情绪有些激动，冲她做了个噤声的手势，“你冷静一点儿，就算这宅子处于偏僻之地，难免不会隔墙有耳，你是不是打算将追兵引来？”

说完，他试探地伸手，去拿桌上的水杯，却摸了个空。

凤九卿赶紧将杯子递到他的手里，担心地问：“你现在什么东西都看不到了吗？”

骆逍遥接过水杯喝了一口水，笑着对她摇摇头：“没事，只是间歇性失明，隔几个时辰，就会慢慢恢复……”

“你不要再骗我了，我已经问过小七，他告诉我，中了暗黑草的毒，视力会极速下降。最初的确是间歇性失明，可随着失明的时间越来越长，到最后双眼就会彻底看不见。”

骆逍遥失神地笑了一声：“就算双眼失明，也不是一件多可怕的事情。九卿，有些事只要习惯了，就会慢慢适应……”

凤九卿一下子哭了，声音哽咽道：“可我为什么要让你来替我承受这份罪责？”

“谁说这是罪责，我不知道有多享受其中。一想到我的双眼是为了你看不到的，所有的黑暗，就会在我的世界里变成光明。”

骆逍遥试探地去拉她的衣袖，好言劝道：“好了九卿，别再哭了。你现在还怀着身孕，哭多伤身。”

“骆逍遥，你为什么这么傻，难道当初在你做出这个决定之前，你就不能和我商量一下吗？”

“我和你商量，你会同意吗？”

“当然不会！”

“那还有什么和你商量的必要？”

凤九卿被他那理所当然的语气气得眼圈直发红：“你是不是觉得，你为我这么做，我就会感激你一辈子？”

骆逍遥玩世不恭地笑道：“我从未这么想过，我只是做了一件我觉得该做的事情，仅此而已。”

“那么你呢？你将来打算怎么办？”

“我有什么好打算？”骆逍遥摆了摆手，“找一处世外桃源，平平静静地过完后半生。这个想法，很久以前我就对你讲过了。”

凤九卿不甘心地在他身边坐了下来：“你的眼睛还有治吗？”

骆逍遥微微一笑：“九卿，这并不是你现在该关心的重点。我们现在还没有离开京城，以我对那家伙的了解，他现在一定会下令封锁全城，派御林军对咱们展开全城搜索。这里只是暂时的落脚地，咱们必须想办法离开京城，才有机会逃出他的掌控。不过你放心，接下来的路线我已经安排好了。”

骆逍遥从袖袋中拿出一幅地图，继续道：“接下来该走的路线，我已经在地图上标注好。四道城门肯定是无路可走，伪装成路人模样又要被检查。我想过易容出城，但人皮面具需要在脸上涂一层胶粉，你现在怀着身孕，那个胶粉里含的药，对孕妇伤害很大，这一招肯定不行。还有就是走山路，可山路崎岖艰险，又有毒蛇猛兽时常出现，以你现在的情况，走山路无疑是自寻死路。那么唯一剩下的只有走水路……”

接下来的话，凤九卿已经有些听不下去。

她没想到，骆逍遥都已经沦落到双眼快要彻底失明的地步，居然还能为了她的安危做出这么周密的计划。难道他不知道，她肚子里那个被他精心呵护的孩子，是轩辕容锦的吗？

为了心底那小小的怀疑，容锦不惜用“宁可错杀一千，绝不漏网一个”的策略给她灌打胎药。而骆逍遥却能大度到不惜冒着生命危险，也要保护她腹中这条无辜的小生命。

“九卿，你有在听我说话吗？”

凤九卿赶紧回神，抹了抹眼角的泪：“好，我同意走水路。”

骆逍遥叹了口气：“你是不是又在哭？”

“没有！”

“九卿，你要是舍不得离开这里，现在后悔还来得及。你回去就对那个家伙说，你只是觉得半夜无聊睡不着，随意出宫走一走，现在走累了，所以就回去了。日子该怎么过还怎么过。那家伙有些做法虽然令人发指，可说到底，他对你的感情却是无人能及的。”

凤九卿笑了一声：“好不容易逃出来，我怎么可能会回去？”

“你有没有想过，一旦你选择离开那里，未来的日子就会过上逃亡的生活？”

“我从前又不是没逃亡过。”

骆逍遥稍稍沉默了片刻，试探地问：“你真的想好了？”

回想昨日容锦兴高采烈地帮她挂上红布条时那一脸纯真灿烂的笑容，再想到他不择手段地想要将她腹中孩儿置于死地的画面。最终，凤九卿坚定地回道：“长痛不如短痛，那个曾给我留下太多痛苦回忆的地方，我不会再回去。”

“好，那咱们明天就动身。”

“不！”凤九卿摇头，“你现在的情况并不适合长途跋涉，我们可以暂时躲在这里，等风头过了，再找机会离开京城。”

“绝对不行！”骆逍遥想都没想便开口否决，“撤离的路线我已经安排妥当，必须尽快离开这里，否则一旦等大批御林军挨家挨户进行搜查，到时想走都走不了。而且，这里并非栖身之地，之前一直无人居住，若被人发现这里有人烟，第一个就会成为朝廷搜查的目标。”

凤九卿并未否认他的话，可想到他时好时坏的眼睛，她又有些不忍心。

就在两个人躲在一起商量具体出逃计划时，轩辕容锦派出去寻找九卿下落的暗卫，也在短时间里找到了线索。

正是那家名叫“有缘相遇”的古董店。

事情还真是赶了巧，平时很少露面的苹儿，那天忽然出门买东西，被寻找皇后下落的江龙逮了个正着。

江龙当初跟主子一起去承阳的时候，与苹儿有过几面之缘，知道这个苹儿是承阳梧桐小居主人骆逍遥的婢女。

江龙很意外会在京城看到苹儿的身影，联想到她和骆逍遥的关系，因此将苹儿视为寻找皇后下落的第一线索，直接命人将她秘密抓捕，并将此事汇报给容锦。

对容锦来说，苹儿的忽然现身，绝对是破案的第一要点。

看着畏畏缩缩地跪在自己面前不敢抬头的婢女，容锦负着双手，居高临下道："就算你什么都不肯说，朕也知道九卿之所以会无故失踪，定是与那姓骆的有关。你现在将他的落脚点告诉朕，朕或许还会念在他曾帮九卿解毒的分儿上，饶他不死。一旦他被朕抓到，是死是活，恐怕就成了未知数。朕看得出来，你是一个忠心的奴才，为了你家公子的性命着想，你应该做出明智的选择。"

虽然苹儿早就知道当日住进梧桐小居里那些人的身份，可当她像囚犯一样被带进皇宫，跪在这个气场庞大的男人面前时，她还是不受控制地从心底对这个男人产生了恐惧。

"公子的行踪向来神龙见首不见尾，奴婢是真的不知道他现在的落脚点。"

容锦冷冷一笑："你是不是觉得朕是个傻子？"

"奴婢不敢！"

"朕要是没猜错，那间取名为'有缘相遇'的古董店，是你家公子专门为九卿所开。有一次，九卿独自出宫，回来之后，告诉朕一件事，她说，她的无子毒之所以会被解，你家公子功不可没。那时朕就在猜，究竟是什么原因，让她将这份功劳冠在你家公子的头上。如今看来，她那天出宫，应该是见到了某些人，而朕口中所指的某些人，就是你！"

第七十七章

一时怒重掴耳光

八面埋伏

如此笃定的语气，震得苹儿心尖儿一颤。

她偷偷抬头看了眼前这位霸气的帝王一眼，却在一瞬间被对方那阴郁的目光给震得浑身一抖。

轩辕容锦却不给她松懈的机会，一字一句道："既然你受命于你家公子，在京城等候九卿上门。足以证明，你在你家公子眼中具有一定的利用价值。苹儿，你要是真心把你家公子当主子，就该知道他现在的情况，为了帮九卿解毒，他不惜自毁双眼。在这种情况下，他有什么能力可以带九卿安全离开京城？就算他运气好离开了这里，从现在开始的每一天，他都要面临朕派出去的人马对他进行的追捕，难道你希望你家公子今后的人生是在躲避追捕中度过吗？"

容锦向苹儿的面前慢慢走了几步，逼近她的脸，压低声音道："以朕的能力，将他们抓捕归案，那是迟早的事情。你现在肯向朕提供你家公子的情报，朕还可以念在彼此的情分上饶他不死。一旦朕的怒气被你家公子彻底勾了出来，他将再无生还的机会。"

苹儿被他的话吓得瘫软在地，哆哆嗦嗦道："奴婢知道的情况真的不多……"

"把你所有知道的事情都告诉朕，朕保证会让你毫发无伤地离开。"

巨大的威压，压得苹儿喘不过气。她怯怯地抬头看了面前这位高高在上的帝王一眼，用试探的语气问："如果奴婢将知道的事情告诉皇上，皇上真的会信守诺言，饶公子不死吗？"

容锦微微一笑："君无戏言。"

犹豫了一会儿，苹儿小声道："那间'有缘相遇'，的确是公子在京城投资的生意。

不过他平时很少会插手管理，生意好与坏也从不关心。大概半个月前，他回到了京城，与奴婢见了一面。当时他将‘有缘相遇’那间铺子更名到奴婢的名下，并告诉奴婢，未来一段时间，将不会再回京城。”

容锦急忙问：“他现在住在何处？”

苹儿摇头：“公子住在哪里，奴婢是真的不知道。不过昨天皇宫御书房的那场大火，确实是公子派我爹偷偷放的。他和凤姑娘……皇后做好了暗号，寝宫有红布条出现，就意味着行动继续，没有红布条，就意味着行动取消。”

红布条？容锦的脑海中一下子就想到昨天晌午，他当着九卿的面，亲手挂上树的那根红布条。

原来，被他亲手挂上去的，并不是给他未来孩子祈的福，而是九卿和骆逍遥相互传达消息的暗号。

想到这里，他恨得牙根都痒痒。他究竟是有多蠢，居然亲手将那么一件可笑的东西挂上了树梢。

苹儿见他面色阴冷，一时间不敢再出声。

容锦强行按捺住心中的怒火，继续问：“行动之后呢？”

“奴婢只知道公子打算从水路离开……”

“半个月前便回到京城，他这段日子都住在哪里？”

“奴婢不知！”

容锦冷笑一声：“是不知，还是不肯说？”

苹儿吓得砰砰磕头：“奴婢是真的不知道。不过，公子几年前在京城购置过几处房产，这些年一直空置，无人居住。”

容锦眼眸微微一亮：“说！具体地点在何处？”

天定缘分

深夜。

已经和凤九卿布置好具体出逃路线的骆逍遥，在睡梦之中，没来由地打了一个大大的冷战。

他隐约觉得自己好像忘了一件事，黑暗之中，他猛然想起，那个被他不小心遗忘的漏洞，正是被他安置在京城与他接应的苹儿父女。

九卿忽然失踪，轩辕容锦肯定会大动干戈，对她展开全城搜索。

“有缘相遇”那家古董店位于京城繁华地段，负责追捕的首领肯定是轩辕容锦的心腹，而他的心腹，当日曾与他一起住进过梧桐小居。

只要有人发现苹儿的身影，那么，苹儿将会成为他最大的隐患。

思及此，骆逍遥再也无法安心睡下，急忙起身，点燃蜡烛，敲开凤九卿休息的房门。

“九卿，醒醒！”

换了个地方，凤九卿睡得并不安稳。当骆逍遥敲自己房门的时候，她的意识便已经清醒了。

她急忙起身，顺手抓过外袍披在肩上，借着骆逍遥提来的油灯的光亮，看见他满脸担忧。

“逍遥，你的眼睛能看到了？”

骆逍遥脸色不太好地冲她点了点头：“紧张过度就会发作，过了那个劲就会慢慢恢复。九卿，我来，是想跟你说一件事。”

凤九卿眉头一耸：“什么？”

“我们似乎忘了一个人，苹儿！”

当他说出“苹儿”这个名字时，凤九卿瞬间便反应了过来，她几乎是想都没想，翻身起床，用最快的速度穿好衣裳，从床边拿起早就准备好的细软：“我们必须马上离开。”

骆逍遥实在是佩服她的反应速度，两个人在同一时间想到了一起。

这时，外面隐约传来脚步声。凤九卿和骆逍遥的功夫都是顶尖级别，即使那脚步声轻得不像话，两个人依旧在第一时间察觉到了危险的存在。

骆逍遥一下子便将手中的灯熄灭，房间骤然一黑，安静了下来。

黑暗中，骆逍遥轻声对凤九卿道：“我要是没猜错，苹儿已经落到了轩辕容锦的手中。不然，那些人不会这么快追来。九卿，你带着东西到我们约好的地方等我，我来拖住那些人的脚步。”

“不行！”凤九卿用力摇头，“要走一起走。”

骆逍遥压低声音道：“现在不是逞能的时候，你肚子里怀着孩子，而且现在还是怀孕初期。你要是跟他们动手，保不齐会伤到身子。我的功夫你应该知道，对付十几二十个侍卫应该不成问题……”

“可是你的眼睛……”

“我的眼睛你放心，经过一晚上的休整，视力已经恢复了不少。”

正低声说话间，外面的脚步声越来越近。

骆逍遥借着浅浅的月光冲凤九卿做了个噤声的手势，用只有两个人才能听到的声音说了三个字：“相信我！”

凤九卿知道再犹豫下去，两个人都无法脱身。

她点了点头，郑重地对他道：“不见不散！”

骆逍遥也用力点头：“不见不散。”

说完，凤九卿轻轻掀开窗户，借着月色，跳出了窗外。

跳出窗口的那一刻，屋内火光大亮，紧接着，里面传来乱七八糟的打斗声。

凤九卿有些着急，想要折返回去帮忙，可她知道，她回去了，骆逍遥所计划的一切将会功亏一篑。

咬了咬牙，她提着细软，踩着轻功，就要悄无声息地离开这幢宅院。结果还没等她出门，就发现院外已经被御林军层层包围。

凤九卿迅速弯下腰，避开那些人的视线，偷偷将自己的身影掩藏在草丛之中。

这时，院门被人大力打开，从外面闯进来的正是一脸肃杀之气的轩辕容锦。

他在江龙、江虎等人的簇拥下疾步向屋内走去。

凤九卿暗叫一声不好，匆忙躲到一棵树后，堪堪避开那些人的视线。

看来，这院子周围，已经被御林军层层封锁，而屋子里的打斗似乎也达到了白热化的地步。

幸亏今晚的月色并不明亮，在众人将所有的注意力都集中在屋子里的打斗上时，凤九卿悄悄跃上树顶，向院外看了一眼。

果不其然，凡是门口，全都被御林军包围。

她身穿夜行衣，躲在树枝最茂密的地方，漆黑的夜里，那些人根本就发现不了她的踪迹。

她暗暗在心中筹划接下来的撤离路线，目测外面的御林军有两三百人。除了轩辕容锦难对付一些，她和骆逍遥强强联手，应该可以突破重围，可这样一来，势必会造成两败俱伤的后果。

所以，她只能祈祷另外一个计划——骆逍遥成功出逃，她可以趁容锦带人追捕的时候脱身。

就在凤九卿躲在树上暗暗思量时，院内灯火骤然大亮，紧接着，就见江龙、江虎推着骆逍遥从屋子里面走了出来。

凤九卿眉头一皱，站在高高的树顶，她可以清楚地看到骆逍遥的情况有些不太对劲。

糟了，他的眼疾不会在刚刚打斗的过程中又犯了吧？

轩辕容锦就像一尊倨傲的神祇，负着手，冷冷地看着有如丧家犬一般被推跪在自己面前的骆逍遥："才一天工夫而已，就被朕找到你的落脚点。骆逍遥，看来你的本事也没有朕想得那么大嘛。"

被推倒在地的骆逍遥刚要站起身，就被江龙、江虎强势地压跪在地。

容锦缓步走到他面前，一把捏住他的下巴："凭你有再大的本事，又怎么能与朕带来的三百御林军对抗？更何况……"他伸出手指，在骆逍遥毫无焦点的眼睛前轻轻晃了晃，"你现在还是一个没用的瞎子。"

江龙走到容锦面前，低声耳语道："属下并未发现皇后的下落。"

容锦眯了眯眼，脸上的表情可以用震怒到极点来形容。

骆逍遥面上不改玩世不恭的讥笑："你深更半夜带着这么多人找到我这里，究竟想做什么？"

容锦被他嘴边的笑容刺激得心头发堵，他用力捏住骆逍遥的下巴，从牙缝中挤出几个字："九卿在哪里？"

骆逍遥吊儿郎当地道："凤九卿是你的女人，她在哪里，你怎么跑来问我？"

“哼！这世上除了你，还有谁敢用这种方式来与朕公然对抗？”

容锦对着他的胸口猛踢一脚，接着恨恨地用鞋尖踩在骆逍遥的脸上：“你乖乖交出九卿，朕可以饶你不死。如若不然……”他在骆逍遥的脸上狠狞一下，“朕现在就送你去见阎王。”

骆逍遥明明已经落得如此狼狈的地步，依旧不肯服输：“好，我先下去等你，咱们可以在黄泉路上结个伴儿……”

容锦被他气得刚要再下狠手，唇边忽然扯出一个冷笑，从江龙手中夺过长剑，直指骆逍遥的咽喉。

他的视线向四周扫了一圈，语气突然变得轻柔：“九卿，朕知道你就在这附近，只要你出来，朕今天可以饶他一命。如果你再不露面……”剑尖向骆逍遥的咽喉处刺了一下，渗出一小股鲜血，“朕会当着你的面，将他身上的肉一块一块给切下来，炖了喂狗吃。”

树上的凤九卿看到这一幕，急得就要跳下去。

而被刺了一剑的骆逍遥却大喊：“凤九卿并不在我这里，你找错地方了。”

言下之意就是提醒凤九卿，无论发生了何事，她都不准出来。

容锦岂会听不出他话中的弦外之音，他玩味地将剑在骆逍遥那张俊俏的脸颊上轻轻划了两下：“好，既然某些人这么不配合，那朕只能用实际行动来证明朕并没有跟人开玩笑的好耐性，就从这张脸开始往下剥吧……”

眼看容锦手中锋利的剑就要狠狠划向骆逍遥的脸，再也看不下去的凤九卿忽然纵身一跃，从树上跳了下去。

她神色倨傲地和轩辕容锦四目相对：“放了他，我跟你回去！”

她的突然出现，令容锦和骆逍遥脸色同时一变。

虽然早就猜到是这么个结果，可当容锦亲眼看到他的女人出现在另一个男人家中的时候，心底还是不可抑制地愤怒了起来。

他气得一剑就要刺向骆逍遥的咽喉，被凤九卿一把丢过去的包裹砸了个正着。

“容锦，君无戏言！”

轩辕容锦眯着眼对凤九卿道：“你还舍得出来？”

凤九卿不卑不亢地回讽了一声：“本来是舍不得出来的，不过眼下的情况似乎根本由不得我来做选择。”

被强压在地上的骆逍遥急躁地喊：“九卿，你是不是傻？”

凤九卿看着他狼狈的样子，声音有些哽咽：“逍遥，抱歉，连累你了！”

“被你连累我心甘情愿！你为什么不走？”

“我不能留你一个人在这里面对危险。”

“我死我愿意！”

眼看两个人当着自己的面“浓情蜜意”，气极的容锦一脚踢在骆逍遥的肚子上，对江龙、江虎道：“抓起来，关进天牢！”

凤九卿面色一变：“你出尔反尔？”

容锦冷笑一声：“朕只答应饶他不死，可从未答应过放他离开！至于你……”他用看仇人的目光狠狠瞪着凤九卿，“即使给你插上翅膀，你以为你就能飞出朕的手掌心吗？”

恨恨地说完，他冲自己的心腹使了个眼色：“抓回去！”

早在凤九卿选择离开的时候，就已经预料到可能会面临这样的局面。

此时，她像个囚犯一样被轩辕容锦兴师动众地抓回皇宫。

宫中的气氛充满了阴霾。在龙御宫里伺候的下人们大气都不敢喘，生怕惹祸上身。

凤九卿知道即将有一场暴风雨等待着自己去承受，此刻她却异常冷静。

轩辕容锦像个从地狱中走出来的鬼煞一样，用斥责和怨毒的目光狠狠瞪着她。

“事到如今，你就没什么话要对朕说？”

虽然两个人只分开了一天，可这一天对他来说却仿佛历经了千年。

他实在是想不明白，自己对她那么好，为什么她会想方设法要从他眼皮子底下逃开？

面对容锦风雨欲来的怒气，凤九卿只淡淡说了几个字：“放了骆逍遥！”

“放了他？”这几个字，瞬间点燃了容锦心中的怒火，“你觉得朕费尽千辛万苦将这个碍眼的浑蛋抓进天牢，有可能会再放他离开吗？”

凤九卿眯了眯眼：“你答应过我不会伤害他的。”

容锦冷笑道：“朕答应你，不会伤害他。不过他的后半生，注定要在天牢中度过。”

凤九卿神色一冷：“也就是说，你要背弃你当初的承诺？”

容锦气得一把扳住她的下巴：“先背弃承诺的那个人，难道不是你吗？凤九卿，你真是好大的胆子，居然敢将朕玩弄于股掌之间……”他指着龙御宫外面来回飘荡的那根红布条，“当你让朕挂上那个东西的时候，你心里究竟在想什么？你是不是觉得朕就像一个小丑，可以任你肆意摆弄？”

凤九卿被他捏得下颌生疼，她强忍着痛意：“骗了你是我不对。可是容锦，我们不可能再有将来。”

“你说不可能就不可能，凭什么？”

“凭我已经不爱你了！”

容锦就像是听到了什么可怕的事情，双眼骤然瞪大：“你说什么？”

凤九卿一字一顿地对他道：“我说，我已经不爱你了！”

“不爱？如果你不爱，为何会费尽千辛万苦，来保住我们的孩子？”

“孩子已经没了！”

“你再说一遍！”

凤九卿向他面前走了几步，用只有两个人能听到的声音道：“我说，孩子已经没了！”

容锦拒绝相信这句话，他踉跄地向后退了两步：“不，你在骗朕！”

凤九卿微微一笑：“当我决定离开皇宫，离开你的时候，便已经决定放弃这个孩子。不然，即使我离开了这里，生下了孩子，依然无法摆脱你留给我的阴影。而且他本来就是一个不受欢迎的存在，要不是因为他，你我之间也不会到这个地步。既然当初你将打胎药亲手喂到了我的口中，那么我现在如你所愿放弃这个孩子，于你来说不是最好的决定吗？”

容锦深受打击道：“你疯了？谁给你的权力这么做？那是朕的孩子，你居然敢伤害他，你是不是爱上了骆逍遥？”

凤九卿点头：“对，我是爱上了他。他可以为了我付出一切，甚至是自己的生命，这样的男人，我凭什么不爱？正因为我爱他，所以才不能容忍我和别的男人生下的孩子来阻碍我们之间的爱情。容锦，早在我决定离开皇宫之前，便已经偷偷吃下了打胎药。现在，孩子已经没有了！”

“啪！”轩辕容锦用尽了全力，狠狠抽向了凤九卿。

这一记耳光，将凤九卿打翻在地。

有生以来，他从未像现在这样恨过一个人。他冲过去，一把掐住她的脖子，声音夹杂着愤怒和颤抖：“你该死！”

凤九卿嘴边溢出一丝鲜血，她用手指拭去唇边的血渍，讥笑道：“所以你要不要废掉我这个丢人现眼的皇后，再将我打入冷宫？”

有那么一刻，容锦是真的动了这样决绝的念头。他甚至想亲手夺走她的性命，就这么让她死在自己的手里。可当他看到她完美无瑕的脸上被自己打得又红又肿，他心中便不受控制地揪痛。

他指尖在她脸颊的肿胀处轻轻揉了两下，用低哑的嗓音在她耳边警告：“你可是朕发誓要用一辈子来爱的女人，朕怎么可能会背弃誓言，将你送去冷宫那种地方？九卿……”

容锦的声音充满了邪佞，“没关系，孩子没了，我们还可以再要。你给朕听清楚，这辈子，除非你死，或是朕死，否则你永远别想从朕的身边逃开！”

说完，他将她一把推开，大步走出宫门，厉声对外面跪了一地的内侍道：“给朕好好看着皇后，她要是掉一根头发，龙御宫所有人全部杖毙！”

那天之后，龙御宫变成了一座巨大的囚牢。凤九卿已经记不得这是她第几次被轩辕容锦当成犯人一样来看管。

在这段感情里，除了窒息之外，她已经找不到当初的甜蜜和心动。现在唯一让她担心的就是骆逍遥的安全。

可此时的她与犯人没有任何区别，别说去天牢营救，就是踏出龙御宫的大门，都可能会给宫中的内侍带来灭顶之灾。

随着时间一点一滴地流逝，被关在宫中像困兽一样的凤九卿，情绪也变得越来越暴躁。

“娘娘，您就体谅一下奴婢的处境，将这些饭菜吃了吧。自从您被皇上接回宫，直到现在，一连好几天都没好好吃过一口饭，再这么下去，您的身子骨肯定要承受不了。”负责照顾凤九卿起居饮食的宁儿，觉得自己真是为皇上和皇后的感情操碎了心。

这二位主儿每隔一段时间就会闹上一通。主子们自己倒是闹得爽快了，可怜她们这些当婢女的，每天都要受主子们的夹板气。

看着皇后越来越消瘦的身体，宁儿真的担心再这么折腾下去，皇后会因此一命呜呼。

凤九卿语气淡淡地纠正她：“我不是被皇上接回来的，而是被他当成囚犯抓回来的，不然……”她冷笑一声，“你如何解释我现在的处境？”

宁儿还真解释不出来，有时候她也不能理解，皇上明明对皇后用情至深，为什么每次出了事，都喜欢用极端的手段来解决问题。

看着皇后一蹶不振的样子，宁儿轻轻叹了口气：“可是不吃饭，身体终究是受不了的。而且……”

看着皇后脸颊上未消的红肿，她知道是皇上那天一怒之下掌掴皇后留下的痕迹。

“娘娘，您不想吃饭也就算了，怎么能连药也不涂一下呢？您这是成心让奴婢为您心疼，是不是？”

凤九卿的手下意识地在脸上的浮肿处轻轻抚了一下，唇边笑意微冷：“这可是回宫之后皇上送给我的第一份大礼，只有将他赏赐给我的这个痕迹长留于此，才能表达我对他深深的敬畏和敬意。”

连宁儿这么迟钝的人，都听得出皇后话中浓浓的讥讽之意。

她欲言又止，却又实在不知该从何劝起。

“她不想吃饭就饿着，不想上药就痛着。宁儿，将屋子里所有能吃的东西全都给朕撤下去，一样不留！”

门口处突然传来皇上的声音，吓得宁儿浑身一抖。

回头一看，就见皇上沉着脸，面色阴冷地从外面走进来。

“可是娘娘已经好几天没有好好进过食。再这样下去，身体恐怕会受不了。”

轩辕容锦冷笑道：“她自己要死，谁又能拦得住她的脚步？”说完，冲宁儿使了个眼色，“拿下去吧！”

宁儿叹了口气，只能将已经冷掉的食物端了下去。

看着凤九卿憔悴的面容，轩辕容锦说不出自己是心疼多一些，还是愤怒多一些。

他径自坐在她的面前，嘴边勾出讥讽的笑容，伸出手就要去抚摸她的脸颊：“痛吗？”

凤九卿下意识地向后躲开，没有回答他的问题：“我想见见骆逍遥！”

容锦像是根本就没听到她的请求一样，霸道地将她搂进自己的怀中。他紧紧捏着她的下巴，从齿缝中挤出一句话：“看来朕这一耳光，并没有让你尝到教训。”

凤九卿眯着眼继续说：“我要见骆逍遥！”

容锦神色变得可怖起来：“难道你想要朕再出手教训你一顿？”

凤九卿不肯服输道：“好，那你打。”

“你以为朕舍不得？”

第七十八章

醉酒后出手伤人

心狠手辣

“这天底下还有什么是你舍不得的？连自己的亲生儿子都能杀害，我又算个什么东西？”

“那只是一个误会！”

凤九卿一把将他推开，厉声道：“没有信任，就只剩下了误会。所以我早就说过，我们之间注定不会再有结果！”

容锦的情绪一下子激动起来，他狠狠攥住她的手腕：“有没有结果，你说了不算。朕会用一辈子的时间向你证明，想逃开朕的手掌心，你根本就是在白日做梦！”

凤九卿觉得自己的手腕都快被他捏断了，她眉头不自觉地皱了起来：“用这种无聊的方式来互相折磨彼此，你觉得这样的生活还有什么意义？”

“朕自己乐在其中就够了。”

“容锦，为什么你不肯放过我们彼此？”

“放过？”容锦的声音忽然拔高了起来，“朕用了十年的时间来经营你我之间的感情，你现在却为了一个骆逍遥，不但打掉朕与你的骨肉，甚至还不惜冒着被朕通缉的危险，与那个浑蛋在朕的眼皮子底下私奔。九卿，如果是你，你会心甘情愿地放弃？”

“真正容不下那个孩子的难道不是你自己？”

“朕已经后悔了。”

“你后悔，是因为你知道我怀的孩子并不是骆逍遥的。”

“这有区别吗？事后朕对你做出的补偿，难道不足以弥补朕当时对你的伤害？”

“弥补？”凤九卿低吼一声，“有些伤害，是任何语言和行为都弥补不了的。”

“所以为了报复朕，你不惜与骆逍遥私奔，让朕成为天底下人人得而讽之的大笑柄？”

“我从未这样想过。”

“可你是这样做的。凤九卿，你口口声声说朕自私，其实你比朕自私一万倍。当你做出与人私奔的苟且之事时，究竟有没有想过朕的立场？朕为了你废弃六宫，与群臣为敌，你就这么一走了之，究竟将朕置于何地？”

凤九卿实在不想再因为这个问题没完没了地跟他吵。

她冲他摆了摆手：“事情既然已经发展到了今天这个地步，不如我们心平气和地坐下来好好谈一谈。你和我都知道，再这么僵持下去，对彼此都没有好处。咱们来谈个条件，我该怎么做，你才能放过骆逍遥？”

听她又提起骆逍遥，容锦的脸色一下子变得难看不已。

“是不是在你心中，永远不可能忘了那个浑蛋？”

“对我来说，他不是浑蛋，而是恩人！”

“恩人？”容锦像听到了一个大笑话，“一个处心积虑使出下作手段，来勾引别人妻子的浑蛋，对朕来说，他死不足惜！”

“所以我现在才要跟你谈条件，只要放了他，什么都好说。”

容锦咬了咬牙：“作为一个感情上的背叛者，你觉得你有资格与朕谈条件吗？”

凤九卿微微冷笑：“我要是没资格，你何不立刻杀了我？”

“杀了你，怎么能让朕达到惩罚你的目的？”

凤九卿眸色一暗：“也就是说，现在你眼中的我，已经到了一文不值的地步？”

容锦没有立刻回答这个问题，而是用冰冷的语气对她道：“朕说过会饶他不死，定然不会夺走他的性命，不过……”他将唇瓣轻轻凑向她的耳边，声音里满是戏谑，“一旦被关进天牢那种地方，你可以猜想一下他每天受到的刑罚，绝对会让他生不如死。”

凤九卿骤然起身，厉声道：“你卑鄙！”

“朕本来也不想这么卑鄙，可是没办法，谁让朕瞎了眼，爱上了你这么一个朝三暮四的女人！”

凤九卿气极败坏地挥出手，想要狠狠抽容锦一记耳光，却被轩辕容锦一把抓住。

他用力捏住她的手腕：“连与人私奔这种丢人现眼的事情都能做出来的女人，朕还能让你活着，已经给足了你面子，你居然还敢动手打朕？”

他一把将她推坐在椅子上，恨恨地说：“给朕听清楚，你不配！”

那次争吵之后，两个人之间的关系变得更加难以修复。

九月二十五，是轩辕容锦二十五岁的生辰。

大清早，小福子小心翼翼地捧着一套华丽的凤袍来到龙御宫，将凤袍和凤冠放到凤九卿面前。

“这是皇上吩咐奴才专门给皇后准备的凤袍。今日午时，奉天殿举办寿宴，皇上让皇后与他同殿出席。”

被困在宫中多日的凤九卿，因为长时间不见阳光，外加心情抑郁，脸色惨白，面容憔悴。早已不复往日的神采。

她无视被小福子递来的那套凤袍，冷声道：“告诉皇上，我身体不适，不会陪他同殿出席。”

自从那天争吵之后，容锦就没再回过龙御宫。她觉得她和他已经变成了真正的陌生人，感情消逝，唯一剩下的只有对彼此的仇恨。

小福子轻咳了一声：“皇上说，若皇后不肯出席，会立刻对刑部下令，加大对骆公子的酷刑折磨。”

听到“酷刑”这两个字，凤九卿没办法再淡定下去。她一把抓住小福子的衣领，急切道：“骆逍遥现在的情况到底怎么样？”

小福子被她扯了一个趔趄，冲她摇了摇头：“奴才什么都不知道，皇上只吩咐奴才给娘娘传一句话，若不肯听从皇上的命令，他将会让您后悔终生。娘娘，您还是不要再跟皇上继续作对了。快些换上这套凤袍，与皇上一同去奉天殿面见文武百官吧。”

看着那套精美的凤袍，凤九卿觉得自己就像一个被人操纵在手中的木偶，哪里还有什么尊严可言？

这是继燕国帝后离开黑阙之后，轩辕容锦和凤九卿第一次共同出席公众场合。

看着盛装出现在自己面前的凤九卿，身穿龙袍的轩辕容锦似笑非笑地对她道：“你今天很美。只可惜，是一种病态的美。”

凤九卿皮笑肉不笑道：“拜你所赐！”

容锦霸道地将她拉回自己的身边，警告道：“今天是朕的生辰。你看看，满朝文武都来奉天殿为朕庆祝。你要是坏了朕的兴致……休怪朕一怒之下，断了那姓骆的一条腿。”

凤九卿深深看了他一眼：“你每天沉浸在这种自我折磨中，真的觉得快乐吗？”

容锦笑得十分放肆：“能够用这种方式来报复自己所憎恨的人，难道不是一种快乐？”

“既然你恨我，为什么不杀了我？”

“你死了，朕折磨谁去？”

凤九卿哼了一声：“你可真有魄力！”

“要不是你跟男人私奔，将朕逼到今天这个地步，朕原本可以将你捧在手心，与你共度神仙眷侣的生活。凤九卿，是你亲手毁了我们的幸福，所以你没资格在这里指控朕的过错！”他捏了捏她的下巴，低声警告，“文武群臣都在那儿盯着咱们，你应该笑笑，免得人家以为咱们夫妻闹了矛盾。”

凤九卿一巴掌拍开他的手，冷声道：“我就算笑得花枝乱颤，也改变不了帝后不和的事实，你以为朝中那些大臣都是傻子吗？”

“所以朕才要带你出来更正那些人的想法。”

凤九卿斜睨了他一眼：“你为什么一定要在意别人的看法？”

“因为朕不想因为你的愚蠢而成为整个黑阙的笑柄。”

今天是帝王生辰，偌大的奉天殿张灯结彩，歌舞升平。百官出席，全朝庆贺。

这是一场非常隆重而又热闹的庆生宴。

帝后不和，早已是满朝文武共知的秘密。尤其不久前御书房离奇起火，皇后半夜失踪。暗地里有不少风言风语传出，说皇后不守妇道，与人私奔，触及了皇上的大忌。

现如今帝后面合心不合，让那些一心想将自家女儿送进皇宫、攀权附贵的大臣又蠢蠢欲动。

天底下没有一个男人能容忍自己的女人背叛自己，更何况这个被背叛的男人还是皇帝。

照这个情形发展下去，皇后被打入冷宫，那是迟早的事情。趁着皇上寿辰，官员们纷纷将家中还未出阁的女儿带进宫廷。

只要能在皇上面前博得头彩，说不定下一任皇后的头衔，便会落在自家女儿的身上。

看着那些花枝招展的千金小姐，争先恐后地在皇上面前表现自己，不但凤九卿觉得厌烦，就连容锦也觉得无法忍受。

从头到尾，他酒杯不离手，将迷醉人心的辛辣液体，一杯又一杯地灌进喉中。

虽然不想承认一个事实，可偌大的奉天殿里，所有花枝招展的千金小姐加在一起，都比不上九卿的美丽。

即使凤九卿的眼底染满了憔悴，脸色布满了苍白，可这样的她依旧是他心中最美的存在。

他既憎恨自己对她无法割舍的依恋，又不受控制地想要将这样一个女人彻底征服。

凤九卿并不知道他心里都在想些什么，她放眼望去，发现今天来奉天殿参加寿宴的大臣虽然很多，却少了一个人——七王殿下，轩辕赫玉。

似乎看出她眼底的疑虑，容锦将散发着浓浓酒气的唇瓣凑到她的耳边：“你是不是很奇怪，小七为什么没来？”

凤九卿恍然，自从她被关进龙御宫直到现在，有好久都不曾见到小七的身影。

以她对轩辕赫玉的了解，在获知她被他哥哥当成犯人一样监管起来之后，肯定会想尽一切办法溜进皇宫来见她一面。

可事实上他并没有。

她不解地看向容锦，却听他讥讽道：“那个蠢货竟然敢冒着被朕下令处死的危险，独闯皇宫，救你离开。九卿，你见过比那个蠢货更没脑子的人吗？”

凤九卿微微一惊，从头到尾，她居然对此事毫无所觉。

容锦的语气因为提到轩辕赫玉而变得阴狠起来：“凤九卿啊凤九卿，你这样放浪形骸，使得那些男人为你神魂颠倒，是不是很有成就感？”

凤九卿脸色大变，压低声音吼道：“你可以侮辱我，但请别侮辱你自己的亲弟弟！”

“你装什么糊涂，小七对你抱有什么样的心思，你以为朕看不出来？”

“在你眼中，是不是天底下所有的男人都该死？”

“对！”容锦的声音拔高了几分，“其中最该死的，就是骆逍遥。”

皇上忽然抬高嗓音，令殿内正在饮酒吃宴的大臣齐齐向这边投来疑惑的目光。

“皇上，您是不是醉了？”贺明睿从进殿开始，就一直在暗中观察着帝后的脸色。对于最近发生的事情，他比谁心中都有数。他非常担心皇上会在冲动之下，再酿出什么惨剧。所以他赶紧出言提醒，希望轩辕容锦千万不要意气用事。

容锦并未理会贺明睿的好意，此时的他，已有七分醉意。

他忽然起身，对满殿大臣道：“今天是朕的寿辰，看到这么多人来到奉天殿为朕祝寿，朕心中十分感慨。多年来，朕除了为宏图大业不懈努力之外，最有成就感的，便是与凤九卿结为夫妻。”

说着，他一把将坐在旁边的凤九卿从椅子上拉了起来：“直到现在朕都还记得，第一次遇到皇后时，朕还是一个未及弱冠的少年。那时的皇后只是一个十二岁的少女，却在刺客的围杀中救下朕的性命。如今回想起来，朕的九卿还真是世间不可多得的一位奇女子……”

“皇上与皇后的爱情的确感动天地，令臣等深深羡慕。为了庆贺皇上的寿辰，臣专门给皇上准备了一份大礼……”

贺明睿看出凤九卿的脸色已经变得十分难看，赶紧找了一个送大礼的借口，希望可以阻止皇上接下来的话。他很担心皇上接下来会当着众臣的面说出什么无法挽回之言。

容锦冲他挥了挥手，明摆着不买他的账。

“不瞒众位，朕当初之所以会与皇后结下这段缘分，真真应了那句话，不打不相识。”说着，又看向凤九卿，攥住了她的手腕，“朕已经很久不曾与你比试过武艺，不如趁今天朕的寿辰，当着诸位爱卿的面与朕好好比试比试，也让众爱卿见识见识你的能耐。朕要让大家看看，朕费尽千辛万苦，为我黑阙王朝娶回了一位多么有本事的皇后娘娘。”

凤九卿想要挣开他，却被容锦更用力地捏住。

他在她耳边轻声警告：“只要你赢了朕，朕便答应你一个请求。比如，放了骆逍遥，还他自由。”

这个筹码，果然令凤九卿心动了。她微微眯眼，表情严肃地问：“此话当真？”

容锦从齿缝中挤出四个字：“君无戏言！”

贺明睿见事情发展到了这个地步，心中暗叫不妙。

凤九卿一把摘去头上的凤冠，扯下长长的袍摆。

容锦见她居然为了骆逍遥要动真格的，心底顿生怒火。没等贺明睿出言制止，一帝一后已经当着众人的面动起手来。

不管是轩辕容锦还是凤九卿，彼此心中都积压了太多的怒火。

一个憎恨对方的专横霸道。

一个憎恨对方的不可理喻。

两个人完全忘了此时身处的地方是举办宫宴的奉天殿。

这一架，他们谁都没给彼此留情。

容锦虽然醉了，但并没有失去防卫的本能。

凤九卿虽然面色憔悴，可一想到只要赢了容锦，就能为骆逍遥争取到自由，因此也是拼尽了全力。

你来我往的招式可谓是花样百出，绚丽得令人目不暇接。凤九卿越是奋不顾身，容锦应“敌”的招式便越是毫不留情。

他恨她的背叛，恨她的固执，恨她一心想要逃离自己，奔向另一个男人的怀抱。

酒气上涌，怒火滔天，下手的动作因为愤恨而越来越迅速。

初时凤九卿还能身手利落地接下他的招式，但随着体力渐渐流失，加之多日来的抑郁和压力，将她身心折磨得疲惫不堪，她开始跟不上容锦的招式了。

贺明睿看出凤九卿疲于应战，赶紧出言相劝：“皇上，不管是什么样的比试，点到即止就好……”

可惜贺明睿的提醒晚了一步。轩辕容锦一掌击向凤九卿的胸口，凤九卿闪躲的动作慢了一拍，被打飞了出去。

当看到凤九卿倒地吐血，容锦狂乱的意识瞬间清醒大半。

“九卿……”他忙不迭飞扑过去，将已经昏迷过去的凤九卿一把抱了起来，“九卿，你醒醒！朕……朕不是故意的……”

皇宴惊魂

出了这样的事情，宴会没办法再进行下去。

容锦第一时间便让人将御医召了过来。御医告诉他，九卿怀有身孕。

九卿明明说过，早在她决定离开皇宫的那一刻，便偷偷将孩子给处理掉了。

孩子还在？孩子怎么可能还会在？

这突如其来的消息，令容锦瞬间就蒙了。

贺明睿向御医询问："娘娘现在的情况怎么样？她有没有生命危险？肚子里的孩子呢？她受了伤，有没有可能波及孩子的安全？"

御医叹了口气："从娘娘现在的情况来看，想保住这个孩子，恐怕有些困难。她受了伤，被皇上那一掌震到了内脏。如果服药的话，药物对娘娘腹中的胎儿肯定会有影响……"

沉默不语的容锦忽然抬起头，杀气十足地盯着正在讲话的御医，冷冷说道："九卿和她腹中的孩子要是保不住，你们这些御医，就全部给朕去陪葬！"

御医被吓得双膝一软，跪在地上，拼命磕头："臣会尽全力保住娘娘和她腹中的孩子！"

贺明睿赶紧冲御医摆了摆手："快去配药，娘娘和她肚子里的孩子都等不得。"

"哎哎！"御医连滚带爬地离开了。

贺明睿小心劝道："娘娘福大命大，皇上也不要过于担心。"

"既然她并没有打掉朕的孩子，为什么她要骗朕？"

贺明睿无言以对，这么简单易懂的事情，连他这个局外人都看得出来，为什么轩辕容锦这么精明，居然想不到其中的缘由？

凤九卿之所以会骗他，还不是因为一时之气。任凭哪个女人被自己心爱的男人当成囚犯一次又一次关押，都会生出反抗之心。更何况，凤九卿又不是寻常女子。她行事作风本来就出人意料，指望她像平常姑娘家一样对权力生出敬畏之心，根本不可能。

他叹息道："不管怎么说，娘娘现在还有救。"

容锦沉浸在自己的世界里，没有将贺明睿的话听进耳中，喃喃道："朕竟然再一次差点儿夺走亲生骨肉的性命，难道朕真的是疯了吗？"

"皇上，你冷静一些，事情并没有你想象中那么严重。"

"朕输了！"

"皇上！"

容锦苦笑："朕争了这么久，到头来，却变成了一场闹剧。朕为了心底那一点儿私欲，这些日子都做了什么蠢事？"他忽然觉得自己特别愚蠢，每次都自以为是地对身边的人造成无法挽回的伤害。

容锦将茫然的目光移向贺明睿，语气沉重道："朕命犯天煞孤星，这辈子是不是根本就不配拥有爱情？"

贺明睿摇了摇头："命运是可以通过双手来改变的。"

"朕改不起，因为付出的代价实在太大。太多事实证明，朕根本不配得到任何一个人的爱！朕是个失败者，彻头彻尾的失败者！"说完，他绝望地看了一眼在床上昏迷不醒的凤九卿，别过脸，狼狈地离开了。

凤九卿从昏迷中醒了过来，只觉得自己浑身的力气都被抽空了。她低喃一声，慢慢睁开眼，眼前忽然出现一只白皙修长的手，手里端着一只白玉水杯，杯中液体晶莹，散发着袅袅白烟。她顺着那只手慢慢向上望去，在她面前的竟然是骆逍遥。

她微张着嘴巴，又不知该如何开口。

骆逍遥将水杯递到她的面前，柔声说："睡了这么久，口一定渴了吧！我知道你现在一定有很多话想要问我，可不管你想问什么，都先把这杯水喝掉再说。"

凤九卿默默接过杯子，顺从地将杯中的水一饮而尽，干燥冒火的喉咙，总算得到了片刻的缓解。

她继续去看骆逍遥，久久之后才蹦出一句："我这是在做梦吗？"

骆逍遥从她手中接回杯子，放在旁边的桌子上，拍了拍她的肩膀，对她笑道："难道我只有资格在你的梦中出现？"

凤九卿清晰地感觉到，骆逍遥碰触在自己肩膀上的力道，她的双眼骤然睁大，十分激动地抓住他的衣袖："你没事了？"

"我一直都很好。"

"可他们告诉我，你被关进了刑部天牢。"说完，她上上下下打量了他一番，紧张兮兮地问，"你受伤了吗？他们有没有对你用刑？"

骆逍遥赶紧出言解释："有些事情你可能是误会了，其实我并没有被关进天牢。"

"什么？"凤九卿还是觉得有些不可思议，从骆逍遥目前的情况来看，的确不像是受过虐待。可这到底是怎么回事？

"九卿，你就从来没想过，那家伙从头到尾都在骗你吗？那天我们离京失败，他没有将我送进天牢，而是派人将我送去了七王府。"

七王府？

凤九卿微微一惊："你是说，这些日子你一直住在七王府？"

骆逍遥点了点头："虽然那个小傻子的脑子不怎么灵光，可他的医术还不错，我现在失明的时间已经比从前缩短很多。"

第七十九章

为赎罪不惜自残

他还活着

自从凤九卿被关进龙御宫，就被容锦告知，骆逍遥因为她的背叛被关进天牢，在未来的日子里，将会遭受一世折磨。

以她对容锦的了解，当他亲眼看到自己打算跟骆逍遥“私奔”的画面，就算饶骆逍遥一命，也定不会让他好过。

万没想到，事情竟然发生了这样的逆转。

似乎看出她眼中的纠结，骆逍遥难得地为轩辕容锦说了一句好话：“那家伙做事虽然有些令人不可理喻，可这一次他做的决定却有些超出我的意料。我做了那么多令他无法忍受的事情，他非但没有杀我，反而还将我送到了小傻子的府上帮我治病。依我猜，他定是爱极了你，才会对我有诸多容忍。”

凤九卿一时之间无法接受这个现实，她脑海中的最后一个回忆，是出席容锦生辰宴时，她为了替骆逍遥争取自由，不得不接受容锦的挑战与他比试。

没想到她身体太弱，体力不支，失防之下被他一掌拍飞了出去。

思及此，她忽然将手摸向自己的小腹。

骆逍遥看出她眼底的担忧：“孩子还在。”说完，又略带斥责地看她一眼，“你怎么这么傻？为什么要骗他你已经打掉了你们的孩子？要不是那个小傻子出手帮忙，你肚子里的孩子恐怕就要流掉了。”

得知九卿为了自己，不惜拖着病体和轩辕容锦对抗，骆逍遥真不知该为她的奋不顾身感动，还是该为她的不计后果生气。

凤九卿却没有因为孩子还在而感到庆幸：“自从我怀上了这个孩子，灾难便不断发生，也许这个孩子根本就不该在这个时候来到世上。”

骆逍遥紧蹙眉头，并不认同凤九卿的想法：“你在说什么傻话？这孩子可是你好不容易从佛祖那里求来的……”

“不！”凤九卿摇了摇头，深深看了他一眼，“若非你舍命相救，我怎么可能有机会怀上这个孩子？”

骆逍遥道：“既然你也说这个孩子是我用性命帮你换来的，为什么你还要对他那么残忍？你这么作践你自己，有没有想过别人的感受？”

凤九卿咬了咬下唇，语气骤然变冷：“只要我一想到容锦给我的那碗打胎药，我就会觉得他是一个可怕的刽子手，跟这样的男人生活在一起，我能感受到的并不是快乐，而是恐惧。”

“他只是太爱你了。”

“可他的爱让我无法承受。”

骆逍遥叹息道：“你们两个还真是天生绝配。那家伙固然有错，你又何尝对这个孩子负过责任？小傻子说，你们娘俩这次能捡回一命，是上天的造化。九卿，你以后做事可不能再像这次这样冲动。”

“喂，你说什么呢？”

这时，房门忽然被人推开。走进来的正是被骆逍遥一口一个小傻子叫的轩辕赫玉。

他满脸不满地瞪了骆逍遥一眼，没好气道：“你才是小傻子，你全家都是小傻子。”

骆逍遥装作无辜地冲轩辕赫玉摆摆手：“你这人好生奇怪，忽然闯进门来就冲我嚷，你没毛病吧？”

轩辕赫玉跳着脚道：“别把我当笨蛋，刚刚在门外的时候我都听到了，你骂我傻……”

骆逍遥翻了个白眼：“见过上赶着捡银子的，可没见过上赶着捡骂的。”

轩辕赫玉见他死不承认，没好气地反驳：“难道这里还有人比我傻？”

骆逍遥哈哈大笑：“你看，你自己都承认你傻，又怪得了谁？”

轩辕赫玉这才意识到自己稀里糊涂上了骆逍遥的当，指着他的鼻子破口大骂：“你这个人可真是不识好歹，我费尽千辛万苦帮你治疗眼睛，你倒是好！居然在九卿面前说我傻，我哪里傻？要不是我，你早就完蛋了！”骂骂咧咧地说完，又不解气地走到九卿面前，“还有你这女人也是一个不省心的主儿，一次又一次让自己陷入危险的边缘，你是不是嫌自己命太长，非要折腾出什么事情才甘心？”

凤九卿一把抓住轩辕赫玉的手臂，急切地道：“听说这段日子你一直帮逍遥治病。快告诉我，他的眼睛还有治吗？”

轩辕赫玉被她拽得差点儿摔倒在地，好不容易站稳身体，哼哼道：“你这女人就不能温柔一点儿？还有，你有闲情逸致关心别人，最好还是多关心关心你自己。你知不知道你这次受伤，肚子里的孩子差点儿就没了，要不是我……”

凤九卿打断了他的长篇大论：“你只要告诉我逍遥的眼睛到底还有没有治？”

轩辕赫玉满脸不高兴：“有用这种烂态度来求人的吗？”

凤九卿眯了眯眼：“你哪里听得出我在求你？”

“喂……”他刚要开口抗议，就见凤九卿的脸色沉了下来，只好委委屈屈地解释，“我又没说不给他治。不过他这个病治起来可有些麻烦，每天晚上都要在他的眼睛上敷两个时辰的药。至于疗效如何，那得看后期的治疗效果……”

凤九卿警告他道：“不管用什么办法，你一定要治好他。如若不然，我就挖掉你的眼珠子，让你陪他一起变瞎子。”

“你没搞错吧？他眼睛受伤又不是我害的，凭什么要挖掉我的眼珠子？”

凤九卿咬牙切齿道：“谁让你是轩辕容锦的弟弟！”

“你当我愿意给他做弟弟？也不知我上辈子到底做了什么缺德事，一个两个都来欺负我……”轩辕赫玉气急败坏地说完，恨恨地将一盒药丸递到凤九卿面前，“每天一丸，保胎用的，你要是再不好好保护你肚子里的孩子，之后再出什么事我可就甩手不管了。”

骆逍遥见轩辕赫玉被九卿欺负，忍俊不禁道：“自从这个小傻子知道你的情况，这两天点灯熬油为你炼药。不瞒你说，你肚子里的孩子能够保住，这小傻子绝对功不可没。”

“喂，你有完没完？你就不怕惹急了我，会在你的药里下砒霜？”

“你敢下我就敢吃！”

“你敢吃我就敢下！”

见两个人欢喜冤家般地吵来吵去，凤九卿纠结多时的心情，也在这一刻放松了许多。

不惜自残

御书房里，小福子例行向皇上汇报娘娘近日的动向。

“骆公子在皇上的安排下已经与娘娘正式见了一面。一刻钟前，他随七王回了七王府，而娘娘在吃过七王给她配的安胎药之后，目前的身体情况还算稳定。七王说，娘娘还需要多调养几日才可以下床走路。至于娘娘的内伤……”

说到“内伤”两个字时，小福子语气一顿，偷偷抬头瞄了皇上一眼。见皇上眼眸微沉，他不敢再说下去。

手中正把玩着一柄匕首的轩辕容锦抬眸看了欲言又止的小福子一眼，冷声命令：“继续说！”

“是！”小福子点头应诺，又继续道，“娘娘受了皇上那一掌，伤及了内脏，造成内脏少量出血……”

还没等小福子将话说完，就看到皇上忽然拔出匕首，在他自己的另一只手掌心上，重重划下了一道又深又长的伤口。

小福子被这触目惊心的一幕吓得失声尖叫，飞也似的向轩辕容锦扑了过去，高声阻拦道：“皇上，您这是要干什么？快把刀子放下，来人……”

小福子刚要开口叫人，就被容锦一把拉住：“住口。”

小福子被皇上掌心中汩汩流出来的鲜血吓得不停颤抖：“皇上，您这是怎么了？”

他手足无措地拿汗巾子想要帮皇上止血，却被容锦轻轻避开。

“朕就是用这只手，曾经抽了九卿一耳光，甚至还击了她胸口一掌，差点儿害得他们母子身亡。既然这只手充满了罪孽，不让它受些惩罚，朕心里如何过意得去？”

小福子忍着哭腔哀求道：“皇上，有事咱们可以好好说，哪能用这种自残的手段来伤害自己呢？您可是我黑阙王朝的一国之君，万一要是把自己给伤个好歹，您让奴才如何向满朝文武交代？如何向天下人交代？”

容锦看着掌心的伤口，真正痛的并不是他的手掌，而是他的心。

只要一想到自己差点儿害得九卿丧命，他就恨不能一刀捅死自己。

他到底是有多蠢？当初明明发过誓言，会爱她护她一生一世。可到头来，伤她最深的不是别人，而是自己。事到如今，他还有什么资格说自己爱九卿如命？

思及此，容锦恨得举起匕首，又在自己的掌心上狠狠划了触目惊心的一刀。

小福子“扑通”一声跪倒在地，哭着喊道：“皇上啊，您快收手吧！奴才知道您因为错手伤了皇后心里发苦。可您用这种方式来惩罚自己，若被皇后知道，她也会为您伤心难过的！”

容锦面无表情道：“朕将她害到了那个地步，还有什么资格去要求九卿为朕的伤而伤心难过？”

“可是娘娘在七王药物的调理下，这两天的情况已经出现了明显的好转。而且七王配给娘娘用来疗内伤的药中，含有保胎的成分，不管是娘娘还是她肚子里的孩子，都不会再有性命危险。等娘娘的身体稍微好转一些，皇上亲自去娘娘面前道个歉，认个错就是了。何必非要用这种极端的方式来折磨自己？皇上，奴才还是先把御医给您叫来吧。”

“不用！”容锦想都没想，便断然拒绝，“只有疼痛，才能稍稍缓解朕对九卿的愧疚。”说完，他冷冷看向小福子，“你给朕听清楚，没有朕的命令，不准将朕受伤的事情传到外面，尤其不可以告诉九卿。否则，朕就砍了你的脑袋！”

最后一句话，他说得又狠又急，丝毫没有跟小福子开玩笑的意思。

小福子被皇上慑人的气势吓得瑟瑟发抖，他诺诺应是，不敢再反驳一句。

直至三更半夜，轩辕容锦才鼓起勇气，趁九卿睡着之际，偷偷回到龙御宫。悄悄走到她的床边，借着窗外朦胧的月色，细细打量着她的睡颜。

月色在九卿的脸上蒙上了一层银色的光芒。

即使她不点妆容，这张面孔，依旧倾城倾国，美到令人窒息的地步。

容锦将手指放在她白皙无瑕的脸颊上触摸了一下，虽然只是轻轻的一下，也能让他感到莫大的满足。

这种有如做贼般夜探龙御宫的行为，几乎成了他每天晚上都要例行的公事。

自从那日他将九卿一掌打伤，直到现在，他都不敢在九卿醒来的时候，与她坦然相对。

他知道自己是一个彻头彻尾的胆小鬼，在做了那么多对不起九卿的事情之后，居然都没有勇气出现在她面前，向她赔礼道歉。

他在害怕，怕自己所犯下的罪行得不到九卿原谅，他将会彻底失去继续爱她的资格。

当年他费尽千辛万苦才娶到身边的妻子，为什么在大婚之后没有好好珍惜两个人之间的感情?

骆逍遥只是一个导火索，他错就错在，当自己全身心投入这段感情中时，没有学会包容和谅解，也没有学会成长和理智。

他多想将床上的人儿紧紧抱进怀中。

心脏撕裂般疼痛，他终于切身体会到什么叫无能为力，什么叫求而不得。

九卿……他在心中大声喊她的名字，脑海中回想起两个人曾经相处的画面。

那年，两个人在骆逍遥的谋算中掉下山涯，当时他身中剧毒，口渴难忍。是九卿不顾一切地割开自己的手腕，将鲜血一滴一滴地喂进了他的嘴里。

为什么在事隔多年之后，他竟然会为了心底那一点儿小小的自私，将一个可以用自己生命来护他爱他的女人，伤害得如此之深?

越往下想，容锦便越无法原谅自己。

一滴灼热的泪，不受控制地顺着眼角潸然而下。不偏不倚，落在了九卿的脸颊上。

男儿有泪不轻弹，只是未到伤心时。从前容锦只觉得这句话可笑，如今切身体会，他才明白这种伤心究竟有多痛。

正熟睡的九卿被惊醒，她看不清房内的情况，凭着本能，一把抓住想要逃离的容锦的衣袖："什么人？"

寂静的房间里，容锦屏着呼吸，不敢挣脱，也不敢出声。

他一边害怕九卿看到自己会大发雷霆，一边又担心她会以为房中进贼而被吓到动了胎气。

两个人就这么僵持着。

直到凤九卿的眼睛渐渐适应了房内的黑暗，看清了站在她床前的人影，才试探地叫出声："容锦？"

这两个字，就像一个重锤砸在容锦的心上，他想要否认，却又贪婪地想要留在这里多陪她片刻。

"对不起……"许久之后，房间中才响起他低哑的声音，"朕只是有些睡不着，所以才过来看看你。九卿，很抱歉打扰你休息，你继续睡，朕这就走。"嘴上这么说，却并没有挣脱她抓在自己衣袖上的手。

凤九卿慢慢松开了手，并未做出挽留之势。

容锦心里有些发涩，借着淡淡的月光与她四目相对。这是那日生辰宴之后，他第一次在她清醒时，与她面对面，千言万语压在心底无法倾诉。

凤九卿没有回应，而是别过脸。如此疏离又冷漠的动作，令容锦再也控制不住心底的压抑，他忽然倾下身去紧紧搂住她。

要不是怕伤到她的身体，他恨不能紧到将她整个人与自己融为一体。

突如其来的动作，令两个人同时一惊。

他在她耳边轻轻低喃："对不起，朕本来并不想用这种方式来打扰你的，可朕实在控制不住心底的想念，所以才趁你熟睡之时，偷偷回到这里，哪怕看你一眼，也能让朕感受到莫大的满足。"

当熟悉的娇躯重新回到自己的怀抱，容锦觉得自己就像一个饥渴多时的旅人，历经千辛万苦，总算找到了纯净的水源。他贪婪地汲取着她身上熟悉的味道。

许是他的力道太重，凤九卿微微挣扎了一下。

容锦非但没有放开她，反而还将她越搂越紧。

"九卿，这些天朕一个人想了很多很多曾经发生在我们身上的事情。你还记不记得，当年轩辕君昊看上了你的美色，为了将你据为己有，不惜使出阴险手段，差点儿害得你失去性命。朕当时简直要被气疯了，冲进太子府，狠狠揍了他一顿。结果他一状将朕告到明康帝面前，害得朕被罚跪一天一夜。那是朕有生以来第一次被罚长跪不起，原来膝盖着地过久，竟然会让人痛到极致，可朕当时却很幸福，因为……"他用唇瓣轻轻磨蹭着她的耳垂，"朕只要一想到那苦是为你所受，便觉得所有的苦都会在瞬息之间变成甜蜜。"

自言自语的容锦，并未祈求九卿会回应自己。

他继续呢喃道："还有那次朕被逼婚，不得不将那个姓卓的女人娶进家门。那时的朕，无权无势，只能像木偶一样被强权者操控在手中。明知道朕接下圣旨，你便会伤心绝望，可朕却为了保住当时的地位，不得不向那些人做出妥协。

"九卿，你知道吗？直到现在，朕都觉得亏欠了你。因为天底下有资格被朕风风光光娶进家门的只有你凤九卿，可本该属于你的第一次，却被一个至今连长相都让朕记不住的女人给取代。

"从那时起，朕就下定决心，无论付出什么代价，都要坐上那个最高的位置。只有俯瞰天下，才有本事指点江山。只有手握大权，才有能力让你不受任何委屈。可是现在……"说到这里，容锦的声音变得哽咽起来，"朕忽然发现，无论自己坐到了多么高的位置上，该无能为力的事情，依旧让朕无能为力。

"朕活到现在，有两件事令朕后悔至今。第一次，朕为了姚雪灵，一箭将你射下山崖；第二次，朕为了一时之气，一掌将你打成重伤，甚至差点儿夺走孩子的性命。朕知道自己做了这么多错事之后，没有资格再乞求你的原谅，可是九卿……

“朕从小就活在复仇的阴影之下，直到遇见了你，生命中才出现了阳光和温暖。可是现在，朕却因为自己的愚蠢，一次次将你推开。最可悲的就是，朕已经失去了挽回的机会……”

听到这里，久未吭声的凤九卿终于抑制不住地落下眼泪。滚烫的泪水轻轻滴落在容锦的手背上，令他整个人为之一颤。

他将唇瓣轻轻落在她的颊边，低声道：“事到如今，朕还能换来你一滴眼泪，已经死而无憾。”

他还有千言万语想要对她倾诉，却害怕自己啰唆太多，会引来她的反感，只能依依不舍地松开她：“天色不早了，九卿，你好好休息，朕不打扰你了。”说完，怕自己会后悔，疾步离开。

容锦走后，凤九卿已经没了睡意。她躺在床上翻来覆去，脑海中全是他刚刚在她耳边低诉时留下的话语。

那些触动他灵魂的回忆，一桩桩一件件，也在她的脑海中疯狂回放着。

他忘不了他们共同经历过的风风雨雨，她又何尝忘得掉?

直到天边泛出鱼肚白，凤九卿才迷迷糊糊地又睡了过去。

再醒来时，已经天光大亮。

凤九卿在床上伸了个懒腰，起身的时候，意外地发现明黄色的被子上，竟然残留着一块刺目的血迹。

她将被子拉到眼前，仔细看了看血迹的颜色，虽然已经干涸了，但应该是不久之前染上去的。

她下意识地摸向自己的小腹，脑中劈下一道响雷。

难道说她在睡梦之中不小心流产了？可她觉得自己的身体并无大碍，而且从血量来看，也不像流产的迹象。

那被子上的血，究竟是何时沾上去的？拉开被子，她意外地看到自己的衣服上也有零星的血渍。

这下，凤九卿更疑惑了。

昨晚她睡觉之前还安然无恙，为何一夜醒来，被子上和衣服上会有血迹?

她忽然想到昨天半夜，容锦来过这里，难道说……

凤九卿呼吸一滞，答案呼之欲出，她却不敢再往下想。

临近午时，从早朝回来的轩辕容锦直奔御书房，像往常一样坐在御案前批阅着堆积如山的奏折。

小福子站在皇上身侧，满脸担心地打量着皇上的脸色。

不知是不是因为失血太多的关系，皇上脸色白得吓人。

而昨天那只被他自残的手掌，由于并没有涂药包扎，血肉翻飞的伤口似有流脓的迹象，仅仅是看着，都会让人触目惊心。

眼看皇上掌心中流出来的血染红了袍摆一角，小福子壮着胆子，小心翼翼地递去一块丝帕："皇上，您还是包扎一下吧！伤口这么深，要是不及时上药，万一感染，后果怕是不堪设想。"

轩辕容锦面无表情地继续翻看手中的奏折，对小福子的话充耳不闻。

小福子在旁边急得抓耳挠腮，不知该如何是好。

这真是应那句俗话，皇帝不急，急死太监。见皇上无动于衷，他咬了咬牙，干脆上前跪下："皇上，您要是再这么自我折磨下去，奴才就将您自残的事情告诉皇后娘娘……"

"啪！"小福子的话瞬间激起容锦的怒意，他用力拍向桌案，喝道："你敢？"

小福子被吓得赶紧跪下，哆嗦道："奴才没办法眼睁睁看着皇上这样伤害自己。您愧对皇后，有很多种补偿方式……"

"你闭嘴！"容锦瞪了小福子一眼，"给朕滚出去，休要在朕耳边继续说这些有的没的，朕听着烦。"

小福子不肯离去："除非皇上答应让御医帮您包扎，不然奴才今儿就长跪不起。"

"你是嫌自己命太长吗？不想死的话，马上给朕滚！"

"皇上……"小福子忍着哭腔，可怜兮兮地将丝帕递了过去，"就算您不肯上药，包扎一下总可以吧？"

轩辕容锦看着掌心中那道触目惊心的伤口，唇边忽然溢出一抹笑容："朕当初用这只充满罪孽的手伤了九卿，没有砍了它，只是不想在宫中引起轰动。"

"皇上……"

"这伤口越痛，朕的心才会越安稳……"

第八十章 风浪后雨过天晴

了然于心

发生在御书房的这一幕，被偷偷跃上房顶来打探的凤九卿尽收眼底。

她怎么也没想到，容锦竟然会为了弥补当初对她犯下的错误，用这种方式来自残。

他掌心上的伤口深可见骨，而且有越来越严重的迹象。

凤九卿一边生气，一边心疼。这轩辕容锦到底长没长脑子，这么大一个人，怎么会做出如此幼稚的事情？

当天夜里，容锦像往常一样，趁着三更半夜之际，偷偷回到龙御宫探望九卿。

他轻手轻脚地走到九卿床边，贪婪而又满足地打量着她娇美的容颜。他的要求并不多，只要每天能偷偷过来看她一眼，便已经心满意足。

没想到就在这时，沉睡中的凤九卿忽然起身，在他猝不及防之际，“啪”地一下，点了他的穴位。

没有预料到会突生变故的容锦，并没有防备，因此被凤九卿偷袭个正着。被点穴的他，整个人动弹不得。

凤九卿下床点亮了烛火。

九卿到底要干吗？容锦干瞪着双眼，目光中满是询问。

凤九卿冷冷看了他一眼，忽然抓起他的右手腕，蛮横地将他的手掌放在自己面前。

容锦下意识地想要抽回自己的手，却因为被点穴，无法动弹。

凤九卿借着烛光，打量着他的手掌，血肉翻飞，简直惨不忍睹。

她用力在他伤口的位置上捏了一把，容锦疼得眉头直皱，可他喊不出，也动不了。

凤九卿瞪着他，冷笑着问：“用自残的方式来赎罪，你不觉得这种行为很幼稚吗？”

她从床边取过事先准备好的药箱，先帮他的伤口消毒，再轻轻涂上愈合伤口的药，又找来纱布，一圈一圈将他的手包扎起来，一边包一边说："明睿当年给你测命，说你命犯天煞孤星，这辈子没有哪个女人能在你身边活得太久。当初我以为明睿卦象不准，否决了他的观点，并为了爱情，不顾一切地投向你的怀抱，可事实证明……"

她嘲讽地笑了一声："哪个女人要是被你爱上了，一定是世间最倒霉的那一个。你想想，从我们相识相恋到现在，我被你伤了多少次？你伤我不要紧，居然连我们的孩子你也不放过。"

见容锦挣扎着想要说话，凤九卿包扎伤口的时候，故意用了些力气，疼得容锦额头上冷汗直流。

她无视他的痛苦，继续说："我知道你心里在想什么，你肯定想辩解，当时给我喝打胎药只是一时冲动。可你知不知道，你的一时冲动，会毁了我们好不容易经营出来的一切。容锦，我不止一次希望你对我们的感情多一些包容、谅解和信任，可你是怎么回报我的？

"稍有风吹草动，你就会将不贞的罪名冠在我的头上。有时候我真的很奇怪，你已经坐上遥不可攀的位置，为什么在感情上却这样没有自信？难道我凤九卿在你心中，就是那种朝三暮四，逮谁爱谁的女人？

"是，我不否认我对骆逍遥的确与众不同了一些。可我为什么会这样对他，咱们成亲之前我就跟你解释过。

"而且，他这次为了帮我解毒，不惜自毁双眼。这份恩情对你来说或许不重要，可对我来说，却是用一辈子都无法偿还的人情债。

"我知道那次他放火烧御书房帮我脱身，确实伤到了你帝王的尊严。可你有没有想过我当时为什么要做出那样的选择？我是真的很害怕我们现在这种相处模式。你多疑敏感，连自己的亲生骨肉都可以残害，这世上还有什么是你轩辕容锦做不出来的？

"我决定和骆逍遥离开京城，并不是因为我想转投他的怀抱。于我而言，他是朋友，而且也只能是朋友。我对他有感激、有敬佩、有情义，却唯独没有爱。因为我只有一颗心，心的容量非常小，除你之外，已经容不下其他人……"

说到这里，她忽然笑了一声："现在再说这些，已经没什么意义。我曾经一直以为我们俩可以天长地久、白头偕老，可你一次又一次击碎了我的希望。容锦……"

帮他包完伤口的凤九卿，慢慢抬起头，与他四目相对："你知道为什么你这样伤我，我还愿意给你生孩子吗？"

容锦眼中充满了焦急。

凤九卿扶着他躺到了床上，双手撑在他的两耳边，压低自己的面孔，用只有容锦才能听得到的声音说："即使有一天我离开你，也希望留一个念想在我身边。因为在这个世上，我比谁都爱你！"

他脑子里一片空白，耳边只剩下了一句话……我比谁都爱你！

九卿说，她爱他！

她爱他！

她爱他！

他一边狂喜着，一边又畏惧着。狂喜着她对自己袒露的感情，又畏惧着她今晚的不同寻常。

凤九卿用指尖轻轻摩挲着他的嘴唇，嘴边勾出一个凄苦的笑容："如果你不是皇帝，该有多好！"

留下这意义不明的一句话，凤九卿吹熄房间的烛火，飘然而去。

容锦又急又躁，他想要开口留住她的脚步，却又动不得、喊不出。

整整一个晚上，轩辕容锦一眼未合。脑海中不断猜疑着九卿反常的举动之下究竟有何目的。

她该不会又生出离宫出走的想法吧？不！绝对不可以！

轩辕容锦被自己的猜测吓得浑身发冷。他不能失去她。如果他的生命中没有她的存在，他活着还有什么意义？

第二天清晨，他总算冲破穴位，恢复了自由。

他急忙从床上爬起来，想要冲出去寻找九卿。

这时，房门忽然被人推开，走进来的不是别人，正是他以为又逃宫出走的凤九卿。

看到九卿出现在自己眼前的那一刻，容锦以为他是在做梦。他向前走了两步，却因双腿失去知觉时间太长，整个人不受控制地向地面摔去。

凤九卿手疾眼快地扶了他一把。

"九卿……"容锦按捺不住声音的激动，一把将她拉到面前，"你没离开？"

凤九卿不客气地将他推至一边，冷着脸道："离开？去哪里？"

"你……你昨天晚上在朕的耳边说了那么多奇怪的话，朕以为……以为你在跟朕说诀别之词。"

凤九卿哼笑一声："整个天下都是你的，我又能逃去哪里？别忘了，你当初可是耳提面命地警告过我，一旦我跑了，你会用我身边所有亲人的性命为我陪葬。代价这么大，我怎么敢尝试？"

容锦想到当初自己说过的这些混账话，又自责又懊恼。

他急忙解释："朕只是想要吓唬吓唬你，怎么可能会真的去伤害你身边的人？"

"哦？"凤九卿挑眉，"也就是说，如果我离开皇宫，你不会拿我身边的人算账了？"

容锦脸一垮，委屈地看着她。他想要解释，又怕说错话，让九卿又生出离开的念头。

凤九卿在他旁边的椅子上慢慢坐下，并当着他的面，在自己的小腹上轻轻揉了两下："就算是为了这个孩子，我也不能再继续折腾自己，暂时就这样吧。"

虽然她没有承认自己会留下，但话中的意思已经很明显。为了孩子，她暂时不会离开皇宫。

容锦又欣喜又担心，他小心翼翼地坐在她身边，轻轻扯着她的衣袖："那……孩子生下来之后呢？"

凤九卿没有回答他的问题，而是将目光落在他受伤的手上："如果我昨晚不帮你包扎伤口，你准备让你的手伤到什么程度？"

容锦这才想起自己的手还受着伤，他皱紧眉头，用力握了握拳头。

许是力道过大，纱布上渗出了血渍。

凤九卿伸手制止他的自虐行为，厉声道："你干什么？"

容锦下意识地抽回自己的手，语带愧疚："朕直到现在都不敢相信，朕居然用这只手，打过你两次。"

想到之前自己过分的行为，容锦觉得就算废掉这只手，都无法弥补对九卿的伤害。

凤九卿被他的逻辑气得哭笑不得："这只手只是你用来伤害我的工具，真正想伤害我的，难道不是你自己？"

容锦不敢否认，他难过地低下头："是！朕确实该死！"

对自己的手做出自残行为，只是想寻找一个发泄的途径。有那么一刻，他真的想砍掉自己这只手，又怕他变成残废之后，会遭来九卿对他的嫌弃。

他那副做小伏低、卑躬屈膝的样子，看得九卿心里有些不忍。叹了口气，她轻声说："稍后让御医过来给你的伤口上些药，再重新包扎一下。"

容锦没点头也没摇头，只是直勾勾地看着她，像在等待一个答案。

凤九卿岂会不明白他的心思，她不客气地指向他那只受伤的手："伤口彻底痊愈的时候，你才有资格跟我谈条件。"

容锦面色一喜，一把抓住她的手腕，急切道："九卿，你原谅朕了？"

凤九卿不客气地甩开他的手："你理解能力很差吗？我说，等你伤口痊愈的时候，再来跟我谈条件。"

容锦得寸进尺地问："等朕的伤口愈合了，你能不能答应朕，以后都不离开，永远陪在朕身边？”

凤九卿微微眯起眼睛：“你觉得你现在有资格来问我这个问题吗？”

“好好！”他点头如捣蒜，“朕这就唤御医过来，保证在最短的时间里将伤口治愈。九卿，到时候你可不要忘了今日对朕的承诺。”

凤九卿瞪他一眼，没再搭理他。

与九卿缓和一步的容锦，一扫前些日子的阴霾，心情愉悦地去金銮殿上早朝。

本以为经过了这场大风大浪，他终于可以与九卿过上快乐无忧的生活。

没想到当天早朝，居然有不少大臣在殿上纷纷上奏，以皇后行为不检点，腹中的孩子有可能并不是皇家龙种为由，要求皇上给大家一个合理的交代。

这个问题，着实把容锦给气着了。

“你们真是好大的胆子，居然敢用‘行为不检点’这样的字眼来形容朕的皇后，这个结论由何而来？你们知不知道这样指控当朝国母，犯下的是大不敬之罪？”

皇上龙颜大怒，几个上奏的大臣吓得齐齐跪倒在地。

带头的是刚被提拔上来的新任礼部尚书周文才。

说起礼部，这真是一个容易得罪人的职位。礼部的职责就是掌管皇家礼仪，稍有逾越，便要及时向皇上提出纠正。

周文才觉得自己特别委屈，哭丧着脸道：“皇上息怒。近日频频有人往礼部这边递来折子，字里行间尽是对皇后的不满。就拿前些日子皇后离奇失踪一事来说，已经有不少人在私下放出谣言，皇后行为不检，与人私奔。言行举止毁了皇家的颜面，让我黑阙王朝蒙上了羞辱。这样的国母，大臣不容，百姓不容。所以臣今日才代表诸位大臣及百姓民意，在殿上恳请皇上，对皇后行为不检点一事，给臣等一个交代。”

“交代？你们要什么交代？”轩辕容锦气得脸都青了，“朕与皇后夫妻之间的事情，什么时候轮到你们这些外人来说三道四？对，皇后前些日子的确是失踪了一天，可那是因为朕做了一些令皇后不高兴的事情，她跟朕闹别扭，才会在气极之下离宫出走！”

很快便有其他大臣接口：“身为一国之母，竟然因为与国君斗气而闹到要离宫出走，这种事本来就于理不合。一个真正合格的皇后，难道不该以德行为重？”

容锦冷哼：“皇后为我黑阙创下的功绩，足够抵消她所有的缺点。再说，朕当日确实亏欠皇后在先，她愿意跟朕闹脾气，朕甘之如饴，关你们何事？”

“皇上，话可不能这么说。女人原本就是男人身边的附属品，无论夫君做错了什么，身为妻子，都应该对其马首是瞻，唯命是从。皇后贵为国母，更应该谨守本分，以身作则。可现在她不但由着性子与帝君发生争执，甚至还做出伤风败俗之举，闹出与他人有染的传闻。”

那几个上奏的大臣还要再啰唆，都被贺明睿出言喝止。

“几位大人一而再，再而三地对我黑阙国母表示不满，说一千道一万，不就是因为皇上当年为了册封皇后，将几位大人家的姑娘从后宫又送回了各自的府邸吗？”

贺明睿冷冷扫了众人一眼：“皇上当年在解散后宫时曾有言在先，若那些被送回家的小姐看上了哪家公子少爷，他可以为小姐们做主，成全她们一段好姻缘。之前刘大人、张大人、贺大人、沈大人家的几位小姐，在离宫之后，都各自找到了合适的夫君，现在日子过得可谓是非常美满。偏偏你们几位家中的小姐，被送出宫后生出各种不甘心，一心幻想着被皇上重新召进皇宫，所以才会无所不用其极地找皇后的麻烦……”

“贺丞相！”其中一位大臣急切地反驳，“臣只是就事论事，与私人感情并无关系。”

贺明睿不紧不慢道：“既然你们想就事论事，那本相问问你们，自从皇上登基以来，是不是将整个黑阙统御得风调雨顺，繁荣昌盛？”

那位大臣被问得面色一僵。

贺明睿接着又问：“当初燕国帝后来我黑阙挑衅，要不是皇后在群臣面前为我黑阙扬眉吐气，周口河岸的另一半管理权是不是就要落到燕国之手？”

“这……”

“不管是皇上还是皇后，他们都一心为我黑阙的国运在操心努力，至于人家夫妻之间如何相处，与外人没有任何关系。你们要是闲来无事，可以开始张罗自家尚未出阁的女儿的婚事了。虽然她们进过宫，皇上却没有碰过她们，还在她们出宫的时候每人送了一份嫁妆。隆恩浩荡，你们难道不该跪谢皇上的体恤？”

几位大臣被贺明睿的一番话质问得无言以对。

他们不否认此次上奏，确实有自家女儿被“休”回娘家，不甘心之嫌。可近日针对皇后名声种种不利的传言，确实在京中闹得尽人皆知，他们也只是依法依律来到皇上面前摆事实讲道理，哪就有贺明睿说得那么小肚鸡肠、蛮不讲理？

可是论智慧、论口才，他们加在一起也不如一个贺明睿。

见几位大臣还想再说些什么，容锦不耐烦地挥了挥衣袖：“朕乏了，退朝。”

再留在这里听这些大臣当着自己的面诋毁九卿，他真的不敢保证自己会不会在一怒之下砍了这些人的脑袋。

刚刚踏进御书房，容锦便气极败坏地将一把椅子踢飞了出去。

当他还要抬腿再去踢第二把椅子时，被跟着他踏进书房的贺明睿出手阻拦了：“皇上，你冷静一些……”

憋着一肚子怒火的轩辕容锦一屁股坐在椅子上，用那只还带着伤的手，重重拍了一个桌案。

“冷静？你让朕怎么冷静？这些人到底有完没完？逮到机会就要对九卿挑三拣四。不是嫌她插手朝政，就是嫌她不够贤良淑德。归根结底，他们就是不打算放弃逼朕纳妃的念头，非要往朕身边继续塞女人，从中得利才肯善罢甘休。”

贺明睿将御书房里伺候的宫女太监全都遣散了出去。

待屋子里只剩下他们君臣二人时，他才像老朋友一样坐在容锦面前低声劝道：“臣总觉得，这次的事情，应该没有皇上想的那么简单。”

容锦眉头紧蹙，抬眸看了他一眼：“什么意思？”

贺明睿稍稍沉思片刻，才分析道：“从那些大臣上奏的折子来看，字里行间，全都是对皇后德行的挑剔，甚至还怀疑她腹中的骨肉并非皇上亲生。”

容锦冷笑：“别说九卿肚子里的孩子的确是朕亲生的，就算不是朕亲生的，朕愿意给她的儿子当后爹，谁又敢说半个不字？”

贺明睿抽了抽嘴角：“如果你只是一个平民百姓，想怎么做，自然不会有人非议。可不要忘了，你现在的身份是黑阙的皇帝。”

“那又如何？”

“一旦那些人对皇后的指控成立，皇后之位怕是不保。”

容锦脸色瞬间一沉，眸光渐渐阴沉了起来：“你到底想说什么？”

贺明睿犹豫半晌，说出一个连自己也不愿意接受的答案：“臣怀疑，有人想要借此机会，逼皇上废后！”

“目的呢？”

贺明睿摇了摇头：“臣暂时还找不到具体原因。”

“废后？”容锦就像听到了天大的笑话，“朕宁可废掉整个黑阙江山，也不会废掉九卿的皇后之位。”

贺明睿揉了揉眉心：“就因为皇上对皇后拥有如此执念，那些躲在暗处对皇后心存不轨之人，才知道她是皇上身边最不可碰触的逆鳞。皇上，有些话说出来可能会让人觉得很残酷，可臣还是想提醒一句，被帝君专宠的女子，历来都是天下人要打压的头号目标。”

一听这话，容锦顿时爹了毛：“朕只是专心喜欢一个女人，这有什么错？”

“错就错在，您是黑阙的皇帝！自古以来，没有哪位天子敢明目张胆地独宠中宫。就算史上那些帝王对哪个女子心存怜爱，也会将她摆在一个最不显眼的位置上。只有这样，才能护她周全，让她得一世喜乐……”

或许在政治上容锦有着独特而犀利的眼光，可在感情上，他就是一头犟牛，根本不可能与除了九卿以外的任何女人逢场作戏。他眼中的爱情，是纯洁的。一旦被掺进了世俗和功利，就等于破坏了爱情的完美。他接受不了九卿与其他人有染，也同样不能接受自己将身心分给除了九卿以外的任何女子。

“明睿，不管那些人躲在背后翻来覆去地闹，究竟想要得到一个什么样的结果。朕的答案都只有一个，绝不会为了任何一种利益，牺牲朕与九卿的感情！”

贺明睿心领神会地点了点头：“臣明白！”

虽然这段发生在金銮殿上的小插曲并没有被容锦太放在心上，可为了避免谣言闹到九卿那里，他还是下达命令，吩咐宫中的内侍必须谨言慎行，不得在私下里非议主子们的是非。

一旦有人敢将这件事透露到皇后面前，无论情节严重与否，将必死无疑。

为了能够尽早重获九卿的芳心，轩辕容锦将太医院所有医术称得上还算高超的御医，全部召到自己面前。

他的掌心在自残之下被一连割了两刀，受伤之后一直没有止血治疗，因此情况有些严重。

那些受命前来给皇上治伤的御医，在揭开纱布，看到掌心中躺着的那两道血肉翻飞，甚至还不断往外流着脓水的伤口时，一个个全都倒吸了一口凉气。

“皇上，您这伤口到底是因何而伤？从伤口的情况来看，受伤之后，应该是没有得到及时处理，才会严重到这般地步……”

负责给皇上治伤的是太医院正院使，姓刘，人称刘御医。

轩辕容锦没有理会刘御医在看到伤口之后露出来的惊讶，只是敛着眉头，不轻不重问了一句：“根据朕现在的伤势，距伤口彻底痊愈，大概需要几天？”

“几天？”

刘御医嘴角一抽，这哪里是几天就能痊愈的？按皇上现在的伤情来看，想要全部愈合，少说也得半个月，想是这么想，嘴上却说：“回皇上，您手上的伤势有些特殊。太医院虽有疗伤的药膏，但药效缓慢。如果皇上想尽快让伤口恢复，臣建议，皇上可以向七王讨些灵药。”

在医术方面，太医院里的御医们对七王绝对是赞叹有加。

听刘御医提到七王，容锦的脸色一下子就沉了下来：“你们要是连区区一道小伤口都治不好，朕还留着太医院做什么？”

有这么好的条件放在那里，皇上非但不理，反而还要刁难他们这些老头子，这不是明摆着欺负人吗？

刘御医虽然心里腹诽，面上却不敢流露出半分，只能期期艾艾道：“是，是，臣定会竭尽所能，争取在最短的时间内帮皇上医好伤口。”

这时，门外忽然飞进来一只不明物体。

容锦看都没看，出于本能，一把将飞进来的东西抓了个正着，是一只翠绿色的小玉瓶。他抬头一看，从外面走进来的不是别人，正是凤九卿。

第八十一章 祭太庙鬼影重重

不再介意

看到九卿主动来到御书房，容锦一下子紧张起来。

他无视还在给他伤口涂药的御医，迅速起身迎向九卿，担心道：“九卿，你怎么来了？不是说这段日子都要留在房中好好调养休息吗？就这么走出来，你身体受不受得住？”

凤九卿被他紧张的样子气得有些哭笑不得。

“你有时间在这里问这些无关紧要的事，为什么不肯召小七进宫？连御医都说小七配出来的药功效显著。”

容锦抗拒道：“朕才不要召那个浑蛋进宫。”

容锦都能预想到小七看到他自残后的伤口会露出什么样的嘴脸。哪里是什么亲弟弟，分明就是来给他添堵的冤家。

他冲旁边几个碍眼的御医挥了挥手，示意他们赶紧下去，休要留在这里打扰自己跟媳妇单独相处。

御医们早就知道皇上心里那点儿小九九，也不敢多问，收拾好药箱，低眉顺眼地离开了御书房。

见屋子里只剩下自己跟九卿两个人，容锦才拿出九卿丢给他的小玉瓶，好奇地问：“这是什么？你送给朕的礼物吗？”

凤九卿翻了一个白眼：“这是小七送来的止血药，给你疗伤用的。”

容锦听完就要将手中的玉瓶丢出去，被凤九卿厉声制止：“你的伤口不想痊愈了？”

容锦抱怨道：“那小子之前挨了朕一顿板子，心里指不定怎么记恨于朕。万一他图谋不轨，在药里加什么奇怪的东西，到时候朕的伤口非但无法痊愈，恐怕还会有越来越严重的趋势。九卿，俗话说得好，家贼难防！”

凤九卿一把从他手中抢过药瓶：“爱要不要，不要拉倒。”说完，转身就要走，却被容锦又拉了回来。

容锦露出一抹讨好的笑容，做小伏低道：“要是你肯亲自给朕上药，就算这里面装的是剧毒，朕也死而无憾。”

凤九卿见他对自己小心地讨好，心中一软，便拉着他坐了下来，开始细心地给他包扎起伤口来。

容锦傻傻地坐在那里，目不转睛地盯着她的面孔。

凤九卿被他灼热的目光盯得有些不自在，放慢包扎的动作，不解地问：“你盯着我做什么？”

容锦回答得非常坦然：“你实在太美，朕觉得怎么看都看不够。”

凤九卿哭笑不得：“老夫老妻这么久，说这种话还有意思吗？”

容锦无赖地握住她的手，将她拉进自己的怀里：“谁说咱们是老夫老妻？从成亲到现在，还不到一年。”

凤九卿在他怀里挣扎了两下，却被他牢牢抱紧：“别动，小心动作太大，伤了胎气。”

凤九卿微微皱眉：“我好心过来给你上药，你竟然对我动手动脚？你是不是忘了咱们现在还在冷战？我有说过原谅你吗？”

容锦耍赖皮道：“冷战只是你一厢情愿，朕可从来都没想过与你冷战。”

“我一厢情愿？这种话你怎么好意思说出口？当日你在奉天殿当着众人的面打了我一掌之后就对我避而不见，你敢说你没有在与我冷战？”

容锦大喊冤枉：“朕做了那样的糊涂事，哪里还敢来面对你？”

“不敢面对？你现在在做什么？”

容锦像个不讲理的孩子：“朕怕一放开你，你就会凭空消失。”

“我要是有凭空消失的本事，早就消失得不见踪影，哪里还能像囚犯一样，一次又一次被你关在后宫？”

“朕从来都没有把你当成囚犯来看过。”

“这种话说出来你自己信吗？”

容锦被她抢白得无言以对，只能继续抱着她，将自己的俊脸埋进她的颈窝里。

凤九卿对他化身为八爪鱼的行为感到十分无奈，在他怀里挣了挣，小声抗议：“有什么话待会儿再说，先把你手上的伤口包好，我还没打结呢。”

容锦这才不情不愿地放开手，乖乖递上自己的手掌。

凤九卿一边帮他包扎一边问：“还疼吗？”

容锦摇摇头，像根本没将自己手上的伤口当回事：“不疼！”

凤九卿眯了眯眼，在他伤口最深的位置上用力捏了一把。这一捏，疼得容锦眉头直皱。

凤九卿笑得很坏：“不是说不疼吗？”

容锦刚要抱屈，一想到当初自己对九卿做过的亏心事，又改口道：“朕再怎么疼，也不及当初伤害你时的万分之一。”

凤九卿脸上的调侃笑容慢慢消失，她一本正经地看着他：“你对我若真有愧疚之心，以后就别再怀疑我对你的感情。”

容锦赶紧表态：“不会再有那种事了。”

凤九卿打好结，对他道：“我之所以肯再给你一次机会，是因为那天我醒来之后看到了骆逍遥。他在我面前说了很多关于你的好话，虽然有些观点我并不认同，可在其位就要谋其事。我现在的身份，的确不适合做出一些出格的事情。因为我的关系给你带来麻烦，这是我最不想看到的局面。”

越往后听，容锦便越觉得不太对劲儿：“九卿，你到底在胡说什么？什么麻烦？你并没有给朕带来任何麻烦。”

凤九卿静静地看着他：“我知道你最近压力一直不小……”

“朕并没有压力。”

“他们都在背后非议我的名声，怀疑我这个皇后对你不贞，与旁人有染……”

听到这话，容锦的情绪一下子变得激动起来，他怒不可遏地拍案而起：“是谁在你面前胡说八道？朕现在就砍了那浑蛋的脑袋。”

凤九卿白了他一眼：“就算你是皇帝，也难敌悠悠众口。”

“九卿，你不要相信外面那些无聊的传言，他们只是嫉妒朕对你的独宠……”

“你何不想想，咱们之间的婚姻，为什么会遭来这么多人的反对？”

容锦拒绝去思考这个问题，他急切地将她抱进怀里：“不管别人怎么反对，都改变不了你必须是朕的妻子的事实。谁要是敢胆大包天地来破坏咱们的婚姻，朕不介意利用手中的权力将他们除掉。”

他这辈子只有两个执念：第一，坐上皇位；第二，娶凤九卿为妻。

这两个执念在他初懂人事时便已经在心底生根发芽，除非他死，否则没人能改变他的决定。

被他牢牢抱住的凤九卿叹了口气："你要是真这么做了，只会让那些反对我的人对我生出更大的厌恶。"

容锦脸色一狠，想都没想便脱口而出："你要是有个三长两短，朕会让整个天下为你陪葬！"

"容锦……"

"每个人都有自己的私心，朕只是想全心全意爱护一个女人，到底碍了别人什么事？朕不明白，那些人放着自己的日子不过，每天盯着朕的一举一动，甚至还想来插手朕的私生活。既然他们不想让朕得好，朕为什么要让他们得好？"

这时的轩辕容锦以为只要他坚持心中所想，这世上就没什么事情是他做不到的。

可谁都没想到，就在那些大臣联名在金銮殿上参了凤九卿一本被驳回之后，忽然传来皇家陵墓莫名坍塌的消息。

皇陵里埋着的可是先帝的棺木，皇陵忽然意外坍塌，这绝非什么好兆头。

还没等朝廷这边找到皇陵塌陷的原因，京城中又出现了一种奇怪的疾病。这疾病具有非常可怕的传播性，患者的症状与风寒雷同。可治疗风寒的汤药对这个病并没有起到任何效果，反而还会因加重病情而导致病人死亡。

短短不到一个月的时间，京城中已经有上百名百姓失去生命。

一时之间，原本繁华热闹的京城，变得萧条无比。

人们整天将自己关在家中，生怕不小心染上重疾。

药铺里的药几乎被人抢购一空，城中有不少大夫在给患者治病的过程中染上重疾，跟着一命呜呼。

其他大夫见同行死了好几个，吓得连夜逃离京城。

接二连三发生这样的事情，身为皇帝，轩辕容锦自然无法置身事外。

每天早朝会上谈论最多的就是当下的疫情，以及皇家陵墓为何会无缘无故出现塌陷状况。

很快便有大臣在朝会上提出，既然朝廷接二连三遭遇灾劫，应该选一个黄道吉日，由皇上亲自率领众臣，去皇家太庙举办一场隆重的祭天仪式。

说不定这些灾难是老天爷故意降临到世间的惩罚。

作为皇帝，轩辕容锦责无旁贷。虽然他心里并不接受这么可笑的说法，但朝中不少大臣都在议论此事，甚至担心不久之后会出现更大的灾难，容锦才迫不得已地同意，将祭天仪式交给礼部去处理。

荣祯二年十一月初五，是个风和日丽的好日子。

在皇上的率领下，朝中文武官员齐齐来到皇家太庙参加祭天仪式。

按照黑阙王朝祭天的规矩，祭天的时候，必须按照事先测好的时辰，在皇家太庙门前的香炉里，由皇上点燃第一炷高香。

结果当容锦亲自将高香插进香炉时，天边忽然传来一道刺耳的响雷。

眨眼之间，倾盆大雨便从天而降。那炷还没开始烧的高香，被一阵大雨浇得瞬间熄灭。

所有来参加祭天仪式的大臣都惊住了。还没等众人从这场突如其来的大雨中回过神儿，一阵狂风吹来，将皇家太庙里被供奉起来的那些祖先灵位吹得噼里啪啦掉了满地。

下这么大的雨，祭天仪式无法再进行下去。

“天哪，你们看，那是什么？”

就在众人因为这突如其来的变故而乱成一团之时，人群中传来一阵惊呼。

众人循着声音望去，见香炉旁被雨水打湿的地面上，赫然出现了一个鲜红的大字——凤！

“凤”字就像用鲜血所写，在雨水的冲刷下，显得阴森可怕，又有些离奇诡异。

亲眼看到这一幕的大臣们一下子就炸开了锅。

有人高呼：“这里怎么会出现一个用鲜血染红的‘凤’字？”

另一个人迅速接口：“莫非这个字后面隐藏着什么秘密？”

还没等众人讨论出一个结果，太庙旁边专门用来置放皇家玉牒的偏殿忽然起火了。

下雨天起火，这还真是见了鬼。

众人赶紧前去救火。好在火势并不大，天上又下着瓢泼大雨，偏殿的火很快就被熄灭了。

火灭之后，有人进去检查里面的东西有没有被烧毁，结果意外又出现了。

以皇后之尊被记载在皇家玉牒上的“凤九卿”三个字上面忽然多了一个巨大的血印。这个血印的颜色，与之前出现在香炉旁边，被大雨冲刷出来的那个“凤”字的颜色一模一样。

众人纷纷移到议政殿，大臣们针对今天发生在太庙的离奇事件，七嘴八舌地展开了讨论。

从头到尾，轩辕容锦和贺明睿一句话都没有说过。

皇上和丞相只字不语，并不代表那些唯恐天下不乱的朝臣也能默不作声。

太庙里一连发生这么多变故，那些喜欢小题大做的大臣总算是找到了向皇上发难的途径。

“太庙发生了这么诡异的事情，不知皇上有何看法？”

见轩辕容锦沉着俊脸一言不发，那些不死心的大臣开始七嘴八舌：“今天这件事，分明就是上天赐下的旨意。先是在香炉旁边出现了一个用鲜血染成的‘凤’字，接着太庙又莫名起火，皇家玉牒写有皇后名字的地方又出现了触目惊心的血印。由此不难推断，这所有的矛头，都指向当今皇后。”

另一个大臣急忙接话："没错！老臣觉得徐大人此言有理。之前皇陵莫名塌陷，紧接着京城中又出现了诡异的病情。目前因病而死的百姓已经高达百人。上天肯定是想借今天这个仪式告诉皇上，若不废后，恐怕会给黑阙的江山引来更大的祸患。"

"皇上，既然上天有旨，您还是尽快做出决定吧！"

"臣等恳请皇上为天下苍生着想，废去皇后，改立他人！"

随着这几道咄咄逼人的请求应声落下，好几位大臣伏身跪地。

轩辕容锦气得浑身发抖。

贺明睿知道这些大臣再说下去，肯定会激得皇上大发雷霆。

"各位同僚，你们在毫无根据的情况下将矛头指向皇后，不觉得这种言行对皇后来说很不负责吗？"

"毫无根据？"

那些大臣齐齐看向贺明睿，很快便有人发声："这么多血淋淋的例子在这里摆着，还要什么根据？"

"天灾每年都会发生，仅仅因为皇陵塌陷，城中出现疫情，便将这些灾难怪罪到皇后身上，这本来就是一种无稽之谈。"

那位大臣不依不饶地反问道："若非如此，贺丞相如何解释今天发生在太庙的事情？今天可是黄道吉日，早上出门的时候还风和日丽，皇上往香炉中插放第一炷高香，便天降大雨，紧接着地面上出现一个血染的'凤'字。贺丞相应该不会忘了，当今皇后刚好姓凤。更巧的是，皇后的名字在皇家玉牒上竟然还被印上了血印。种种迹象结合在一起，这难道不是在警告世人，皇后命硬，克我黑阙江山吗？"

容锦勃然大怒，愤然起身，将手边一只茶杯粗暴地砸向那个口出狂言的大臣。

那位大臣被皇上突然丢来的茶杯砸了个正着，当场便被砸得头破血流。

原本还嘈杂的议政殿，被皇上这突如其来的举动给吓得瞬间安静了下来。

容锦负着双手步下龙椅，走到那位大臣面前，神色睥睨地看着他："徐大海，你虽然一把年纪，又在朝中担任重要职位，可当年北漠带兵攻打黑阙的时候，你们这些文臣除了会躲在京城这片繁华地享受富贵生活，对前线那些与敌军浴血厮杀的将士可曾做过半分贡献？你知不知道当年战死沙场的将士究竟有多少人？又知不知道众将士在对抗北漠的那段时间，皇后为朝廷立下多少功劳？"

他指了指贺明睿："我黑阙朝廷能有这样的丞相，是皇后费尽心机帮朕请来的高才。还有守在边关的顾琰广、龙小六，他们肯为朝廷效力，冲的不是你们这些喜欢在背后非议别人的窝囊废，而是曾经与他们一起上前线杀敌的凤九卿。你一句皇后命硬，就要逼朕废去皇后，改立他人。朕倒是要问问你们，除了凤九卿，还有谁有资格被朕扶上国母之位？”

徐大海哆哆嗦嗦地跪在地上：“臣……臣只是顺应天意……”

容锦抬起腿对着他的胸口狠狠踢了一脚。

“皇上……”其他几个大臣见皇上龙颜大怒，赶紧上前阻拦，生怕皇上一怒之下血染议政殿。

这些人简直欺人太甚，容锦对他们一次又一次地容忍，非但没有换来他们的体谅，他们反而一而再，再而三地将九卿推向风口浪尖。

皇陵塌陷关九卿何事？

城中患疫关九卿何事？

天降大雨关九卿何事？

太庙起火关九卿何事？

他不明白，所有的事情统统与九卿无关，这些人却非要无中生有，将一项又一项的罪名扣在九卿的头上。

就在议政殿的气氛因为皇帝的怒气而陷入恐慌中，饱受众人非议的凤九卿，忽然从议政殿的门口处走了进来。

对于黑阙这位备受争议的当朝国母，群臣对她的评价可谓是褒贬不一。

与天底下大多数女人相比，凤九卿无疑是一个异类。她容貌绝美，武功卓绝，聪明伶俐，心机深沉。

无论何时，只要有她存在的地方，就会瞬间吸引住旁人的视线。

这样一个拥有强大气场的女子，在那些敬畏她的大臣眼中，称得上是世间少见的绝妙人物。可对于一些注重礼法的老臣子来说，又会觉得这样一个叛逆、阴狠、霸道的女人根本就不配坐上皇后的位置。

不管众人心中做何想法，都改变不了一个事实。

凤九卿这样的女人，的确耀眼夺目，令欣赏她或是讨厌她的人无法对她生出小觑的心思。

看到九卿突然出现在议政殿，刚刚还大发雷霆的容锦瞬间变了脸色：“九卿，你怎么来了？”

凤九卿没有接他的话，而是面无表情地看了殿中的众人一眼，半晌后，才中气十足道：“听说今天诸位随皇上一起去太庙参加祭天仪式时，出了一场小小的意外。”

“九卿……”容锦刚要开口解释，就被凤九卿打断。

她从容淡定地与刚才那些对她口诛笔伐的大臣道：“虽然我不知道诸位为什么一而

再，再而三地对我这个皇后心存不满，也不知道你们心中真正的皇后人选究竟该是什么模样。但既然我现在坐上了这个位置，想推我下台，就要拿出足够的理由。”

人群中忽然走出一个三十岁出头的英俊男子，他面不改色地与凤九卿对望：“即使皇后娘娘当年为保我黑阙江山立过汗马功劳，但近日来接二连三发生的祸事，皇后又当如何解释？”

凤九卿抬头看了男人一眼，片刻之后，她认出对方的身份：“卓将军？”

男人微微一笑：“娘娘果然好记性，臣这些年很少会在大殿上与皇上及诸位同僚议事。当初只是在立后大典上露过一面，便能让娘娘一眼认出臣的身份。”

凤九卿淡然一笑：“卓将军年纪轻轻便在军中担任要职，为我黑阙江山也算是立过不少功勋，这样的功臣，身为皇后，岂能轻易忘记？”

凤九卿之所以会对这位姓卓的将军记忆犹新，并非因为她的记性有多好，而是这个名叫卓然的武将不是别人，正是卓慕莲的大哥。

提起卓慕莲，顷刻间便勾起她心中不少往事。

那可是当年被容锦明媒正娶的第一任妻子。虽然从开始到结束，两个人之间并没有夫妻之实，却没人能否认卓慕莲当年的身份。

卓慕莲被赐死之后，卓家并没有因此与容锦结仇，关于这一点，一直让凤九卿非常意外。

今日在议政殿看到卓慕莲的兄长，凤九卿一时间还真说不出心底究竟是个什么滋味。

对于她的赞赏，卓然并没有喜形于色，他继续之前的问题：“不知娘娘对近日的事情有何看法？”

凤九卿坦然回道：“没有看法！”

“那娘娘如何证明这些灾难与您无关？”

凤九卿挑了挑眉：“是不是只要我证明这些事情与我无关，你们就会对废后一事彻底闭嘴，今后不再旧事重提？”

卓然抱了抱拳：“只要此事与娘娘无关，臣可以保证今后不会再有人拿这件事情来做文章。”

“好！”凤九卿点头，“给我一个月时间，一个月之后，我自会给各位一个答案。”

事后，容锦对九卿擅自做主表示极度不满。

“九卿，你为什么要当着那些人的面答应这个条件？如果一个月之后你给不出答案，又当如何去做？难道你要自请废后，离开朕？”

御书房里，凤九卿淡然地喝着茶水，对轩辕容锦一脸的怒容视而不见。

啜了几口茶，她轻轻把杯子放回桌面，将目光落在贺明睿的脸上："今天这件事，你怎么看？"

贺明睿正紧蹙眉头，不知在想些什么，见九卿忽然将问题抛向自己，他摇了摇头，给出三个字："很诡异！"

凤九卿微微一笑："的确很诡异，皇陵塌陷、城中闹病、太庙起火，甚至连皇家玉牒都闹了鬼。再笨的人也看得出来这肯定是有人故意为之，可我实在好奇，这些躲在暗中的人搞出这么多诡异的事端，究竟想要达到什么目的？"

容锦接口："目的很简单，他们就是变着法地逼朕改娶其他女人！"

凤九卿看了他一眼："不管这个时候你娶谁为妻，那个女人都会被推到风口浪尖，未必会落得什么好下场。"

贺明睿也跟着点了点头："而且臣还发现一个很奇怪的现象。皇上，您仔细回想一下，之前姚天寿怂恿朝中大臣逼您扩充后宫时，他的目的是想借选妃的机会搅乱后宫，逼帝后失和，为他自己的女儿讨一个公道。可是现在，朝中那些对皇后心存不满的大臣，并没有具体的目的，也没有令人生疑的动机。那么，他们整天这样闹腾，究竟是为了什么？"

凤九卿忽然说出一个名字："卓然！"

容锦和贺明睿同时向她投来疑惑的一眼。

凤九卿面色微微沉了几分："我总觉得，这个卓然很有问题。"

容锦不解地挑眉："卓然能有什么问题？这个人很少会进殿议政，之前姚天寿率领一群老头子逼朕娶妃的时候，他也并未参与其中。以朕对此人的了解，他是个很懂得审时度势的臣子……"

"再如何懂得审时度势，也改变不了，你当年将他亲妹妹卓慕莲赐死的事实。"

凤九卿的话，令容锦和贺明睿同时陷入沉思。

要不是九卿忽然提起，容锦已经快要将卓慕莲这号人物给忘了。

一阵急促的脚步声从门外传了进来，就见轩辕赫玉风风火火地从外面闯了进来。他一进门，便大声嚷嚷："我都听说了，皇家太庙今天发生了怪事。有人说九卿八字过硬，不适合继续坐在皇后的位置。皇兄啊，这件事到底是不是真的？"

他迈进御书房，看到贺明睿和凤九卿也在书房的时候，神色微微一愣："咦，你们俩也在啊？"

所以说，容锦讨厌他这个弟弟真的不是毫无理由。

每次看到这个浑蛋，他的眉头就会不自觉地皱起来："朕不是让你跟御医研究城中最近闹的疫情吗，未得宣召，谁让你过来的？”

轩辕赫玉抱怨道：“我最近都要忙死了，一边要帮骆小人治疗眼疾，一边还要跟太医院的那些老头子探讨病情。整天从早忙到晚，连进宫探望九卿的机会都没有……”

轩辕容锦被他的话给气得直瞪眼：“朕的媳妇，轮得到你来探望吗？”

“不是……”轩辕赫玉一本正经道，“皇兄，您老人家先别这么冲动。我今儿来，就是想说，既然朝廷里那些老家伙跳着脚地逼着您废掉皇后，不如咱们想一个两全其美的办法。这办法我都帮您想好了。”

他热情地走到凤九卿面前：“我是这么打算的，九卿的肚子里现在不是怀着孩子吗？孕妇怀娃的时候，是不能轻易受刺激的，为了避免九卿被宫里这些糟心事闹得心绪不宁，我可以暂时带她去行宫那边避避风头，顺便还能好好帮她调养一下身子……”

话还没说完，就被容锦丢来的一个橘子给砸了个正着。

轩辕赫玉捂着自己被砸得生疼的胸口，不满地大喊：“皇兄，你拿橘子砸我做什么？”

容锦话都不想跟他多说一句，只送给他一个字：“滚！”

轩辕赫玉一脸委屈地看向贺明睿和凤九卿：“我说错什么了他就让我滚？我这么做，难道不是出于好意吗？”

贺明睿翻了一个白眼：“皇上还没脆弱到连自己的女人都保护不了。”

凤九卿也翻了一个白眼：“你有时间在这里耍宝，不如尽快将逍遥的眼睛治好。”

“九卿，我这还不都是为了你……”

凤九卿以手扶额，无力道：“我替你哥谢谢你！”

轩辕赫玉还要再开口说些什么，就见容锦从桌上拿起一只玉碟，大有他不走，就会再一次向他砸来的架势。

他气得直跺脚，只能心不甘情不愿地抬腿走人。临走前，还不忘在幸灾乐祸的贺明睿腿上踢了一脚。

贺明睿揉着自己的小腿，指着轩辕赫玉的背影道：“你这个浑蛋，下次休想再去我的丞相府蹭吃蹭喝。”

第八十二章

卓慕莲死而复生

又生事端

御书房原本还有些压抑的气氛，因为轩辕赫玉这么一闹腾而缓和了不少。

夜里，容锦将九卿揽进自己的怀中，语气略带斥责地问：“今天在议政殿，你为何要跟那些不讲理的大臣去谈什么见鬼的条件？”

凤九卿柔顺地将脸埋进他的胸口，轻声回道：“不做出承诺，只会让他们更加没完没了。”

“他们想闹就让他们闹去，朕难道还怕了他们不成？”

“我知道你不怕，我只是不想每次都让你为了我去做恶人。”

“朕愿意！”

凤九卿仰头看了他一眼：“我们成亲以来，一直都是你在前面为我遮风挡雨，而我却什么都没为你做过。既然我们是夫妻，就该有福同享，有难同当。”

容锦不乐意了，纠正她道：“谁说你什么都没做？当初姚天寿以皇家无嗣为由逼朕娶妃，要不是你不辞辛苦去承阳求医，你肚子里怎么可能会怀上朕的骨肉？还有燕国那个东方城带沈明珠来咱们黑阙挑衅，要不是你机智聪明，怎么可能会将他们收拾得落花流水？当日朱子朗潜伏在朝中准备起兵造反，是你将他一举抓获，除掉了朝廷这颗巨大的毒瘤。你接二连三为朕做了这么多事，朕只是想利用手中的权势来保住你的名分，这有什么不应该？”

凤九卿被他那义愤填膺的表情逗笑了，她用脸颊在他的肩膀上轻轻蹭了几下：“只要我们能够在一起生儿育女，过幸福快乐的生活，是不是皇后，对我来说其实一点儿都不重要。”

容锦立刻反驳：“对你不重要，可对朕却很重要。朕当年登基之前就对你许下承诺，希望有朝一日可以挽着你的手，与你共拥这片大好河山。即便皇后之尊只是虚名，却代表朕对你的一番心意。一旦你的地位受损，就意味着朕的承诺受到了践踏。所以九卿，在这场没有硝烟的战争中，咱们必须携手共进，绝不能输！”

看着容锦一脸正色，凤九卿受到了极大的震撼。

原来容锦坚持的并不是她皇后的虚名，而是他当年对她许下的承诺。

“好！”她坚定地点了点头，“我们共同经历过那么多风风雨雨，如今也不差这一关。”她用力捏了捏他的手：“我会与你一同面对接下来的挑战。”

两个人相互拥着彼此，聊了一个晚上的贴心话。

从回忆过去到展望未来，他们已经很久都没像现在这样肆无忌惮地剖析彼此内心的想法。容锦仿佛回到了少年时期，面对心底那份朦胧的爱恋，既觉得激昂兴奋，又想要将这份感情小心翼翼地保护在内心深处。

第二天早上，容锦丝毫没有因为一夜未睡而神色颓然。

他神清气爽地跟九卿吃过一顿简单的早膳，带着小福子去了议政殿。

本以为九卿昨天亲自去议政殿，给了众人一个承诺，关于废后一事便可以暂时搁浅。结果当他心情愉悦地来到议政殿，却被一向在他眼中几乎没什么存在感的卓然告知，有一位非常重要的人物想要求见他一面。

容锦对卓然的印象不好也不坏。

之所以不好，是因为卓然是卓家的后代，而自己和卓家在几年前曾经有过那么一段不想为人所知的姻缘。至于不坏，卓然在为人处世方面很有原则，也是一个颇有谋略的武将。

现在正值和平年代，武将较之文臣或许没那么重要。可一旦战争爆发，以卓然的能力，绝对可以独挑大梁，为朝廷贡献汗马功劳。

思及此，容锦不解地问卓然：“你想带人来见朕，可以等早朝结束之后将此人带去朕的御书房。现在是早朝时间，接见外人有些不合时宜。”

卓然微微一笑：“臣既然敢在这个时候向皇上引见此人，与朝中各位同僚也脱不开干系，反正迟早都要与诸位见面，倒不如趁这个机会提早见了。”

容锦微微眯眼，隐隐意识到卓然接下来要带到自己面前的人，应该来头不小。

“好。”他点了点头，“既然卓将军将话说到了这个地步，便宣此人上殿，让朕亲眼见一见吧。”

卓然心领神会地冲外拍了拍手。

在众人的注目下，一个身材纤细、眉清目秀、端庄文雅的年轻女子，穿着一袭华丽的衣袍，踩着稳健而又自信的步伐，从议政殿外走了进来。

直到那女子走进殿内，向容锦行了跪拜大礼，容锦都没能从震惊中恢复过来。

不但容锦惊了，就连贺明睿以及朝中一部分认识此女子的大臣也惊了。

“妾身卓慕莲，拜见皇上，皇上万岁万岁万万岁！”

卓慕莲？容锦对这个女人几乎已经没了印象，可这个曾经被他用八抬大轿明媒正娶进四王府的女人，却是他有记忆以来，第一任合法妻子。

可是，她不是早在几年前就已经被自己一杯鸩酒给赐死了吗？

原本还有些杂声的议政殿，因为卓慕莲的突然出现，瞬间变得鸦雀无声。

卓慕莲？卓家三小姐！

在朝为官多年的臣子，在容锦还没继位之前，可是亲自参加过四王和四王妃的婚宴。

就算这位端庄美丽的四王妃并不被当年的四王所宠爱，可在场的众人，却没人否认得了卓慕莲当年的正妃身份。

如果她还活着，那么皇上登基之时，第一个有资格被封为黑阙皇后的便不再是时不时就惹来朝廷动荡的凤九卿，而是这位美丽高雅、出身不凡的卓家三小姐。

卓然见皇上及众人完全沉浸在震惊之中，笑着出声解释：“皇上一定很好奇，舍妹为何还健在人世。不瞒皇上说，当年舍妹因做了错事，而被皇上下令处死，服毒之后并没有毒发身亡。”

卓然并不忌讳当着众人的面坦诉卓慕莲当年的死里逃生。

对在场的诸位来说，当年还是四王的轩辕容锦，为了凤九卿而毒死自己的结发妻，并不是什么大秘密。曾经的四王迷恋凤家的小姐，对明媒正娶进王府的卓慕莲，连一个多余的眼神都不屑于给。后来凤九卿遭人算计，险些丧命，令当时年轻气盛的四王怒不可遏。一路追查之下，查到卓慕莲乃幕后凶手。因此不顾夫妻情分，直接赐给她一杯毒酒，结束了卓慕莲短暂的一生。

此事发生之后，卓家族长并没有出面求当年还在位的明康帝为自己的女儿讨公道。因为那时容锦手中的兵权已经令人心生忌惮，就连明康帝都拿他这个四儿子毫无办法。

卓家人很聪明，连一句责怪的话都不曾提起，只求四王将卓慕莲的全尸交给他们善后。之后，卓慕莲这号人物，便彻底在容锦的世界中消失。

没想到事隔多年，卓慕莲竟然会以这样的形式重新出现在他面前。

容锦强行按捺住心底的震惊，他打量了跪在地上的那个年轻女子一番，眯着眼问卓然：“到底是怎么回事？”

卓然拱了拱手：“回皇上，当年我卓家准备将慕莲的尸体安置在棺木之中入土下葬时，棺材里忽然传来求救声。打开棺木一看，慕莲还有气息。后经大夫诊治，慕莲中毒死亡，只是陷入一种假死状态，并没有真的丢掉性命。为了不引起恐慌，家父决定将大难不死的慕莲送去寺院修行。这些年，她一直潜心修佛……”

贺明睿淡淡接口：“既然卓三小姐侥幸逃过一劫，卓将军为何还要将她带到这里，与皇上见面？”

潜台词就是，卓慕莲好不容易捡回一命，就该躲得远远的，彻底离开京城这块是非之地。

当年她被还是王爷的皇上处死，意味着她有罪在身。

现在忽然以活人的身份重新出现在众人面前，万一皇上再重新定罪，死里逃生的卓慕莲岂不是要再死上一回？

面对贺明睿的询问，卓然微微一笑，转而对轩辕容锦道：“按照我黑阙的律法，被判以死刑者，在执行死刑之后如果还有命生还，便意味着这是上天的旨意，不得再进行二次行刑！”

卓然此言并非捏造。历代律法，都有这样一条不成文的规定，受刑者如果有命生还，便是天意。

既然老天爷不准她死，那么人间的律法自然不能再加诸在受刑人身上。

贺明睿没再言语，心思却变得复杂了起来。

轩辕容锦的心情并不比贺明睿轻松多少。卓慕莲的突然出现，着实把他的计划和心情全都打乱了。

这个与自己有过夫妻之名，却没有夫妻之实的女人，在他有限的记忆里，除了新婚之夜和她交谈过几句，再之后便是亲自去地牢给她送了一杯鸩酒。

两个人说过的话加在一起统共不超过十句。

可就是这么一个对他而言十分陌生的女人，却可以顶着他正妻的身份，堂而皇之地出现在自己面前。

他压下心底的不快，沉着脸问：“不知卓将军带着这个女人来到朕面前，究竟有何目的？”

在场的众人都不是笨蛋，皇上那句“这个女人”，已经摆明了他并不打算再对卓慕莲履行夫妻责任。

一直沉默不语的卓慕莲这时抬起头，姿态傲然地与容锦四目相对。

“皇上，妾身之所以会在躲避那么多年之后，用这种方式出现在皇上及诸位大臣面前，是因为妾身在潜心修佛这段时日，曾遇到了一位高僧，并拜其为师。”

容锦的语气有些不屑：“也就是说，你现在已经出家为尼，成了一个尼姑？”

“不！妾身乃俗家弟子，并不曾受过剃度。”

容锦对她一口一个“妾身”的自称极为反感：“既然当初你侥幸捡回一命，并且还被家人送到寺院潜心修佛，现在为何不继续留在那里，做你真正想做的事情？”

卓慕莲回答得不卑不亢：“师父说，妾身之所以在喝下毒酒之后还有命生还，是因为妾身乃福星转世，命不该绝，并且还肩负着改变黑阙国运的使命。”

“改变国运的使命？”容锦轻哼一声，“难道你此次回京，还妄想颠覆我黑阙的国运？”

卓慕莲赶紧解释：“妾身并非此意。近日城中频频有灾难发生，师父说，这是因为紫微星旁出现了一颗煞星，此煞星甚是邪恶，继续留在紫微星旁，将引起天怒人怨，并会给朝廷带来一系列负面影响。而妾身作为一颗福星，只有回到皇宫，留在皇上身边，化解煞星给皇上带来的影响，国运才能昌盛，百姓才能和乐。”

话说到这个地步，就算是傻子，也听得出卓慕莲口中的煞星，非凤九卿莫属。

卓然适时又开了口：“臣知道贸然带着慕莲以这样的方式出现在议政殿有些不妥。但近日来朝廷频频发生怪事，皇陵塌陷已经是不祥之兆，眼下最要命的就是城中的疫情。城中不少大夫已经被那可怕的疫情吓得落荒而逃，宫中的御医面对那些患者的病情也是束手无策。恰逢这时，慕莲在她师父的指引下回到京城，并将她是福星转世，且有可能缓解朝廷灾难一事告知与臣。所以臣才冒着可能会被皇上降罪的危险，将慕莲带到众人面前。还请皇上暂且放下私人恩怨，给慕莲一个合理的交代。”

之前被皇上一茶杯砸得头破血流的徐大海，见缝插针道：“既然卓三小姐当年是被先帝亲自下旨赐婚，嫁给皇上为正妃。按照我黑阙的祖制，皇上的确应该给您这位正妃一个得体的身份。”

容锦被徐大海这番话气乐了：“好，那你来告诉朕，朕该给她一个什么身份？”

徐大海道：“正所谓妇以夫贵，卓小姐当年是以正妃的身份嫁进四王府，皇上现在登基为帝，正妃理应被封为皇后。”

贺明睿嗤笑一声：“我还从未听说过，一个皇帝可以同时册立两个女人为皇后。”

徐大海振振有词：“如果凤皇后真的是煞星，她现在的国母身份是注定要被废除的。”

贺明睿无比同情地看了徐大海一眼，这个在内阁大学士府任职的老家伙真是个死脑筋。皇上昨天已经因为他的口不择言砸了他一茶杯，他非但没有吸取教训，反而还任由卓家兄妹利用，三番五次与皇上作对。

他几乎可以预想，不久的将来，这徐大海绝对是皇上头一个除之而后快的人物。

徐大海刚刚那番话，气得容锦很想再砸他一茶杯。

就在他想动怒的时候，殿外忽然走进来一个小太监，是小福子身边的一个心腹。

小太监无视众人奇怪的目光，迅速走到小福子面前，耳语了几句。

小福子听完，又面色凝重地走到皇上面前，也耳语了几句。

听完小福子的汇报，容锦不悦地皱起眉头，虽然心有不甘，却还是慢慢敛起怒气。

他冷冷看了跪在地上的卓慕莲一眼："皇宫向来是个讲规矩的地方，不能凭你三言两语，便胁迫朕承认你的身份。卓慕莲，你当年侥幸生还，朕确实不能再对你执行死刑。至于你究竟是不是福星转世，这么荒谬的理由，对朕来说实在是可笑至极。朕可以暂时将你安排在后宫住着，待朕查清事情的来龙去脉，自会给你一个合理的交代。"

说完，他挥了挥衣袖，宣布退朝，不理会议政殿中那些傻眼的大臣。

退朝之后，容锦迫不及待地回到龙御宫去找凤九卿。刚刚那个突然闯进议政殿的小太监，正是受了九卿的命令，特意来转告自己，切莫动怒，暂时将卓慕莲安置下来。

容锦非常震惊，九卿这么快就知道了卓慕莲的事情，他很担心她会多想，因此急急回到龙御宫想要与她解释。

看到九卿正悠闲自在地给笼中的鸟儿喂食，容锦暗自松了一口气，不免又有些担心："九卿，卓慕莲还活着的事情你都已经知道了？"

站在鸟笼旁逗弄小鸟的凤九卿回头看了他一眼："怎么这么早就回来了？"

容锦迅速向她身边走了几步，一把将她拉到自己身边，语气有些急切："你先听朕解释，当年朕查到卓慕莲伙同轩辕君昊联手陷害你，第一时间就下令将她关进了地牢，并亲眼看着江虎将一杯鸩酒灌进她的嘴里。鸩酒的威力有多大这无须怀疑，所以朕敢用性命发誓，当年杀她之心已定，并没有因为她与朕的关系对她留半分情面。"

凤九卿挑了挑眉："哦？她与你是什么关系？"

容锦面色一紧，连忙摇头："没有关系。"

"难道她不是你明媒正娶的妻子吗？"

容锦一下子就急了，紧紧抓着她的手："朕明媒正娶过的妻子只有你一个人。"

凤九卿不客气地甩开他的手："你当我傻啊，当年你和卓慕莲成亲的时候，我还去四王府喝你们的喜酒了。整个京城的人都知道你没登基之前，曾风风光光将卓家三小姐娶进府门。你现在居然想否认当年那个事实？"

这下，容锦是彻底被她吓到了。

他手足无措道："对，朕承认当年的确与她有过那么几天夫妻之名。可是九卿，你应该比谁都清楚，那段婚姻，并非出于朕真心所愿。是那个老不死的受了轩辕君昊的挑唆，逼着朕娶那个姓卓的女人进家门的。"

说到这里，容锦面色忽然一狠："不提这件事还好，朕忽然想到，当初给轩辕君昊出这个馊主意的正是骆逍遥那个浑蛋。要不是他从中充当搅屎棍，朕连卓慕莲究竟是个什么东西都不知道。"

凤九卿玩味地挑了挑眉："你现在知道卓慕莲是什么东西了吗？"

轩辕容锦气极："她根本就不是个东西！"

凤九卿被他那气极败坏的样子给逗乐了，忍不住伸出双手，捏了捏他俊俏的脸颊："好了，你先不要生这么大的气。早在卓慕莲被卓然带进宫的时候，我就听说了此事，之所以派人去议政殿让你稳住心神，将她安置在后宫，是因为我想趁这个机会，摸清卓慕莲以及卓家人的动机。"

容锦见她还能用这么理智的语气与自己讲话，先是在心底暗暗松了一口气，又忍不住问："你真的一点儿都不生气？"

凤九卿拿起旁边的鸟食继续喂鸟，边喂边说："就算我生气，也改变不了已经发生的事实。与其计较那些有的没的把自己活活气死，还不如想想办法怎么去扭转现在的局面。"

容锦抽着嘴角问："可朕一点儿都没从你的脸上看到纠结的神色。"

凤九卿瞪了他一眼："有什么好纠结的？"

容锦心底有些郁闷，问出一个很蠢的问题："难道你一点儿都不在意那个卓慕莲？"

凤九卿被他的话气乐了："我在意她做什么？"

"她可是要回来与你夺皇后之位的。"

"你会同意吗？"

容锦想都没想便摇头："当然不会！"

"为什么？"

"朕对她一点儿感觉都没有，别说让她坐上皇后之位，就是让她留在后宫碍朕的眼，朕都无法忍受。"

"所以你看……"凤九卿冲他摊了摊手，"你对卓慕莲都已经厌弃到了连看她一眼都觉得无法忍受的地步，我又有什么好担心的？"

容锦不由得在心中狂喊，朕之所以这么在意你的看法，还不是想要证实一下朕在你心中的地位。不过转念一想，如果九卿像其他女人一样因为卓慕莲的出现而跟自己闹别扭，那他可真的欲哭无泪了。

容锦心中一旦释然，便开始琢磨卓慕莲的动机。

"这个卓慕莲还真是神奇，当年江虎在执行朕的命令，给她灌下鸩酒之后，非常确定她已经当场毙命。她为何能死而复生？难道身上真出现了什么奇迹不成？"

凤九卿正在给鸟儿喂食的手微微一顿，回头看了蹙眉深思的容锦一眼："会不会是当年被灌进她嘴里的药，之前被人给做了手脚？"

容锦摇头："不可能！那药是朕亲自调的，剂量绝对可以在顷刻间置人于死地。"

凤九卿放下鸟食，在他身边坐了下来："也有可能真如她自己说所，她是福星转世，老天爷舍不得夺走她的性命，才让她在喝了毒酒之后有命生还。"

容锦冷笑道："这么可笑的借口，你怎么可能会相信？而且就算是福星，也只有你凤九卿才当得起，她卓慕莲算个什么东西？"

凤九卿因他在自己面前露出孩子气的一面而心头一软，亲自给他倒了杯茶，递到他的面前，柔声安抚道："不管你面对多大压力，都别忘了，并不是你一个人在面对。容锦，你还有我！"

情真意切的一句话，给容锦阴霾多时的心情带来了一丝明媚。

他接过她递来的茶水，小心翼翼地啜了一口。就好像被他喝到肚子里的不是茶水，而是九卿费尽千辛万苦从天上取来的一杯琼浆。

"对了……"心情渐渐平复下来的容锦此时才想起自己回宫的目的，"那个卓慕莲，你究竟是怎么打算的？"

凤九卿笑了笑："既然她一心想要与我夺皇后之位，就将她安排到凤鸾宫……"

"不行！"容锦想都没想便断然拒绝，"凤鸾宫是皇后才有资格入住的寝宫，她算个什么东西，也敢住进皇后的宫殿？"

"反正也空着……"

"空着也不给她住。"容锦在这方面非常固执，甚至还有一种洁癖。不管对人还是对物，只要被划分到他掌控的领域，别人就休想再来惦记。

凤九卿对卓慕莲住在哪里并不在意："后宫地方这么大，空置的宫殿那么多……"

容锦忽然邪笑一声："朕知道要将她安置在何地了。"

雪月宫内，卓慕莲沉着俏脸，看着宫中的内侍在屋子里忙来忙去，将一些陈旧的摆设一一抬走，又搬来一批崭新的家具。

负责张罗这些琐事的正是内务大总管小福子。

他对那些负责搬运东西的内侍吆喝："眼看着天就要黑了，你们一个个的都给洒家手脚麻利点儿，谁敢偷懒，板子伺候。张喜来，你今儿是不是没吃午饭，搬把椅子还要磨磨叽叽，是不是几天没打，屁股又痒痒了？"

那个叫张喜来的小太监被吓得浑身一哆嗦，赶紧捧着紫檀木大椅，急三火四地出了门。

其他几个小太监见同伴挨了福公公的骂，一个个也赶紧打起精神加紧干活。

骂完了手下的奴才，小福子满脸赔笑地对卓慕莲道："卓三小姐，您再稍微等等啊。这雪月宫因为太久没人居住，屋子里味道不好，皇上特意吩咐奴才，一定要将宫殿打扫整洁再让三小姐住下，免得不小心怠慢了客人。”

小福子每说一句，卓慕莲的脸色便难看一分。

又是卓三小姐，又是客人，分明把她当外人。

看着小福子那张眉飞色舞的脸，卓慕莲嘴边扯出一个淡淡的笑容：“你就是一直在皇上身边伺候的福公公吧？”

“回卓三小姐，正是奴才！”

“你不要一直叫我卓三小姐，严格来算，我已经嫁作他人妇。而我的夫君，正是当今皇上，也就是你的主子。”

“哎哟！”小福子抱歉一笑，“虽然事儿的确是这么个事儿，可后宫是讲究名分的地方，在皇上还没有给卓三小姐正式封妃之前，奴才可不敢随便将不合适的称呼冠在您的头上。”

卓慕莲的嘴角抽动了两下，面上却还得维持得体的笑容，她转换话题道：“看得出这雪月宫之前摆放的家具、古董件件都价值不菲，不知这里之前住了哪位妃子？”

小福子回道：“是原礼部尚书姚天寿的千金，姚雪灵姚贵妃。虽然后来她因为犯了错，被皇上关进了冷宫，可没犯错之前却因为救驾有功，被皇上封了贵妃，在这后宫之中可是颇有地位。”

当小福子说出“姚贵妃”三个字时，卓慕莲的脸色立刻就变了。

黑阙有谁没听过姚雪灵的大名？当初她被打入冷宫，之后又被赐死的事情尽人皆知。

轩辕容锦竟然安排了这样一座不祥的宫殿给她居住，不是明摆着给她找晦气吗？

她暗暗咬了咬牙，又问：“凤九卿现住在哪座宫殿？”

小福子歪头看了她一眼，提醒道：“直呼皇后名讳，在宫中是要受到责罚的。奴才念在卓三小姐初踏宫闱，不懂规矩的分儿上，暂时不将此事汇报到皇上那里。不过下次还请卓三小姐稍加注意，切莫再犯相同的错误。至于皇后娘娘，她目前居住在龙御宫。”

卓慕莲脸色一沉，没理会小福子之前的警告，反问道：“龙御宫不是皇上住的宫殿吗？”

小福子无辜道：“自从娘娘嫁进皇宫，几乎每晚都与皇上住在一起，而原本属于皇后的凤鸾宫则一直被空置。”

见卓慕莲被自己刺激得差不多了，小福子躬了躬身：“东西已经收拾得差不多了，奴才不便久留，卓三小姐早些休息，奴才先行告退。”

第八十三章 陷迷雾疑团重重

死而复生

不管卓慕莲心里有多么不乐意，她最后还是被安置进了姚雪灵曾经住过的雪月宫。

不知是巧合还是有人故意为之。卓慕莲被安置进后宫居住不到三天，塌陷的皇陵四周奇迹般地长出了一棵小松树。

而之前一直无药可医的那些染病患者，没等御医们找出治病良方，患者们的身体便开始逐渐好转。

此事一出，满朝皆惊。

那些原本对卓慕莲是福星转世并不怎么相信的大臣，经此一事之后，彻底将卓慕莲视为神仙。

不少大臣在早朝的时候纷纷向皇上提出请求，既然卓慕莲拥有这样神奇的化身，由她来坐皇后的位置才最合适。

至于凤九卿，一个给朝廷带来灾难的女人，大臣们实在想不明白皇上为什么要对她独宠有加。

与这些大臣斗久了，容锦已经学会对付他们的窍门。

跟这些人置气，无疑是自找罪受。

反正他手中握着朝廷一多半军权，真把他给逼极了，大不了下令将反对自己的人统统杀光。

他给这些提出质问的大臣的理由很简单，凤九卿当初与这些人有协议在先，给她一个月的时间证明那些灾难与她无关。现在距一个月的时间还有好些日子，就算想逼他废后，也得等一个月的期限到了再说。

不管大臣们同不同意，容锦的态度都非常坚决。并且，在面对那些动不动就要抬出祖宗家法来给他添堵的大臣，容锦也不再有往日的宽容。

比如新任礼部尚书周文才，内阁大学士徐大海。

容锦不会在早朝上对两个人发出任何责难，可是以这两个人为首的一些婆婆妈妈的大臣，却在事后遭到了不同程度的报应。

周文才在回府的途中遭人抢劫，不但身上的银子和挂饰被抢得精光，还被那些心狠手辣的劫匪给打成了猪头。

徐大海更惨。他府里娶了好几房貌美如花的小妾，小妾们每晚最大的乐趣便是聚在一起争风吃醋。那天晚上，几个小妾因小事大打出手，一个小妾手中拿着剪刀，失手刺中了上前阻拦的徐大海的裤裆。

这下，可真是要了徐大海的命。他的妻妾给他生了六个女儿，膝下一个儿子都没有。

他本指望多娶几房小妾给自己生一个大胖儿子，从今以后怕是不中用了。

那些喜欢在早朝上拿祖宗家法来说事的老狐狸，这次算是尝到了教训。

反正一个月的时间是凤九卿自己提的，如果一个月之后她没办法证明自己的清白，她自然要出面给众人一个满意的交代。

大臣们暂时偃旗息鼓，算是给容锦和九卿腾出了些许喘息的时间。

这天晌午，夫妻二人吃过午饭，见外面天色不错，容锦带九卿去御花园散步消食。

俊美的皇帝和美艳的皇后手牵手，出现在御花园的画面，很快便成为后宫中一道最亮丽的风景线。

在宫里当差的内侍都知道，平日对人冷若冰霜的皇上，只有跟皇后娘娘相处的时候，俊美的脸上才会露出开心的笑容。

皇上眼中只容得下一个女人，便是当今的皇后娘娘。

此时，这对皇家夫妻就像一对热恋中的小情侣，挂在他们脸上的笑容是那么幸福甜蜜。

“九卿，走累了吗？要不要找个地方先坐下来休息一会儿？”

皇上的声音又轻又柔，让跟在他身后的宫女们的心都要融化了。

凤九卿好笑地瞪了他一眼：“从出门到现在，我走了一炷香的时间都不到，哪里会累？你别忘了，我以前曾骑着马，连续跑过三天三夜……”

容锦严肃道：“现在怎么能与从前相比？那时的你只身一人，现在的你，肚子里可怀着朕的骨肉。”

“哟，这时知道关心你儿子了？”

容锦赶紧讨好："一直都很关心。"

正说着话，凤九卿突然重心不稳地向前摔去。

容锦手疾眼快地将她抱在怀里："怎么这样不小心？"

偎在他怀里的凤九卿扶着他的肩膀，委屈道："被绊了一下。"

两个人双双低下头，发现绊了她的竟然是从地缝中长出来的几根藤蔓。

凤九卿抬了抬脚，看到绣鞋上的珠子掉了几颗，眉头皱了起来，小声抱怨："把我鞋子都刮坏了。"

容锦忽然当着所有内侍的面弯下腰，半蹲在九卿面前，将掉落在地上的绣珠一颗一颗地捡了起来。

这突如其来的举动，将在场所有的人都吓得面色一白。跟随在身后的宫女太监们见皇上弯下了腰，谁人还敢继续站着。一时间，御花园呼啦啦跪了满地。

凤九卿脸色一红，赶紧拉了容锦一把："你做什么呢？快起来。"

容锦并不觉得自己此举有什么不妥，他没理会那些跪在地上的内侍，一本正经道："这几颗珠子是你爹年前派人送进宫的礼物，朕知道你喜欢得很，所以才让人将这些珠子缝到鞋面上。这么重要的东西，可不能随便把它们弄丢了。"说完，继续低头捡珠子。

凤九卿也要弯腰，却被容锦制止："你别乱动，小心伤了胎气。"

说话间，容锦已经将九卿鞋面上掉落的几颗珠子全部拾起。起身的时候，看到卓慕莲不知何时出现在了众人的身后。

从卓慕莲脸上的表情不难看出，对于皇上为了皇后鞋面上的几颗珠子，不顾身份和尊严，弯腰捡东西的行为，内心受到了极大的震撼。

凤九卿顺着他的目光回过头，与卓慕莲的视线正好撞了个正着。

卓慕莲压下心底的诧异，快步向这边走来，给轩辕容锦行了个跪拜大礼："臣妾给皇上请安。"

容锦并没有让她起身的意思，而是居高临下地看着她："你在后宫并无身份，今后见了朕，不要再自称臣妾，免得坏了宫中的规矩。另外……"他语气一冷，"皇宫中一共两位主子，除了朕这个皇帝之外，你还没给皇后磕头行礼。"

换作小七、明睿这样的人，容锦很少会要求他们讲什么宫中礼数。

可除了这些人之外，谁要是敢怠慢了九卿，无疑是犯了死罪一条。

卓慕莲露出一脸备受屈辱的表情，虽然心有不甘，却还是给凤九卿行了一个大礼。

事隔多年，当凤九卿再次看到这个当初差点儿害死自己的卓慕莲，她真不知是怨恨多一些，还是同情多一些。

这个从被赐婚开始，便没得到过一天幸福的女人，在获得“重生”之后，本该去寻找真正属于她的幸福。而不是像此刻这样，卑微地跪在她曾经的夫君面前，忍受这样的斥责和刁难。

凤九卿虽然不喜欢卓慕莲，却也不愿意利用自己现在的身份来欺负人。

见容锦没有让卓慕莲起身的意思，她伸出手，虚扶了对方一把：“起来吧！”

卓慕莲并没有拒绝她的好意，缓缓起身之后，与凤九卿四目交接：“数年不见，皇后娘娘别来无恙。”

凤九卿淡淡回了她一句：“别来无恙！”

单从气度、举止及言行来看，卓慕莲未必就赢不过凤九卿。可她差就差在，眼神中少了一分骄傲，骨子里少了一分倔强，笑容中少了一分真诚。

如果说凤九卿对卓慕莲只是单单没好感的话，容锦对卓慕莲绝对是打心底地厌恶。

当着卓慕莲的面，他故意拉住九卿的手，似笑非笑地对她道：“卓三小姐，你还记不记得，当年朕因你犯下大错，用一杯鸩酒赐死你之前，你曾对朕发出过怎样的诅咒？”

未等卓慕莲应声，容锦一字一句道：“你当时对朕发下一个诅咒。诅咒朕倾其一生，也得不到此生所爱；诅咒朕与九卿历尽万重磨难，也不会长厢厮守，甚至天人永隔、万世分离。可是现在……”

他挑衅地握紧九卿的手：“朕不但与九卿共结连理，她肚子里还怀上了朕的骨肉。卓三小姐，看来你当年的诅咒并没有被上天听到，而你这颗所谓的福星，在朕眼中也不过是你捏造出来为自己牟利的谎言罢了。”

无视卓慕莲难看至极的脸色，容锦心情愉悦地拉着凤九卿的手，扬长而去。

喜事连连

自从卓慕莲“死而复生”回到皇宫，京城便接二连三有喜事发生。先是塌陷的皇陵四周有松柏生长，城中无药可医濒临死亡的患者逐渐恢复。

就连供奉着皇家列祖列宗牌位的皇家太庙，最近的香火都特别旺盛。

不知是谁将卓慕莲是福星转世的消息散播出去，并且还大肆宣传卓慕莲是赫赫有名的一明大师的俗家入室弟子。

一明大师是琼华寺现任住持的师叔祖，琼华寺虽与京城远隔千里，寺中出了一位转世活佛的消息却在香客中广为流传。

那位被传得神乎其神的活佛，就是卓慕莲的师父一明大师。

几乎一夜之间，卓慕莲这个名不见经传的女人，便被京城的老百姓当成了活菩萨。而之前那位被皇上专宠的凤皇后，则成了百姓眼中的头号煞星。

被推上风口浪尖的凤九卿却丝毫没有将外面的那些舆论放在眼里。

此时此刻，她慵懒地半躺在一张白玉软榻上，跷着二郎腿，嘴里吃着苹果，手中翻看着奏折。

坐在御案前批阅奏折的皇帝，此时哪里还有多余的心思去看堆积如山的奏折。他的心思全被凤九卿吸引住了。

他敛了敛心神，故作威严道：“九卿，天气这么凉，你怎么连袜子都不穿？”

“屋里太热，我穿不住。”

说起她身下的这张白玉软榻，还是容锦专门让人为她定做的。

自从她怀有身孕，容锦总担心她会在自己看不到的地方遭人谋害，因此每天下了早朝，便会以不同的借口将她召来御书房。只有确保凤九卿在自己眼皮子底下，他才能安心批阅奏折。

可御书房是皇帝专门用来办公的地方，除了桌子就是椅子，容锦担心会累着九卿，才让人为她量身打造了一张白玉榻。

因宫中内侍在御书房内多加了好几个火炉，尽管此时是天寒地冻的十二月，御书房内却温暖如春。

渐渐地，容锦的心思离奏折越来越远，反倒将目光落在距自己不远处的凤九卿身上。

他放下手中的公务，缓步走到榻边。

凤九卿看到一个高大的身影由远及近，她放下折子，不解地问："你忙完了？"

她手里的折子是刚进御书房那会儿，随便从他桌案上抽走的。打从她靠在榻上那刻起，双眼就没离开过这本折子。

凤九卿将折子往他面前移了移，指着上面的字迹笑着道："你看这折子写得多逗，打从我坐这儿起就开始看，翻到这里一共翻了二十八页，通篇都是对我的不满和控诉。又是干涉朝政，又是自私善妒，甚至就连当初我以宫女的身份进宫，没有谨守宫中礼仪，直呼皇上姓名这些陈芝麻烂谷子的事情都罗列得清清楚楚……"

听到这话，容锦一把就要将折子从九卿手中抢过来。

凤九卿灵活一躲，让他扑了个空。她笑看了他一眼："我知道你想看这份折子是谁写的，然后又要用对付徐大海和周文才那种手段去对付这些家伙。"

见容锦脸色阴沉，表情冷肃，她拍了拍他的肩膀："没那个必要。反正最近专门针对我的舆论已经多如鹅毛雪片，我权当看个乐子，一点儿都不生气。"

"你不生气，不代表朕不生气。"

"就算你把自己气死，也改变不了现在的局面。"

容锦皱起眉头："距你当初定下的一个月期限，现在只剩下了半个月。朕派人调查皇陵和城中突发的疫情，并没有发现任何被人做手脚的迹象。如果这两起事件并非人为，半个月后，你当如何向朝臣交代？难道你想由着那些人将煞星的罪名扣在你的头上？"

凤九卿满不在乎地摊摊手："不是还剩下半个月的时间吗？"

容锦看她不着急也不上火，心里直发堵，一把扳过她的下巴，厉声问："你是不是巴不得赶紧甩掉这皇后的位置？"

凤九卿在他胸口拧了一把："甩掉皇后的位置对我有什么好处？"

容锦咬了咬牙："你就自由了。"

"我自由什么……"

“看来咱们来得有些不是时候，小两口正跟这儿吵架呢。”门外突然传来一句调侃。

容锦和九卿纷纷将目光移向门口，走在最前面的正是挂着一脸玩世不恭笑容的骆逍遥。

紧跟在其后的是贺明睿和轩辕赫玉。

容锦皱着眉头问众人：“未经通传，谁让你们进来的？”说完，就要去唤小福子。

骆逍遥如入无人之境一般踏进御书房，寻了把椅子不客气地坐下来，对急赤白脸的容锦道：“如果你要找那位姓福的太监，还是省省吧。进门之前，我手痒地封了他的穴道，现在正跟门外大眼瞪小眼地站着呢。估计得两个时辰之后才会自动解穴。”

凤九卿好奇地问：“你折腾小福子做什么？”

骆逍遥从果盘中揪下一粒葡萄丢进自己的嘴巴里：“不想办法让他闭嘴，怎么有幸看到你们夫妻在房中打情骂俏？”

容锦最看不得他那副玩世不恭的样子，指着他的鼻子道：“别以为你有眼疾在身朕就不敢将你关进天牢，这里是皇宫内院，你眼里还有没有王法？小七，朕当初是怎么交代你的？不是让你看住这个家伙，休要让他四处走动吗？”

“皇兄，这事儿您可怪不到我的头上。”轩辕赫玉紧跟着从外面走了进来，用下巴指了指骆逍遥，“这厮功夫太高，本事太大。虽然暂住在我的七王府，却经常神龙见首不见尾。要不是我答应了九卿帮他治病，就冲这厮的脾气，早就被我扫地出门了。”

打从骆逍遥住进了七王府，轩辕赫玉就迎来了艰苦的人生。

骆逍遥不但有一身通天的好本事，还长了一张恶毒的嘴，每次都能将自己气到爹毛。轩辕赫玉觉得自己已经被骆逍遥这个浑蛋虐得一点儿脾气都没有了。

蔫蔫地在屋子里找了一把椅子坐下来后，他眼含哀怨地看向骆逍遥：“你不是有话要跟皇兄和九卿说吗？快说，说完了我好回府睡觉。”还未说完就打了哈欠，“小爷我已经整整三天没睡个好觉了。”

骆逍遥斜睨了他一眼：“我有让你跟来吗？”

“事关九卿，我干吗不来？”

容锦将疑惑的目光落在贺明睿脸上，似乎在询问他们前来的原因。

贺明睿耸耸肩：“臣就是来看热闹的。”说完，也学着骆逍遥和轩辕赫玉的样子，找了把椅子坐了下来。

凤九卿的脸上露出一抹喜色：“逍遥，你是不是帮我查到真相了？”

容锦沉着俊脸问：“什么真相？”

骆逍遥没理会轩辕容锦，冲九卿点了点头：“的确是有些眉目……”

“等一下！”容锦见两个人无视自己，隔空对望，心中不满，“九卿，你到底让他查什么？”

凤九卿瞪他一眼：“还能查什么？我只给自己一个月的脱身时间，现在已经过去了半个月，要是再查不出点儿眉目，我这皇后之位就要不保。所以前些日子才拜托逍遥帮我个忙，让他去查查之前那几起事件背后到底有什么内幕。”

“你找他帮忙？朕怎么不知道？”

骆逍遥好气又好笑：“你对我是有多不放心？”

容锦冷冷睨了他一眼：“只要你活着，就会碍了朕的眼。”

“那你就杀了我呗！”

“你以为朕不敢？”

凤九卿忍无可忍：“你们两个有完没完？相爱相杀麻烦换个时间成吗？”

“噗！”正端着茶杯喝茶的轩辕赫玉将嘴里的茶水喷了出来。

骆逍遥不再与容锦斗嘴，直入主题道：“今天我来，主要想说一件事……”他向门口的方向看了一眼，像是在忌惮着什么。

容锦很快会意：“御书房周围都是朕的心腹暗卫，闲杂人等轻易接近不了，你完全不必担心隔墙有耳。”

轩辕赫玉插嘴道：“你俩可真有默契。”

凤九卿坏坏地调侃：“相爱相杀得太多，自然就有了默契。”

骆逍遥并没有在意凤九卿的调侃，他一本正经地看着容锦：“被你安置在雪月宫里的那个卓慕莲，真的是曾经被你娶进家门的卓慕莲？”

突如其来的问题，将御书房里所有的人都给问住了。

容锦不解地问：“你这句话是什么意思？”

第八十四章 谁才是后宫正主

似曾相识

骆逍遥道："你和九卿大婚之后，我离开京城游走于各地。途经西域，我曾在一个偶然的机会下见过一幅画像，画像中的女人，五官与卓慕莲有九分相似。她当时的名字叫怜姬，是西域毒王养在身边的一个宠妾。"

说完这番话，屋子里陷入一片死寂。

贺明睿眉头紧蹙："会不会是卓家与西域那边有什么勾结，将大难不死的卓慕莲送去西域躲避了起来？"

凤九卿微微眯眼："莫非这个卓慕莲是假冒的？"

容锦摇了摇头："就算是假冒的，世上也不可能会有两张长得完全一样的面孔。当日她被卓然带到议政殿时，朕曾怀疑过她的身份。但她的身高、样貌、声音，包括言行举止，与朕记忆中的卓慕莲相似度几乎达到了十分。想要假冒，应该不会太容易。"

凤九卿吃醋道："之前还告诉我，你与她统共没说过十句话。事隔这么久，你居然能一眼分辨出真伪，看来你对她了解颇深啊。"

容锦一下子就慌了："九卿，你可不能冤枉朕。朕记忆力向来不错……"

"当初你在御花园第一次遇到我时，我穿的裙子是什么颜色的？"

"粉色！"

"错，是蓝色！"

容锦皱眉，不确定地问："是蓝色吗？"

"你仔细想想！"

"朕记得应该是粉色。"

“应该？”

“也许是朕记错了。”

“你不是说你记忆力很好吗？”

骆逍遥以手扶额：“你们两个跑题了。”

贺明睿好奇地看向凤九卿：“所以到底是粉色还是蓝色？”

凤九卿耸肩：“粉色。”

容锦立马自信一笑：“朕就说朕不会记错！”

轩辕赫玉突然拍了一下桌子：“这个突然冒出来的卓慕莲如果与西域毒王有关，那么当初给姚天寿提供无子毒的真正凶手，会不会是这个卓慕莲？”

众人齐齐将目光落在轩辕赫玉脸上，怎么也没想到，一向笨拙的他居然会因为骆逍遥短短的几句话，想到这么深。

贺明睿向他投去一个赞赏的目光：“七王，臣之前真是低估你了，原来你出门偶尔也是带脑子的。”

轩辕赫玉刚要说话，骆逍遥却抢在了前面：“没错，我之所以向你们交代这件事，跟小傻子的想法不谋而合。”

他看向凤九卿：“当我得知你成亲半年之久还没有怀上子嗣，就派人调查朝中与你不和的大臣。第一个被我怀疑的人物便是姚天寿，虽然没查到他跟西域那边有牵扯的证据，但有一段时间，他与卓家的关系特别密切。”

贺明睿一脸深思地揉了揉下巴：“也就是说，这个卓慕莲，有可能是卓家早就布好的一颗棋子，姚天寿不过是卓家用来当踏板的工具？”

骆逍遥点了点头：“不排除这个可能。可现在我们查不到证据，一切都只是凭空猜测。如果姚家与卓家早就联起手想要对付朝廷，那么姚天寿前脚一死，没了挡箭牌的卓家肯定会有所行动。只是没想到，他们竟然会将局布得这么大，甚至连煞星福星这种事都敢拿出来蒙骗世人。”

容锦终于用正眼看向骆逍遥：“你有什么证据证明这个局是卓家所布？”

骆逍遥白了他一眼：“我并未说这个局一定是卓家所布，只敢肯定，之前所发生的一切，全都是一个局。”

不给容锦询问的机会，骆逍遥从袖袋中拿出一包药粉，当着众人的面，将药粉抖落在地上，并抖出一个圆形的图案。

那药粉与地面接触之后，不知是不是产生了某种药物作用，慢慢与地面融为一体。

原本还有迹可循的药粉，没一会儿工夫就不见踪影。紧接着，骆逍遥不客气地从轩辕赫玉的手中夺过茶杯，将里面还剩下半杯的茶水倒在之前那个圆形上。

被茶水泼洒过的地上，渐渐隐现出一个血红色的圆形图案。

亲眼见证这一幕的容锦拍案而起：“那个出现在皇家太庙中血染的‘凤’字，是不是与这个药粉有关？”

被抢了茶杯的轩辕赫玉刚要发火，在看到这一幕之后，飞扑到那有如血染的圆圈面前，惊呼道：“这什么药啊，好神奇！”

骆逍遥用帕子擦了擦手，对众人解释：“这种药名字叫作化血粉，在西域那边并不是什么新鲜玩意儿，就是用来骗小孩子的一种把戏。等地面的水渍干了，痕迹就会慢慢消失。”

轩辕赫玉厚脸皮地向他伸出手：“还有吗？给我一包玩玩。”

骆逍遥没搭理他，对容锦和九卿道：“所以我怀疑，那天发生在太庙的离奇事件，十之八九，与事前被人放置了这种药粉有关。”

没讨来药的轩辕赫玉并未生气，只是反问了一句：“就算太庙里事前被人做了手脚，那也得有一个先决条件，就是下雨。做手脚的人，怎么知道那天一定会下雨？”

贺明睿接口：“预测风雨，对于会看天相的人并不算难事。经验老到的，甚至连下雨刮风的准确时辰也预料得到。”

骆逍遥点头：“如果那个血染的‘凤’字只是那些人搞出来的一个噱头，那么皇陵塌陷，城中疫情，便是这些人为了增加这个噱头的可看性，而制造出来的前戏。至于卓慕莲……”

他的目光一一扫过房中的众人，轻描淡写道：“无疑是这场布局的关键点。一旦她借用福星之名，坐上皇后之位，你们可以猜想一下卓家将会从中获得什么利益。”

容锦神色有些阴郁：“如果朕执意不肯将卓慕莲扶上皇后之位，任凭卓家搞出这么多事端，怕也无济于事。”

“你错了！”许久没吭声的凤九卿忽然打断他的话，“卓家这么做的真正目的，未必是想扶卓慕莲上位。卓家又不傻，一旦用这种方式逼你废后成功，必会引来你对他们卓家的怨恨。而且，他们不遗余力地败坏我的名声，并借由你独宠中宫一事来勾起朝中大臣及民间百姓对你这个皇帝的不满，目的只有一个……”

未等凤九卿将话说完，贺明睿便给出答案：“卓家想造反！”

此言一出，众人皆惊。谁都没想到，不显山露水的卓家，竟然敢暗藏这样的心机。

“岂有此理，他们卓家真是好大的胆子。皇兄，既然结论已经得出来，还留着他们卓家干什么，赶紧下旨，杀他们一个措手不及。”别看轩辕赫玉平时对容锦有各种抱怨、不满，关键时刻，他的心绝对是偏向自家皇兄的。

贺明睿瞪他一眼：“刚夸你聪明你就犯蠢。皇上要是在这个时候对卓家下手，那不是明摆着告诉世人，皇上为了保住皇后之位，滥杀无辜，是暴君一个？”

凤九卿忽然笑了：“不得不说，卓然也好，卓慕莲也罢，可比咱们想象中要聪明太多。稍微使出几个小手段，就将咱们逼到无路可退，甚至还想利用舆论逼宫篡位。有趣！这卓家真是太有趣了！”

众人被凤九卿意味深长的笑容吓到了。

轩辕赫玉调侃地问：“九卿，你该不会被卓家那些杂碎气糊涂了吧？”

凤九卿无视他的调侃，微微挑起一边的嘴角，玩味地笑道：“太久不曾遇到这么有趣的对手了。既然他们挑起了战争，最终鹿死谁手，就看各人本事吧。”

故技重施

完全不知道自己被人给惦记上的卓慕莲，随着朝廷和民间对凤九卿的舆论和不满越来越大，她对坐上皇后之位的信心也越来越足。

这天夜里，京城迎来入冬后的第一场大雪。这场雪下了整整一个晚上，到了第二天一早，整座皇城都被裹上了一片耀眼的银装。

随着东方的太阳升起，雪也停了。

两个身穿粉色冬装的小宫女提着食盒，深一脚浅一脚地由御膳房赶往龙御宫。

大概是雪深路滑，身材稍瘦一些的那个宫女脚步没走稳，踉跄了一下，整个人向前摔了下去。

这一摔可不要紧，她手中提着的食盒应声落地，食盒里盛放的膳食也稀里哗啦散落出来。

摔倒在地的小宫女被这突如其来的变故给吓傻了。

她旁边的宫女赶紧过来扶住她的手臂，略带斥责道："你怎么回事，走路连眼睛都不带？这下糟了，食盒里面可都是御膳房专门为娘娘准备的早膳，现在落了满地，被福公公知道，保不齐又要挨一顿板子。"

小宫女带着哭腔解释："刚刚好像有什么东西绊了我一下，一时没留神，就摔着了。春儿，这可怎么办？娘娘现在怀着身孕，皇上有令在先，每天早上的膳食必须准时送到龙御宫。这要是回御膳房再重新做一份，肯定要耽误不少时间。完了，我今天死定了。"

就在两个宫女因为这场突发事件吓得六神无主之际，耳边忽然传来一道温柔婉约的嗓音："绿柳，将我宫里的那份食盒先送给这位小妹妹吧。"

两个宫女循声望去，就见一个身穿紫红色锦缎棉袍的漂亮女子，在几个小婢女的簇拥下走了过来。

细看之后，两个婢女都认出对方的身份，赶紧冲来人行了一个跪拜大礼，恭敬地唤对方一声“卓三小姐”。

卓慕莲赶紧向前走了几步，亲自将两个婢女从地上扶了起来，语气中难掩心疼：“冰天雪地的，以后再看到我，不用再行此大礼。快起来，别冻着了。”她冲身后一个身穿绿袄的婢女招了招手，“把食盒拿来。”

那绿衣宫女小声道：“可是这份食盒是御膳房专门为雪月宫的主子准备的，小姐要是给了别人，今儿早上恐怕就要饿肚子了。”

卓慕莲好脾气道：“哪里就会饿肚子，咱们宫里不是还有昨天晚上剩下的几碟子小点心没吃完吗？反正饿一顿又不会死人，这两位妹妹要是不能准时将食盒送到皇后那里，怕是要受到处罚。”

说着，她从绿衣宫女手中接过食盒，递到两个粉衣宫女面前：“你们快将这份食盒送进龙御宫。放心，都是同一时间从御膳房提出来的，盒子里装的饭菜与你们手里刚刚提的那份一模一样。”

两个婢女没想到事情会出现这样的转机，愣愣地站在原地，不敢去接，也不敢抗拒。

卓慕莲见两个人迟迟没有行动，笑道：“你们该不会是担心我在食盒中做了什么手脚吧？”

两个婢女吓得直摇头：“奴婢不敢！”

卓慕莲颇为大气道：“谁都知道皇上爱皇后如眼如珠，现在她肚子里还怀上了皇上的骨肉，对膳食要求得自是十分苛刻。如果她吃了这食盒中的饭菜出什么意外，第一个难辞其咎的那个人肯定是我。”

两个婢女听了这话，觉得确实是这么个理。

卓慕莲将食盒又向她们面前推了推：“快拿着送去龙御宫吧，免得耽误了时间，又要挨你们主子的责罚。”

想到板子着肉的滋味，两个婢女不敢再出言推拒，急忙接过食盒，向卓慕莲再三道谢。

直到两个人千恩万谢地渐渐走远，挂在卓慕莲唇边的笑容，才从温柔大度，渐渐变成了阴狠算计。

为了尽早在后宫中给自己打下基础，树立形象，从她被安置进雪月宫的那天，便竭尽所能地在后宫之中收买人心，壮大威信。

世上最难测量的是人心，同样最好收买的也是人心。就拿刚刚那两个婢女来说，收受了她的好处，肯定会对她高看一眼，并在心底记住她的好。

只要她在后宫逐渐壮大自己的势力，就算凤九卿再怎么得宠，早晚也会因为来自各方的压力而被驱逐。

龙御宫内，刚刚还在卓慕莲面前伏低做小的两个小宫女，回宫之后，将之前发生在外面的那幕小插曲一字不落地汇报到皇后面前。

正在喝蜂蜜水的凤九卿听完宫女的汇报，嘴边勾出一个嘲弄的弧度："这姓卓的女人为了树立形象和威信，还真是孜孜不倦、乐此不疲，这已经是她进宫之后制造出来的第几场戏了？整天从早演到晚，她都不嫌烦吗？"

这两个宫女都是在她身边伺候的心腹，虽不及宁儿受宠，在龙御宫也有着不错的地位。

自从卓慕莲进了皇宫，她不止一次使出类似的手段收买龙御宫的太监和宫女，并试图从他们口中打探皇上和皇后的隐私。

可惜卓慕莲恐怕到死都不会知道，这些被她自认为收买的宫女，回头就会将卓慕莲出卖得彻底。

宁儿听完两个宫女的陈述，指着那只被她们抬进来的食盒道："甭管这里面的膳食究竟有没有被人动过手脚，娘娘肯定一口都不会碰。幸亏皇上早有先见之明，在龙御宫准备了小厨房。"说着，她对凤九卿道，"娘娘，给您熬的保胎粥再过一会儿就会出锅，您再稍微等等，奴婢给您端来。"

凤九卿将杯子放回桌上，对宁儿道："将那盒子打开，我瞧瞧里面都装了些什么。"

宁儿一听这话就急了，赶紧劝道："这食盒来历不明，您可不能随便吃，要不奴婢差人将这件事告诉皇上吧。"

凤九卿道："皇上正在议政殿上早朝，你别稍微有个风吹草动就要惊动他。去将盒子打开，给我瞧瞧。"

宁儿无奈，只能提过食盒，将还冒着热气的饭菜从里面一一端了出来。

凤九卿自然不会傻到去吃，她看了看满桌子丰盛的早膳，从颜色和味道不难判断，这些饭菜，的确不像是被人动了手脚。

不过如果真如骆逍遥所说，卓家与西域关系匪浅，那么单从这些饭菜的表相来看，是看不出被下毒的痕迹的。

她挥了挥手，对宁儿道："将饭菜都放回去吧，待会儿你叫人将这份食盒送到七王府，让小七帮忙仔细验验。"

之前稀里糊涂中了无子毒，这次她说什么都不会再轻易吃这种来路不明的东西。

眼看着距一个月的期限只剩下了不到十天，凤九卿觉得，也是时候该和卓慕莲面对面好好聊一聊。

趁着容锦还没下早朝，吃过早饭，她带着宁儿和两个捧着礼盒的小太监来到了雪月宫。

这是卓慕莲进宫之后，凤九卿第二次正面与她交锋。

两个先后被轩辕容锦风风光光娶进家门的女人，以这样一种方式见面，在外人眼里，还真是离奇地诡异。

不管卓慕莲心里对凤九卿究竟有多么怨恨，表面却恭敬到了极致。

自从上次轩辕容锦以皇帝的身份对她提出过警告，再看到凤九卿时，卓慕莲低眉顺眼、规规矩矩给她行了一个跪拜大礼："臣妾见过皇后娘娘，娘娘千岁万安。"

她故意加重"臣妾"两个字的读音，摆明了告诉凤九卿，即使我现在没有任何名分，可我依然是轩辕容锦明媒正娶的妻子。

凤九卿上前亲自将卓慕莲从地上扶了起来，也加重口中的读音："卓三小姐不必多礼，起来吧！"

卓慕莲脸上的神色忽然变得有些复杂，借着对方手扶的力道起身之后，一本正经地问："皇上不想承认臣妾的身份，难道娘娘也不想承认吗？"

凤九卿反问一句："你想让我承认你哪一个身份？"

卓慕莲姿态倨傲："当年臣妾被先帝赐婚，以正妻的身份嫁进四王府，这是整个京城上至官员，下至百姓，人人皆知的事实。"

"所以呢？"凤九卿近距离地打量着卓慕莲的面孔，她要趁这个机会，仔细辨认眼前这个女人，究竟是不是当年和她交过手的卓慕莲。

面对她肆无忌惮的目光，卓慕莲气定神闲道："臣妾可以不计较在后宫的名分，也不介意自己最终能不能坐上皇后的位置。作为得到上天使命而折返京城来拯救世人的福星，臣妾心中只有一个愿望，辅佐皇上，以己之力，尽可能让天下百姓过上和乐的日子。"

凤九卿"扑哧"一声笑了出来。

卓慕莲微微眯眼："娘娘在笑什么？"

凤九卿挑了挑眉："我在笑，你明明一把年纪，为什么想法居然还这么天真？先不说以你的能力，究竟能不能让天下百姓过上和乐的日子。就拿皇上来说，你觉得在朝政上，他已经弱到需要利用你一个女人来辅佐的地步了？"

未等卓慕莲辩驳，凤九卿又接了一句："至于你究竟是不是福星转世，目前还是个未知数。"

卓慕莲振振有词："自从臣妾回到京城，之前发生的一些灾难，短时间内都得到了改善。尤其是造成数百人死亡的那场疫情，听说现在那些患者大部分都在逐渐康复。疫情得到控制，城中老百姓就不必再躲躲闪闪不敢出门，这对朝廷来说难道不是一种福泽吗？"

凤九卿点了点头："如果之前发生的灾难真的因为你的回归而得到缓解，那本宫的确该替那些康复的老百姓向你说一句谢谢。"

卓慕莲莞尔一笑："谢谢什么的就不必了，这些都是臣妾的使命，也是臣妾的责任。"

她这话表面听着谦虚有礼，实则在向旁人宣布自己在后宫中的主权。

凤九卿也不跟她一般见识，她向恭立在门口处的两个小太监招了招手："将本宫送给卓三小姐的礼物送进来吧。"

卓慕莲像是才看到门口处还站着两个手捧礼盒的小太监，眼底闪过一抹不解的光芒。

很快，两个小太监便低眉顺眼地从门外走了进来，将捧在手中的礼盒放到雪月宫宫殿内的圆形桌子上。

凤九卿笑着解释道："听说今天早上被送到龙御宫的食盒被我宫里那两个手脚不麻利的丫头给打翻了，要不是卓三小姐舍弃自己的早膳，将你那份让给我，说不定直到现在我还在饿肚子呢。我特意吩咐下人，为你准备了一份赏赐。"

说完，她将两只礼盒上盖着的红色绸布掀了下去。

只见绸布下面放着十几只华丽精美的小木盒子，每一只都是用上好的花梨木打造。

卓慕莲被眼前这十几只漂亮的小盒子搞得一头雾水，问凤九卿："这是什么？"

凤九卿顺手拿过一只雕着花纹的小盒子，在鼻子前晃了晃："记得当年与卓三小姐在大理寺第一次见面，你曾在禅房招待我喝了一杯清茶。虽然那时你我之间只聊过寥寥数语，却看得出来，卓三小姐对茶道有一定的研究。这几只盒子里面装的都是从各地搜集来的上好茶叶，还望卓三小姐不要嫌弃。"

卓慕莲露出笑容："皇后娘娘一番心意，臣妾笑纳。"

她将凤九卿奉到上座，又吩咐婢女准备茶水点心。

凤九卿就像见到多年不见的老友一般，与卓慕莲对面而坐，状似不经意地问："当年在大理寺，你请我喝的那杯碧螺春的味道，至今让我难以忘记。你说，无根之水煮出来的茶，味道才最是香浓。原本我对碧螺春的味道并不喜欢，可自从喝了你用无根之水煮的茶，碧螺春的味道就被我深记于心。"

她左一句碧螺春，右一句碧螺春，不动声色地打量着卓慕莲的反应。

卓慕莲低头啜着杯中的茶水，不应声也不反驳，唇边挂着浅浅的微笑："太久以前的事情，臣妾都已经不记得了。"

凤九卿心想，不管这卓慕莲究竟是真是假，她的反应能力倒颇让人刮目相看。因为，当年卓慕莲在大理寺请她喝的那杯茶，根本就不是碧螺春，而是西湖龙井。

正因为那杯茶，她才差点儿着了当时还是太子的轩辕君昊的道。

她并没有因为卓慕莲的避讳而终止试探："距咱们第一次见面到现在，时间的确是过去了太久，不过有一件事，却令我终生难忘。"

凤九卿从袖袋中拿出一只水粉色的绸布袋，轻轻放到卓慕莲面前："既然有些东西不属于我，物归原主才是最好的解决方式。卓三小姐，这个信物还是交还给你吧。"

卓慕莲的眉头深深皱了起来，她下意识地想问，布袋里究竟是什么。可当她看到凤九卿眼底迸发出来的精明目光时，她止住了这个念头，将手指轻轻碰到那只绸布袋上，又将东西推了回去："娘娘刚刚已经送了礼物，臣妾实在不能再厚脸皮索要其他。"

说话间，她隔着薄薄的绸布摸了摸里面的东西，很快便猜到袋子里装的应该是一只玉镯子。

凤九卿又将绸布袋推了回去："这是当年先帝为你和容锦赐婚时赏给你的信物。那天我离开大理寺之前，你曾说过，与容锦之间有缘无分，希望先帝赐给你的这个信物，今后由我来保管。既然现在朝廷和百姓将煞星的矛头指向我，估计不久的将来，我与容锦之间的婚姻便要维持不住。所以，我决定物归原主，因为真正与容锦有缘无分的那个人，说不定是我，而不是你。"

卓慕莲眼底闪过一抹不易察觉的光芒，笑着说："既然皇后娘娘执意将此物归还，那臣妾便欣然收下了。"

她收下的那一刻，凤九卿心里已经十分笃定，眼前这个卓慕莲绝对是假的。因为当年在大理寺，卓慕莲根本不曾送过她任何东西。

早朝之后，她直接去了御书房，却意外地在御书房中发现了骆逍遥的身影。

容锦和骆逍遥两个人脑袋对着脑袋，不知在嘀咕着什么。

凤九卿怀疑自己是不是出现了幻觉，这二位每次碰到一起，不吵个天翻地覆都不消停，怎么可能会有这么亲密无间的时候。

"咳！"眼看两个人谈事情谈到了一种忘我的境界，凤九卿重重咳了一声，提醒二位自己的存在。

容锦和骆逍遥双双将视线移了过来，像是对她这个突然闯入者生出了些许防备之意。

凤九卿的眉头一下子就皱了起来，眯着眼走向二人，略带不满地问："你们俩怎么会在一起？"

骆逍遥不正经地将手臂搭在容锦的肩上，语带调侃地对凤九卿道："没事过来与老对手切磋切磋武艺。"

容锦一巴掌将他搭在自己肩上的手给扒拉下去，没好气地哼道："就凭你也配？"

骂完，迅速换上一张笑脸，向九卿迎了过来："不是说晌午才会过来与朕一起吃饭，怎么这个时候就到了？"

凤九卿来来回回看了两个人几眼，挑着眉头问："我该不会打扰到你们切磋武艺吧？"

容锦立刻摇头："当然没有！九卿，你可别多想，朕只是召他过来问些事情。"

凤九卿表情特别无辜："我多想什么？"

容锦急道："你没多想就好。"

凤九卿更加迷惑了："所以我到底该多想什么？"

第八十五章

原来不过是替身

似真似假

见轩辕容锦和骆逍遥被自己调侃得差不多，凤九卿才收了继续戏谑两人的心思，对两人道：“我刚刚去了一趟雪月宫，跟卓慕莲打了个照面，并试探了一下她的身份。我现在可以很肯定地告诉你们，这个被安置在雪月宫中的卓慕莲，她是假的。”

“假的？”这个意外的答案完全出乎容锦的预料。

凤九卿也没给他太多疑问的时间，将刚刚去雪月宫以送礼为名，试探卓慕莲底细的事情一五一十地说了一遍。

“真正的卓慕莲，当年并没有送过我任何信物。可当我拿出一件编造出来的信物，以物归原主的理由还给她时，她居然没有否认。而且……”

凤九卿在两个人的脸上逐一扫视了一眼：“以我对卓慕莲的了解，如果当年她侥幸逃生，应该不会自甘堕落到去西域给毒王做宠妾。她虽然心机颇深，骨子里却流淌着骄傲的血液。”

容锦揉了揉下巴：“所以你是想说，当年卓慕莲在喝下朕赐给她的那杯毒酒之后，便已经毒发身亡？而现在出现在众人面前，并自称叫卓慕莲的，只是一个冒牌货？”

骆逍遥接口：“有没有可能是她失忆了？”

凤九卿摇头：“鸩酒毒性剧烈，一杯的量，足以致人死亡，所以我猜真正的卓慕莲肯定死了。”

骆逍遥又道：“如果雪月宫里的那个女人不是真正的卓慕莲，便还有一种可能，就是她戴着人皮面具，扮成卓慕莲，是被卓家安排进皇宫的一颗棋子。”

凤九卿再次摇头：“我与师父曾学过一些易容的技巧，对脸上贴着假面具的人能端详出一二。今天我去雪月宫与卓慕莲打交道，曾仔细观察过她的面孔。如果脸上贴了面具，流露出来的表情会显得僵硬不自然，可我并未在她脸上看到这种僵硬。”

容锦和骆逍遥忽然异口同声道：“莫非卓慕莲有一个双生姐妹？”

凤九卿被两个人的默契逗乐了，她问容锦：“对于卓家的情况，你了解多少？”

容锦想了想：“朕只知道，卓斯文膝下共有六个子女，除了长子卓然，次子卓枫，三女卓慕莲是正妻所出之外，另外三个女儿都是妾室所生。而且那三个女儿最大的才十岁，最小的不过五六岁，应该不会与卓慕莲有太多相似之处。”

骆逍遥哼笑一声：“说不定是卓斯文在外面和别人生的私生女。”

容锦瞪他一眼：“就算他有私生女，不同母亲生出来的孩子，从外貌上看，也会有很大差别。”

“也是！”

骆逍遥点头：“你和小傻子虽然是同母所出，可他长得就比你可爱多了。”

容锦隔着椅子踢了他一脚，没好气道：“滚！”

天网恢恢

当天半夜，正在床帐中熟睡的容锦，翻身的工夫，隐约听到门外传来一阵响动。

紧接着，传来三记敲门声。

容锦一下子便睡意全无，轻轻将枕在自己臂弯中的九卿挪到一旁，细心地为她盖好棉被，轻手轻脚地步出房门。

出门之后，厅堂内一片大亮。

就见身穿一袭夜行衣的骆逍遥，如入无人之境一般大大咧咧坐在桌子前，正肆无忌惮地吃着桌上的小点心。

容锦被他那不把自己当外人的架势气得沉了脸，他拢了拢披在肩上的大氅，冷冷向骆逍遥那边瞪了一眼："你最好给朕一个足够的理由来解释你这么晚骚扰朕的目的，否则朕就以私闯皇宫之罪，将你押送去天牢。"

骆逍遥气死人不偿命地当着他的面，将一块外形精致，味道可口的豆沙糕塞到自己的嘴巴里，边嚼边道："一个好消息，一个坏消息，你想先听哪一个？"

容锦本该落在骆逍遥头顶的手又落到了糕点盘，从中抓起一块最大的桂花糕，对着骆逍遥的嘴粗鲁地塞了进去。

塞完，他坐在骆逍遥旁边："先听坏的。"

骆逍遥好不容易将桂花糕吞咽下，作对道："好，那我就先说好的。"

见容锦又要发火，他给自己倒了一杯凉茶顺气，一连喝了两大口，才说："九卿猜得没错，目前住在宫里的那个卓慕莲，确实不是真正的卓慕莲，而是卓慕莲的双胞胎妹妹，名叫卓清莲。"

容锦稍稍敛住火气，若有所思地看向骆逍遥："既然是卓慕莲的双胞胎妹妹，证明她的生母应该是卓斯文的正妻。正妻生下来的小姐，为何没有记录在册？"

"这件事说起来就有些话长。"骆逍遥从桌上拎起一块浅紫色的丝帕，擦了擦手上的油渍。

当容锦看清那丝帕时，脸色立刻变了："给朕放下！"

骆逍遥动作一顿，不明所以地看向容锦。

容锦一把从他手中夺过丝帕，没好气道："这是九卿花了半个月的时间给朕绣的汗巾子，你说拿就拿，朕让你拿了吗？"

骆逍遥看着那紫色丝帕一角的诡异图案，不可思议道："九卿还会女红？不过丝帕上那两只鸡是怎么回事？"

容锦一下子就恼了："谁说这是两只鸡，这是凤凰！凤凰你知道吗？"

说完，他视若珍宝地将那块绣有"凤凰"图案的紫色丝帕藏到自己的身上，无视骆逍遥那副憋笑的表情，冷声道："你继续！"

好半晌之后，骆逍遥才敛住笑意，继续刚才的话题："严格来说，这个卓清莲是卓家的四小姐，与卓慕莲只差了一炷香的时间出生。当年卓夫人在生下这对双胞胎后，在翰林院当差的卓斯文，公务上出了一些差错，差点儿被你那个便宜爹下令斩首。"

骆逍遥口中所说的便宜爹，指的自然是已经亡故的明康帝。

容锦对"便宜爹"三个字没什么反应，因为他对明康帝心怀恨意已久，无论外人用什么难听的字眼来形容这个人，都不会激起他心中的怒意。

至于骆逍遥，更是不可能对明康帝有好感。

当年要不是明康帝对他展开了追杀令，他和容锦的关系也不会恶化到后来的地步。

"卓斯文这个人非常信命，出事之后，他找人给自己算了一卦，被告知他夫人刚刚给他生的双胞胎小女儿八字太硬，与他命相不合。为了仕途，卓斯文偷偷将卓清莲送了人。为了避免事后有人问起，对外谎称卓夫人只生下一个女儿，也就是卓慕莲。不知是故意还是巧合，卓清莲刚被送走，卓斯文的因公失误的案子就被平息了。"

容锦恍然大悟："难怪世上会有两个人长得如此相像，后来呢？卓清莲被送去了哪里？"

提到卓清莲，骆逍遥各种感慨："眼下住在宫里的这个卓家小姐，这些年的经历可是一点儿都不平凡。你绝对想不到，当年她被谁接走了。"

容锦想都没想，便回了一句："姚天寿。"

骆逍遥有些意外："你怎么知道？"

"除此之外，朕解释不出这个叫卓清莲的女人为什么会与西域那边扯上关系。"

骆逍遥点了点头："没错，那时姚天寿还没有进京做官，不过私下里与卓家却往来密切。卓斯文虽然不喜欢他这个四女儿，念及她是自己的骨肉，舍不得直接弄死，便求姚天寿帮忙，将卓清莲送人抚养。姚天寿接下这个差事，又将卓清莲送给了承阳首富周国安，并被取名为怜姬。因为生意往来，周国安与西域那边多有接触。卓清莲十四岁那年随周国安这个养父去西域游玩，被当时已经年过半百的西域毒王看上，并在强娶豪夺之下，将怜姬娶进家门，成了他身边的第十八个小妾。"

轩辕容锦皱了皱眉："按你这么说，这个卓清莲不管对周国安还是姚天寿，抑或是对他亲生父亲卓斯文，应该都心存恨意，怎么可能会在暗中帮他们搞这些事端？"

"这你可就错了。"骆逍遥冷笑一声，"卓清莲被西域毒王娶走之后，受到的宠爱可比跟着周国安要强百倍。你别忘了，周国安膝下还有一个女儿叫周无双，这个女人有多霸道，咱们当初在承阳的时候可是亲自领教过。有周无双在那里排挤着，卓清莲的日子肯定不会太好过。自从她嫁给西域毒王，受尽了宠爱，才真正领略到什么叫权势和富贵。"

容锦还是有些不明白："既然她在西域生活得这么顺心顺意，为什么还要回京城闹这一出？"

骆逍遥道："当初咱们将周国安抓进梧桐小居的地牢时，他就交代，西域毒王已经死了。他一死，卓清莲就等于失去了主心骨，在西域的日子不可能会好过。这些年，她到处打听自己的身世，得知她的孪生姐姐当年嫁入四王府，成为四王妃。现在你又坐上了皇位，这等荣耀身份，哪个女人看了不眼馋？一旦成功了，她可就是黑阙的皇后。"

容锦嗤笑一声："你该不会是想说，那个蠢货还妄想从朕身上得到什么垂爱吧？"

"不管那蠢货到底有什么打算，如果有机会可以争取到皇后的位置，你觉得哪个笨蛋会放弃这么一个大好机会？"

"至少九卿就不至于！"

"世上有几个凤九卿？"

容锦无比得意道："所以说，老天爷到底还是偏心于朕的。"

骆逍遥翻了一个白眼，懒得去搭理容锦的自我陶醉。

容锦突然想到另一个问题："你刚刚不是说还有一个坏消息要告诉朕吗，是什么？"

骆逍遥轻哼一声："就是你白天请我进宫，求我去查的那件事。"

容锦脸上的表情一下子就变了："朕何时请过你？又何时求过你？"

"好，你不想听，那我走了！"

骆逍遥才不惯他的脾气，抬起屁股，就要走人。

容锦手疾眼快地扯住他的衣袖，没好气道：“快说！”

骆逍遥微勾着嘴角：“你承认请我也求我了？”

“你有完没完？”

骆逍遥也没再继续为难他，又坐回原位，对他道：“你怀疑得没错，民间那些对九卿不利的舆论之所以会传得那么疯，确实是有人在暗中搞鬼。我抓了两个倒霉鬼，痛揍了他们一顿，才从他们口中得知，这些闹事造谣的人，每天在造谣之后，会有神秘人给他们送来一两银子的打赏。他们要是能发展出下线，便可以得到二两银子，以此类推。”

轩辕容锦气得要拍案而起，想到里间还睡着凤九卿，只好强忍着暴怒的情绪骂道：“这些杂碎真是胆大包天，他们有没有供出打赏他们银子的首脑是谁？”

骆逍遥摆了摆手：“躲在背后操纵这一切的那个人非常聪明，从他策划这件事情开始直到现在，没人抓得住他的把柄。”

“岂有此理，朕明天就派御林军将这些闹事的人全部抓进大牢。”

“你抓不完的！”

就在容锦和骆逍遥说话的工夫，凤九卿披着一件厚厚的外袍从屋子里走了出来，插嘴道。

容锦和骆逍遥同时一愣：“九卿，你怎么出来了？”

凤九卿看了两个人一眼：“你们当我是聋子啊，讲话那么大声，死人都被你们吵活了。”

她打了个哈欠，懒洋洋地在二人对面坐了下来：“刚刚你们说的话，我在里间都已经听到了。逍遥，关于卓清莲的事情，你是从哪里打听到的？”

说到这个，骆逍遥就想笑：“我偷偷抓了卓清莲身边那个叫绿柳的婢女，别看这个婢女外表不起眼，这些年却一直跟在卓清莲身边。小傻子给了我一种逼供的神药，喂下去之后不到一刻钟，药效就会发作。药效一发作，问啥说啥。事后，对自己被逼问的过程还会忘得一干二净。”

凤九卿饶有兴趣地挑眉：“你就没顺便问问，这个卓清莲闹这么一出，究竟想得到什么？”

“问了，不过这个婢女知道的实情好像并不多，只说卓清莲这次回京，与卓家谈了一笔交易，具体是什么交易她也不清楚，只有卓清莲自己知道。哦，对了……”

说到这里，骆逍遥忽然想起一件事：“那个小傻子让我转告你，今儿一早，卓清莲调换给你的那只食盒中装的食物，确实掺有打胎药。”

凤九卿冷笑一声：“果然！”

容锦听得云里雾里，忙问：“什么打胎？”

凤九卿也没瞒他，将早上发生在宫中的事情，跟他大致讲了一下。

听完，容锦又怒了："这个贱人还真是好大的胆子！"

凤九卿劝道："你冷静一些……"

"你让朕怎么冷静？明知道这些贱人变着法想谋害于你，朕非但不能将她置于死地，反而还要好吃好喝将她供养在皇宫，这不是明摆着给朕添堵吗？"

"就算明知道他们这么做是另有目的，咱们也不能在这个时候乱了分寸。你不要忘了，人家来之前，可是给咱们布了一个好大的局。现在咱们身处迷局之中，一旦动错一颗棋子，就可能落得满盘皆输的下场。所以卓清莲这条命，暂时还得给她留着。"

骆逍遥问："你是怎么打算的？"

凤九卿露出一个玩味的笑容："距当初我定下的期限还有九天。这九天，我决定陪这个卓清莲好好玩一玩。我倒要看看，我和她相比，究竟谁更高明一些。"

就是气你

凤九卿要是想折磨一个人，不会动手打，也不会开口骂，她最擅长的就是用计谋来击破对方的心理防线。

九天的时间说长不长，说短也不短。只要期限还没到，她便还是后宫中地位最高的女人。她可以顶着皇后之尊，与被全天下女人觊觎的年轻帝王共浴爱河。

而且，她不仅要爱，还要爱得高调，爱得张扬，爱得尽人皆知，爱得轰轰烈烈。

对容锦来说，这九天真是把他给美坏了。九卿简直就像变了一个人，不但对他有求必应，还一改往日高冷的姿态，无时无刻不喜欢在众人面前与他这个夫君大秀恩爱。

吃饭在一起，办公在一起，遛弯在一起，睡觉在一起。

不管是人前还是人后，御书房还是御花园，只要有皇帝在的地方，就一定会在他身边捕捉到皇后的身影。

两个人一起共商国是，一起吟诗作对，一起弹琴吹笛，一起相拥赏月。

总之，在外人眼中，只有他们想不到的，就没有帝后做不到的。

轩辕容锦和凤九卿用实际行动向世人演绎了什么叫夫妻恩爱、鹣鲽情深。

而从进宫那天起，就以温柔婉约的姿态来树立自己形象的卓慕莲，更确切地说，是卓清莲，每天都像个怨妇一样守在雪月宫，无所不用其极地打探着皇上和皇后的每一个动向。

“刚下早朝，皇上就带着皇后出了宫。据说城中新开了一家酒楼，皇后吃腻了宫中的膳食，想要出宫改善口味。皇上不放心她只身出宫，放下手中大把公事，陪着皇后一起到那新开张的酒楼去尝鲜，直到申时一刻才从宫外赶了回来……”

说到这里，被卓清莲视为心腹的婢女绿柳，看到卓清莲紧握双拳，慢慢止声。

她满脸担忧："小姐，奴婢知道有些话说出来可能会让您觉得僭越。可从奴婢跟着您踏进皇宫，是亲眼见证了皇上和皇后之间的感情有多么炙热。他们彼此喜爱对方，根本就容不下旁人的存在。就算小姐顶着三小姐的身份……"

"你闭嘴！"原本温柔大气的卓清莲，听到绿柳当着自己的面说出这样一番话，气得暴怒，挥起手狠狠抽了对方一记耳光。

"也不看看这里是什么地方，这些话是你一个下贱的奴才可以随便说的吗？"卓清莲一把揪住绿柳的衣襟，压低声音警告，"给我把你的嘴巴管好，再让我听到你胡说八道，你就别想再活着见到第二天的太阳。"

绿柳被打得只能低泣落泪，哪里还敢惹主子生气。

卓清莲被气得心绪难平。一连数日，她无时无刻不活在煎熬、折磨之中。

绿柳说得没错，此次进宫，她的确是顶着卓慕莲的身份想要从中分一杯羹。

她并不觉得这样做有什么不对，她和卓慕莲是孪生姐妹，凭什么卓慕莲可以顶着卓家嫡出小姐的身份，风风光光地嫁给风流倜傥的轩辕容锦？而自己却要落得一次又一次被人当成玩物送来送去的下场。

她不否认被西域毒王收在身边时，的确是过上了几天呼风唤雨、备受宠爱的日子。可那种宠爱根本满足不了她的虚荣心。

当她意外得知自己真正的身份，是黑阙赫赫有名的大将军卓然的亲生妹妹。她再也按捺不住心底对权力的渴望，不计任何代价，也要得到她真正想要的人生。

这种想法在进宫之前只是一个为求上位的执念。

当她在议政殿第一次看到传说中年轻英勇的黑阙帝王时，脑海中猛然响起一个声音，这个男人，她志在必得。

在受了接二连三的刺激之后，再也按捺不住内心浮躁的卓清莲，终于一改往日的矜持，不顾一切地来到御书房。

她必须要见轩辕容锦，哪怕她的卑微和乞怜能够换来他一个冷冷的回眸，她也甘之如饴。

"卓三小姐，未得到皇上应允，您不能踏进御书房……"守在门口的小福子拦住卓清莲的脚步，义正词严道，"皇上有令在先，他在御书房办公的时候，任何人不允许进去打扰。"

卓清莲厉声道："我有很重要的事情必须与皇上面谈。"

"那也得等奴才进去禀告皇上之后才来通知你见或不见。"

两个人争执之际，御书房内传来一道清亮的嗓音："小福子，让她进来吧！"

听到这个声音，她一把推开小福子，迈着急切的步子走进书房。

就见坐在书案前的人，并不是每天让她魂牵梦萦的年轻帝王，而是被年轻帝王当成眼珠子宠爱在掌心里的凤九卿。

凤九卿姿态慵懒地坐在只有皇上才有资格坐的龙椅内，修长白皙的手指把玩着一支毛笔，在奏折上写写画画。

卓清莲的脸色一下子就变了，指着凤九卿道："你好大的胆子，怎么敢坐在那个位置上？"

凤九卿漫不经心地抬头看了她一眼，嘴边勾出一抹邪气的笑容："卓三小姐，你不顾宫中礼仪，擅闯御书房，甚至对当今皇后提出这种没有礼貌的质疑，你不觉得自己已经僭越了吗？"

此时的卓清莲哪里还顾忌什么宫中礼仪，她无视凤九卿的质问，向书房四周扫了一眼，不客气地说："我要见皇上！"

凤九卿眯了眯眼，不为所动道："你有什么事可以直接与我说。"

说完，当着卓清莲的面，又抄起一本奏折，随意看了一眼之后，用毛笔在折子上画了一个大大的黑叉。

亲眼看到这一幕的卓清莲，不可思议道："身为后宫女子，你居然敢代替皇上批阅奏折？难道你不知道朝廷有律法在先，后宫女子不得参政……"

凤九卿嘴边的笑容变得更加狂肆："别说我代替皇上批阅奏折，就是我想代替他出席早朝，以他对我的宠爱程度，又有何不可？"

"他不可能宠爱你一辈子！"

"为何不可？"凤九卿慢慢放下手中的毛笔，负着手走到卓清莲面前，神色睥睨地看着她，"我与他相识十年，了解他比了解我自己还要深刻。他有多爱他自己，就有多爱我，甚至在他的眼中，我的存在，已经超越了他的生命。倒是你……"凤九卿在卓清莲面前来来回回走了几步，"像个怨妇一样闯进这里，非要求见皇帝一面，有何目的？"

卓清莲这才想起自己现在所扮演的角色。她是名门出身的卓家三小姐，温婉大气，雍容华贵，岂能因为凤九卿随随便便几句话，就将"怨妇"两个字冠到她的头上？

思及此，卓清莲敛了敛心神，又恢复从前的优雅从容："既然皇上不在这里，有什么话，我就与你直说了。凤九卿，你我心知肚明，从我回到京城，踏进皇宫的那刻起，咱们之间势必要成为最终的敌人。你信也好，不信也罢，你现在所坐的位置，不久的将来，将会归我所有。皇上再怎么宠你，他也不可能为了你放弃整个江山。因为这江山，是他当年步步为营，用自己父亲和兄弟的血换来的。”

凤九卿不屑地挑眉：“那又如何？”

卓清莲冷冷一笑：“你知道现在朝廷官员和百姓对你这个皇后的印象有多差吗？一个不被朝廷和百姓所承认的皇后，最终的下场只有一个，就是被淘汰。”

凤九卿满不在乎地将手摸向自己的小腹：“就算有朝一日皇后之位落到别人的身上，也改变不了我给容锦生下第一胎的事实。如果我肚子里现在所怀的孩子是个皇子，说不定容锦会爱屋及乌到立刻下旨，立他为太子。而你……”

她不无嘲讽地看向卓清莲：“即便被你得到皇后之位又如何，你觉得容锦会因此喜欢上你吗？说到底，你跟我争的，无非就是一个虚位，想让他对你另眼相看，这对你来说无疑是一个梦，这辈子都不可能会实现。”

第八十六章 稳后位放弃江山

兵来将挡

这句话就像一把铁锤，在卓清莲的心上狠狠敲击了一下。

卓清莲已经被气得快要失去理智，她恶狠狠地指着凤九卿，急赤白脸道："你这是在侮辱一个帝王的尊严。"

凤九卿微微一笑："关键是那个帝王愿意给我侮辱他的机会。无论我怎么疯，怎么闹，怎么折腾，都改变不了他爱我、怜我、宠我的事实。你呢？"她用手指在卓清莲的胸口轻轻戳了几下，"你却只能像个弃妇一样被关在雪月宫内独守空房。卓慕莲啊卓慕莲，你说你这辈子活得多悲催，当年新婚夜被夫君弃之不顾已经够可怜了，后来又因为犯下过错，被自己的夫君用一杯鸩酒活活逼死。老天爷给你一个重生的机会让你去寻找新的生活，你非但不珍惜，反而自虐般回到这里，继续承受从前的侮辱。我真的很替你这悲惨的一生感到惋惜，为了一个连看你一眼都觉得是在受罪的男人疯狂到了这个地步，这世上还有比你活得更可悲的吗？"

这番极具针对性的话，将卓清莲气得浑身哆嗦，脸色煞白。

她从来没有像现在这样恨过一个女人。

虽然当年被丢在婚房独守空闺的并不是她本人，可想到她那无缘见面的孪生姐姐，就是因为这个女人而被自己的夫君用一杯毒酒赐死，她还是不受控制地对凤九卿起了杀念。

当愤怒的火焰熊熊燃烧，达到一个让她无法忍受的临界点时，卓清莲再也按捺不住那浓浓的恨意，挥起手，就要狠抽凤九卿一巴掌。

凤九卿等的就是她这一巴掌。当卓清莲的手马上就要抽向自己的脸颊时，她一把握住对方的手腕，左右开弓，将卓清莲抽得面目全非。

紧接着，又在卓清莲毫无防备的情况下，一脚将她整个人踢飞了出去。

御书房里闹出来的动静，很快便引来门外内侍的闯入。

“娘娘，发生了何事？”小福子听到御书房里传来打斗声，便带着几个内侍从外面闯了进来。

凤九卿居高临下地看着狼狈倒地的卓清莲，冷笑道：“这个女人以下犯上，胆敢冒犯本宫。小福子，按照宫规，这样的人，该受到何种惩治？”

小福子看了卓清莲一眼：“皇上有令在先，宫中任何人敢对皇后娘娘不敬，下场都只有一个，就是拖出去杖毙。”

“那还等什么，将她拉出去执行吧。”

“咳！”小福子轻咳了一声，提醒道，“娘娘，虽然皇上的确有这个命令在先，可这位卓三小姐目前在宫中的身份有些特殊，要是真把人给打死了，卓家那边怕是不好交代。”

凤九卿眉头一挑：“难道她冒犯本宫的事情就这么算了？”

“当然不行！”小福子摇头，“死罪可免，活罪难逃。就算她身份特殊，该守的宫规也不能因为她被破坏。这样吧，奴才就替娘娘做个主，罚她掌嘴二十，给一个教训，不知娘娘意下如何？”

凤九卿向满脸惊惶的卓清莲投去得意的一眼，嘴边扯出一个邪气的笑容：“好，就按你说的做吧。”

卓清莲万没料到，走了一趟御书房，竟然被专门用来给犯了错的内侍掌嘴的木板子抽了整整二十记嘴巴。

她最后是被人抬回雪月宫的。

回去的时候，她的双颊在木板的抽击下被打得红肿不堪、口鼻流血，哪里还找得到从前的雍容和优雅。

绿柳被小姐凄惨的样子吓得脸都白了，赶紧将人给扶了进来，问两旁内侍：“到底发生了什么事？为何我家小姐的脸被打成了这副模样？”

两个将卓清莲抬回来的内侍面无表情地看了绿柳一眼：“她犯了宫规，受了皇后娘娘的惩罚。”说完，将人丢下，便头也不回地转身走了。

绿柳一下子就被吓哭了，赶紧回屋找药，帮自家小姐去涂脸上的红肿。

意识渐渐清醒过来的卓清莲，一把将给自己上药的绿柳推开，她咬着牙，哆哆嗦嗦道：“去……马上去把刘义给我叫来，我有重要的事情与他商量。”

绿柳面色一变，摇头道：“公子说了，在皇后提出的期限到来之前，您不可以以任何理由召见刘义。”

卓清莲彻底怒了，指着自己脸上的伤大喊：“这都什么时候了，还等什么期限不期限？那个该死的凤九卿既然敢用这种方式来对待我，我已经等不到她自动下台的那天。快去！叫刘义……”

“原来一直在暗中做手脚的人，竟然是刘义？”

很快，卓清莲秘密召见刘义的事情，就被容锦埋伏在雪月宫周围的暗卫尽收眼底。

负责汇报情况的是江虎，这些日子他一直在雪月宫四周观察卓清莲的一举一动。目的就是想查探出那个在外面花银子收买老百姓到处造谣的幕后黑手究竟是谁。

虽然早就猜到这件事与卓家脱不了干系，可之前一直没有抓到卓家的把柄，朝廷拿卓家真是一点儿办法都没有。

刘义是卓然的心腹。

这些日子他一直以神秘人的身份收买那些造谣生事的老百姓，让他们尽可能地将不利于皇后的舆论在民间越扩越大。

挨了凤九卿一顿揍的卓清莲，原本并不打算在这个时候动用刘义这枚棋子。

可今天她实在是被气极了，怒不可遏之下，将刘义找进宫，让他去外面大肆宣扬凤九卿独揽皇权，在御书房代替皇上批阅奏折一事。

卓清莲相信，一旦这个消息被宣扬出去，朝廷一定会再次向皇上施压。

她就不信，凤九卿这次还能风光得出来。

“人呢？”当容锦听完江虎的汇报，顺便问了一句刘义的下落。

江虎回道：“没等刘义离开皇宫，属下就差遣手下八名暗卫，将那个刘义秘密逮捕，他现在被关进宫中的牢房，江龙负责带人在牢房中审讯。”

容锦点了点头：“给朕好好审，朕要在最短的时间里，让他将该交代的，不该交代的，都一五一十地给朕全部交代出来。”

“是！”

直到江虎离开龙御宫，堵在容锦胸口处的憋闷才得到了片刻的舒缓。

他转身走到寝宫深处，附在凤九卿耳边道：“九卿，果然不出你所料，那个整天在后宫中装腔作势的卓清莲，居然真的如你所愿上钩了。媳妇，你说你怎么就这么聪明呢！”

轩辕容锦派出那么多人去调查都毫无所获，凤九卿只不过在御书房跟卓清莲演了一场戏，就逼得那个女人露出了真面目。

他真不知自己有这么一个聪明的媳妇，究竟是好事儿还是坏事儿。

凤九卿将容锦推至一边，没好气道："什么叫我怎么那么聪明？我本来就很聪明好吗？"

容锦赶紧讨好："是是是！这天底下，再也找不到比你凤九卿更聪明的女人。朕何其有幸，竟然能在茫茫人海之中遇到你。九卿，人人都说你是煞星，那些人根本就是胡闹，你哪里是什么煞星，分明就是朕身边的一颗吉星兼福星。"

凤九卿拍了拍他的手臂，将他拉坐在自己面前："先别高兴得太早，卓家那边要是发现了刘义忽然失踪，肯定会对咱们有所防范。另外，卓清莲在宫中挨打的事情，现在估计已经传到了卓家的耳朵里。明天早朝，你免不了又要被那些大臣排……"

容锦不在乎地嗤笑一声："朕等着去看卓家人明天的嘴脸。"

他亲昵地拉着九卿的手，好奇地问："朕一直不明白，你为什么那么肯定，卓清莲会按捺不住，破坏卓家精心布好的这步棋？"

再有两天就是期限之日。他们要是再查不到眉目，九卿的皇后之位肯定不保。

只要卓清莲再坚持坚持，说不定她还真能达到自己心中的目的。

凤九卿笑了一声："女人的心思很好懂，刺激到位，就会逼得她们失去理智。这几天我们一直在她面前高调地炫耀着幸福，她看在眼里，恨在心中，时间久了，肯定要被气到崩溃。如果我没猜错，她今天去御书房找你，应该是想跟你谈条件。"

容锦挑眉："什么条件？"

凤九卿道："只要你肯给她一个名分，她就能帮你平息百姓对我的不满。"

容锦冷笑："她可真天真！"

"不，她很聪明。你想想，再有两天就是期限之日，如果我拿不出合理的证据，势必要履行当初的承诺，自动退位。卓清莲是想利用你与我之间的感情来做要挟，只要她得到了她想要的，便会让你得到你想要的。"

容锦眉头紧蹙："她这么做，能得到什么好处？朕又不可能爱她。"

凤九卿戏谑地看了他一眼："你爱姚雪灵吗？"

"当然不！"

"可姚雪灵不但在你身上得到了好处，而且你还为了她，差点儿置我于死地。"

容锦的脸色立刻就变了："那只是一个误会……"

"不管是不是误会，只要让某些人得到了想要的结果，就证明她们付出的努力没有白费。"

仔细一想，容锦的后背渗出了一层冷汗。

他还真是不能随随便便小看这些女人的本事，稍有不慎，就会被她们得了逞。

他有些后怕地将九卿揽进自己的怀中："既然刘义已经落了网，只要从他口中问出实情，之前京城发生的那些专门针对你的悬案就可以不攻自破。"

凤九卿却没有他这么乐观："卓清莲在宫中挨打，刘义无故消失，你觉得卓家提前会没有防范吗？说不定卓家会在明天的早朝上反咬你一口，说你残佞霸道，容不下卓清莲这颗福星，想方设法要将她置于死地。至于刘义的口供，也会被卓家说成是屈打成招，故意捏造出来的谎言来为我开脱。"

容锦闻言冷冷一笑，他拍了拍她的肩膀，声音忽然变柔了几分："之前一直是你挡在朕的前面为朕出谋划策。这次就换朕来保护你。你放心，不管卓家这步棋接下来要怎么走，朕已经想好了万全之策，定会打他们一个措手不及。"

不出凤九卿所料，第二天早朝，果然有人针对卓慕莲昨天在御书房被皇后下令抽了二十记嘴巴一事，求皇上给出一个合理的说法。

面对这些人的无理取闹，轩辕容锦一改往日英明君主的形象，语带不屑地问："你们要朕给出一个什么样的合理说法？"

一直用默不作声的形象来掩饰真性情的卓然，脸色凝重地从臣子的行列中走到大殿正中。

他恭敬又不失倨傲地冲皇上拱了拱手："臣知道皇上对皇后百般宠爱，维护有加，彼此间的感情深厚到容忍不了第三个人涉足。可臣的妹妹当年是皇上明媒正娶的妻子，就算她现在在后宫中没有名分，此次也是带着改变天下兴衰的使命才回到京城的。皇后肆意妄为，不断欺负臣的妹妹，皇上就算不给我卓家一个说法，也该给朝中众臣，以及天下百姓一个说法。"

轩辕容锦被卓然的话给逗笑了："改变天下兴衰的使命？卓将军，朕能不能问问，这句话你因何而出？"未等卓然开口，容锦又接了一句，"如果仅仅是因为皇陵旁边长了几棵松柏，那些染病的患者渐渐康复，朕完全可以将这所有的一切解释为有人在暗中故意为之。"

卓然不为所动道："皇上此言，可有证据？"

"你口口声声称卓慕莲是福星转世，又有何证据？"

"慕莲福星转世之说，是琼华寺高僧一明大师亲口所说。"

"朕也可以从寺院中找一位高僧，出面宣布九卿是吉星下凡。"

卓然眉头微微紧皱："莫非皇上认为臣之前所说的一切都是在胡编乱造？如果臣真的胡编乱造，当日发生在太庙那一连串离奇事件，又当如何解释？"

轩辕容锦淡淡一笑："关于太庙发生的那些离奇事件，朕日后自会给各位一个满意的交代。现在朕只想问问卓将军，你公然在朝堂上当着这么多大臣的面质问朕后宫之事，究竟出于什么目的？”

“臣罪过。您为君，我为臣，岂敢以下犯上，做出质问帝君这种大逆不道之事？臣只是想替臣那苦命的妹妹问皇上一句，同样都是被皇上明媒正娶的妻子，为何皇后可以不问缘由，对慕莲动刑？”

其他那些原本对凤九卿这个皇后就抱有些许不满的大臣，听了卓然的控斥，对凤九卿的印象更是大打折扣。

很快便有大臣站在卓然的身边：“再怎么说，卓三小姐也是顶着福星转世的身份回到皇宫，在皇后没有给众人一个合理的交代之前，贸然对卓三小姐动刑，此举于理不合。”

“是啊！皇上。”另一个大臣也站出来，“明天就是一个月期满之日，如果皇后没办法向众人证明之前发生在京城的那些灾难与她无关，就要履行当日的诺言，自动退位，将皇后之位让给卓三小姐来坐。她要是想趁这个机会置卓三小姐于死地，便是有违天意，法理不容。”

不得不说，这个卓然的确是一个很会煽动别人情绪的高手。

他故意将卓慕莲说得委屈可怜，将凤九卿说得蛮横无礼。

本着世人都有同情弱者的心理，那些不明是非的大臣，很快便一面倒地将挨了皇后毒打的卓慕莲当成了无辜可怜的小白兔。

容锦懒得跟这些人解释，他冷冷一笑：“先不说皇后究竟为什么要对卓慕莲动刑，朕今天在这里只问你们一句，当日朕在立九卿为后的那天，曾当着天下人的面发下毒誓，此生除凤九卿外，不会再娶其他女子进门，你们可还记得？”

那些大臣面面相觑，一时间不知该做何回答。

容锦又道：“所谓君无戏言，你们整天因为朕后宫中那些琐事在早朝上没完没了地闹腾朕，是不是想逼朕背叛当日的诺言，做个言而无信的君主？”

卓然道：“皇上，臣等并无此意。只是眼下要面对的问题不仅仅是后宫中那些琐事，而是牵扯到朝廷命运的大事。”

另一个大臣也跟着点头：“当日太庙发生了那么多奇怪的现象，足可以证明现在的皇后并不被皇家列祖列宗所接受。”

又一个大臣接口：“而且皇后自入宫以来非但没有尽到一个国母的责任，反而还传出她与其他男子有染的传闻。皇上注重承诺并没有错，但涉及皇家颜面，还请皇上三思而行。”

此话一说出口，顿时又有好几个大臣也跟着一一出列：“请皇上三思而行。”

看着这些被鼓动出来的大臣一口一个“皇家颜面”，轩辕容锦心底燃烧起一把熊熊的火焰。

他知道眼前这些官员，大多数对他这位年轻的帝王还是敬佩有加的。

比如贺明睿，以及他上位之后，亲手从底层官员中重提拔起来的一些年轻臣子。

但就是有一些臣子，仗着身份高、辈分老，自以为是三朝元老，便喜欢在君主面前指手画脚，来突显他们的地位和声势。

他缓缓从龙椅上站起身，凌厉危险的目光一一俯瞰过殿中的众人，冷声笑道："朕既想做个好皇帝，又想履行当初对皇后发下的不悔誓言，你们却偏偏要逼着朕在这两者之间做出一个选择。既然如此，朕只能退而求其次，给诸位爱卿一个满意的交代。朕宣布，择黄道吉日，正式退位，并将皇位让给朕的七弟轩辕赫玉！"

此言一出，满朝皆惊。

就连一向淡定沉稳的卓然，都没想到事情会出现这样令人猝不及防的逆转。

"皇上……"另一批作壁上观的大臣在亲耳听到皇上宣布退位的那一刻，呼啦啦跪倒了一地，"皇上，此事万万不可，您可一定要三思啊！"

贺明睿掷地有声道："皇上，您年纪轻轻，英明神武，自上位之后，将我黑阙王朝管理得井井有条。就算偶有天灾发生，也可归列为自然现象，怎么能为了后宫琐事，说退位就退位呢？臣跪请皇上收回成命。"

在贺明睿的带领下，那些真心佩服皇上统御能力的大臣齐声呼道："臣等跪请皇上收回成命。"

这个呼声，比那些跟在卓然屁股后面逼皇上废后的呼声大多了。

卓然做梦也没想到事情会发展到这种地步。

按照他原来的计划，如果皇上为了皇后在怒极之下斩杀几个唱反调的臣子，他完全可以将暴君的罪名扣在轩辕容锦的头上。

这样，有朝一日他们卓家想造反，说不定还能落得个顺应民意的好名声。

可轩辕容锦居然在这个时候宣布退位，并扬言要将皇位传给七王轩辕赫玉，这跟他原本的计划完全背道而驰，生生打了他一个措手不及。

他从来都没想过，连上早朝这种资格都没有的轩辕赫玉，竟然会成为下一任帝王的人选。

卓然眯了眯眼，若所有思地看向龙椅前的轩辕容锦，正好与对方的视线撞了个正着。对方也将他略显狼狈的表情尽收眼底，投给他一个挑衅的冷笑。

不理会眼前跪了满地的大臣，轩辕容锦铿锵有力地说道："七王与朕是一奶同胞的亲兄弟，他身体里流淌着正宗的皇家血脉。既然朕不配再在这个位置上坐下去，将皇位移交他人，这是最好的解决方式。"

“可是皇上，七王并没有掌管江山大业的才能……”

“有你们这些忠心耿耿的大臣在他身边辅佐，朕相信我黑阙的江山不会毁在他的手里。”

“皇上，此事万万不可，您年轻有为，乃世人公认的帝王之才。如果没有您英明的统御，我黑阙未必会有今天的辉煌昌盛。”

轩辕容锦完全不为所动，他冷冷扫视了众人一眼：“不管你们有多少理由等着朕，都改变不了朕此时的心意。今天的早朝就到这里，各位爱卿都回吧！”

说完，无视众人的慌乱，他一甩衣袖，扬长而去。

宣布退位

“你说想好了万全之策，会打他们一个措手不及，最后想出来的方法，就是宣布退位？”

当凤九卿得知容锦在金銮殿上做出这样一个震惊世人的举动，她惊呆了。

看着他神色淡然地坐在椅子上喝着茶水，她气极败坏地从他手中夺过茶杯，重重放到一边。

“你疯了吧！无缘无故，干吗要宣布退位？你要是想不出解决方法，我可以帮你想。有必要为了卓家和那些得寸进尺的老头子做出这种决定吗？”

容锦将被她抢走的茶杯又拿了回来，放到唇边，轻轻啜了一口，纠正她的想法：“朕不但没疯，而且意识还很清醒。今日在大殿上宣布退位，也是朕思忖良久之后才做出的决定。”

“思忖良久？”凤九卿语气急躁，“当初你花了那么多时间和心血，好不容易才坐上今天的位置，有了现在的成就。现在你说退位就退位，那咱们当年干吗还要去攻打北漠？干吗要跟先帝作对？干吗要对那些佞臣斩尽杀绝？一开始就找个山好、水好、环境好的地方隐居起来，也不用让双手沾满血腥，被后世之人冠上一个弑父杀兄的罪名。轩辕容锦，我看你不仅疯了，而且还疯得十分厉害！”

容锦被她那气得跳脚的样子逗得笑了起来，他放下茶杯，一把将在自己面前走来走去的凤九卿拉坐在自己的膝头。

“好了，朕知道你乍一听到这件事肯定会觉得意外。不过朕在做这个决定之前已经深思熟虑过许久，当初之所以会对这个位置产生这么大的执念，是为了完成母后临终前嘱托给朕的遗言。朕后来通过自己的努力，完成了母后的夙愿，将原本就属于朕的东西又夺了回来。朕享受过夺位的过程，体会过上位的乐趣。现在放手，朕并不觉得有多可惜。最重要的就是……”

容锦扳过她的下巴，语气认真地说道：“你不是一直都想跟朕浪迹天涯，过潇洒自由的日子吗？等朕将手中的权力正式移交给小七，便可以带着你离开这是非之地。到时候，朕对你想怎么宠就怎么宠，想怎么爱就怎么爱。谁要是再敢在朕面前叽叽歪歪，朕一巴掌打烂他的嘴，看这些人还敢不敢随便乱说？”

凤九卿被他那一脸痞气给逗乐了，刚要扬起唇瓣，眉头又皱了起来。她一把拍开他的手，怒道：“你别混淆视听，我跟你说正经的呢。”

“朕跟你说的也是正经的。”

“你哪句是正经的？句句都在胡说八道！”

“九卿……”容锦一改刚刚玩笑的语气，“朕并没有胡说，朕是真的想离开这个位置。趁着咱们还年轻，带着你好好游览咱们黑阙的大好河山。人生短短几十年，说老就老，与其将大把时间浪费在跟那些老狐狸打交道上面，为什么不放开这些琐事，去寻找真正想要的生活？”

第八十七章

传帝位给予七王

心甘情愿

凤九卿被他难得认真的语气给说得胸口直震。她忽然觉得眼前这个自己认识了十来年的男人，在她眼中变得有些陌生。

她印象中的轩辕容锦，狂肆霸道，唯我独尊，永远都将权力放在第一位。

曾几何时，她也想过用彼此间的爱情来束缚住他对权力追逐的脚步。可事实上，在权力面前，爱情已经排到了其次。

所以，她最后不得不为这段感情做出妥协，放弃唾手可得的自由，心甘情愿地为了他留在如囚笼般的后宫，规规矩矩做那个守在他身后的女人。

面对那些大臣无理的指责，换作从前，她早就一刀下去，结束那些蠢货的性命。

可现在的她，不仅是黑阙的皇后，同时也是轩辕容锦的妻子。

一旦她那样做了，就会给她的帝王夫君蒙上羞辱，招来诟病。她以为在感情上做出妥协的只有自己，没想到有朝一日，她竟会等来这样的局面。

“容锦，你为什么要做出这样的决定？解决办法其实有很多个，就算我放弃皇后之位，我们依然可以长相厮守。至于你当日对我承诺的誓言，只要我心里知道你是爱我的，誓言能不能被履行下去，我并不介意。”

“那不一样！”容锦摇头，“朕要履行的不仅是对你的承诺，同时也要让那些没完没了的大臣知道，你在朕心目中的地位，已经凌驾于权力之上。”他紧紧捏了捏她的手，眼神中充满了深情，“朕这辈子从未为你做过任何牺牲。这次，朕是心甘情愿为了你放弃皇位，想要带你远离是非之地。”

要说不感动那是骗人的。

可凤九卿觉得他对自己做出这样的牺牲，已经完全超乎了她的承受能力。

“滚一边儿去！别拦着我，我要见皇兄。小福子，我告诉你，你要是再叽叽歪歪，小心爷直接把你塞到药炉里去炼丹。”龙御宫外忽然传来轩辕赫玉的怒吼。

没等小福子进门禀报，满脸怒气的轩辕赫玉便从外面闯了进来。

凤九卿急忙从容锦的怀中跳了下去，红着脸道：“小七，你怎么来了？”

“我怎么来了？你居然还好意思问我这么幼稚的问题？”

轩辕赫玉气不打一处来地冲到容锦面前：“皇兄，他们说的到底是不是真的？你今天在金銮殿宣布退位，并且还打算将皇位传给我？”

容锦冲他抬了抬眼皮：“是啊，朕的确有这个打算……”

“想都不要想！”轩辕赫玉的情绪一下子就激动了起来，“我不接受！”

容锦轻哼一声：“朕只是在宣布一个命令，并没有在征求你的意见。”

轩辕赫玉气得跳脚：“你这根本就是在强人所难。从我记事起，就没跟朝廷那些大小怪物打过交道，更别提坐在那个位置上跟这些大小怪物商议国是。除了炼丹制药，我对其他事情根本提不起兴趣。你要是真把那个位置让给我，不出三年，我就会将整个江山败得一塌糊涂。”

容锦满不在乎道：“你放心，朕会安排明睿在你身边辅佐，保证在三年之内将你调教成一代明君。”

“皇兄，这玩笑一点儿都不好笑。”

容锦挑了挑眉：“你哪只眼睛看到朕在跟你开玩笑？”

轩辕赫玉满脸崩溃，转而又看向凤九卿：“皇兄是不是受了什么刺激？”

凤九卿无比同情地拍了拍他的肩膀：“你得这么想，一旦你皇兄将那个位置给了你，从今以后，你就可以呼风唤雨、为所欲为，想干什么就干什么，不会再有人干涉你做出的任何决定。而且……”凤九卿继续给他灌迷汤，“明睿有勇有谋，有他在你身边辅佐，你完全不必担心黑阙的江山会败在你的手里。”

“九卿，连你也拿我寻开心？”

轩辕赫玉是真的被他皇兄这个决定给吓到了，从小到大他自由惯了，想去哪儿就去哪儿，想干啥就干啥。要是逼他披上龙袍，戴上龙冠，坐上龙椅，他宁愿去死。

未等凤九卿出言安慰，贺明睿和骆逍遥紧随而至。

“哟，小傻子也在呢！”骆逍遥的脸上永远都是那副不正经的样子。自从他的眼睛在轩辕赫玉的治疗下失明的次数越来越少，出现在皇宫的次数自然也就多了起来。

这要是往常，被骆逍遥叫成小傻子的轩辕赫玉，肯定要吼上一吼，闹上一闹。可是今天，他实在没心情搭理骆逍遥，满脑子想的都是皇兄刚刚的决定。

他不要做皇帝！他不会做皇帝！他不要做皇帝！

贺明睿见轩辕赫玉满脸黑沉，经过他身边的时候忍不住在他肩上拍了一掌："马上就要被扶上皇位，是不是让你高兴过了头？"

轩辕赫玉不客气地在他腿上踢了一脚："你给我走开！有多远走多远！"骂完，气哼哼地瞪向容锦："皇兄，今儿我就把话放在这里，你听也好，不听也罢。我的决定只有一个，你休想为了摆脱责任，将我扶上那个位置，我是不会如你所愿，去做什么无聊的皇帝的。还有你们……"

他一一瞪向贺明睿和骆逍遥："你俩也不是啥好饼，整天在皇兄面前净给他出一些馊主意。告诉你们，小爷只想做个自由快乐的闲散王，真把我给逼急了，我就离家出走，跟你们这些乌合之众老死不相往来！"恨恨地说完，他一巴掌推开面前的贺明睿，踩着愤怒的步子，气冲冲地离开了龙御宫。

被推了一个趔趄的贺明睿满脸委屈，指着轩辕赫玉的背影道："这孩子该不会被打击得疯了吧？"

容锦毫不在意："让他闹去，不用理他！"

骆逍遥戏谑地看着容锦："你不会是在开玩笑吧？真的想要退位，放弃帝王的身份？"

容锦正色道："朕岂会轻易拿这种事情开玩笑？"

骆逍遥轻哼一声："你这么做，分明就是在逃避现实。"

贺明睿摇了摇头："皇上今天在金銮殿玩的这一手，可以说打了卓家一个措手不及。卓然之所以会在早朝上以皇后责打卓三小姐一事来挑衅皇上，无非是想逼皇上露出暴君本色。

"只要皇上在怒极之下打杀朝中那几个蹦跶得欢的臣子，便坐实了他冲冠一怒为红颜的罪名。

"到时候别说是皇后，就是皇上自己，恐怕也会因为此事而招来天下百姓的骂名。而他忽然在这个时候宣布退位，等于告诉天下人，皇后在他心中的地位无人能及。

"一旦他退位，便可以将逼宫的罪名反落到卓家头上。虽然朝廷有一部分大臣因为皇上独宠中宫而不满，可还有一部分大臣，是真心实意拥他上位的。

"卓家忽然玩这样一手，无疑触犯了那部分大臣的底线。这样一来，皇上等于将本来指向他和皇后的矛头，不着痕迹地又转嫁到了卓家的身上。"

一番话说完，屋子里的气氛一下子变得沉寂起来。

不愧是当朝一品相爷，真是一针见血，将容锦在早朝上宣布的决定分析到了如此精确的地步。

骆逍遥手指有节奏地在桌面上敲击了几下："这招玩得确实高明，皇位什么的，只不过是一个虚名，真正重要的是握在手中的兵权。

"我要是没记错，当年你们从北漠获胜而归时，手中已经掌握了朝廷几乎一半兵权。轩辕君昊和曹国舅当年先后落马，为了避免殃及池鱼，手握重兵的曹北辰也主动上交了兵权。这么重的兵权掌控在自己手里，当不当皇上，根本就不重要。"

凤九卿总算听明白这里面的弯弯绕，她瞪向容锦："我说你怎么会这么轻易就放弃皇位，原来有兵权傍身，你根本就没把皇位当回事啊！哼！亏我刚刚还因为你为我放弃皇位感动得一塌糊涂，我怎么这么笨！"

人人都说陷入爱情中的女人就是个彻头彻尾的笨蛋。凤九卿以前一直觉得这话放在她身上不管用，今儿才发现，她跟那些女人一样，为了男人口中那点儿甜言蜜语，乐得找不到北。

容锦见她嘴巴噘了起来，先是狠狠瞪了骆逍遥一眼，才好言哄道："九卿，你这话可真是冤枉朕了。就算朕手中没有兵权，为了你，也一样会放弃这个位置。"

骆逍遥无孔不入道："你手中要是没有兵权，也未必有机会坐上那个位置。"

"姓骆的，你到底是来干吗的？"

容锦觉得骆逍遥的目的就是来拆自己的台，简直要被这个不长心的浑蛋气到吐血。

骆逍遥这才想起正事儿，对众人道："那个刘义经过一晚上的严刑逼供，已经将卓家和卓清莲之间的交易给卖得彻彻底底。"

听到这话，容锦和九卿都收起玩笑的心思："他们之间到底有什么交易？"

贺明睿将一份供词递到容锦面前："这里面是卓家与姚天寿暗中勾结的证据，自从卓斯文半年前因病去世，卓然便顺理成章坐上了卓家家主的位置。有一件事，皇上绝对想不到。"

容锦冲他投去一个疑问的眼神："什么？"

"卓然并非卓斯文的亲生儿子。"

容锦和凤九卿双双诧异："什么意思？"

骆逍遥接口："据那个刘义交代，当初卓斯文的正妻嫁进卓家连续三年都没有生下孩子，眼看卓斯文将一个个貌美如花的小妾抬进府里，卓夫人急中生智，假装怀孕，临盆之际，从远房亲戚那里抱来一个刚出生没多久的男孩，对外宣称是她的亲生骨肉。

"虽然卓夫人在之后几年真的怀上了身孕，可为了避免卓斯文发现卓然不是卓家长子，卓夫人在卓然身上没少花费心血。你们知道当年明康帝为什么会将卓慕莲嫁进四王府吗？"

凤九卿眯了眯眼："你该不会是想说，卓然对卓慕莲这个妹妹有什么想法吧？"

骆逍遥打了个响指："果然聪明。"

容锦表情诧异：“兄妹之间发生了禁忌之恋？”

“不！”贺明睿摇头，“是卓然单方面对卓慕莲有爱慕之心，而卓慕莲却对你这个夫君情有独钟。卓夫人看出卓然对卓慕莲举止暧昧，为了避免府中发生乱伦事件，才求到明康帝面前，急不可耐地想要将卓慕莲嫁出家门。”

凤九卿道：“按你这么说，卓然很久以前就知道自己的真正身世了？”

“没错！”骆逍遥道，“卓然很小的时候就知道他不是卓斯文的亲生儿子，所以对温婉大气、雍容华贵的卓慕莲生出了男女之情。

“当卓夫人求皇上做主赐婚，将卓慕莲嫁进四王府时，卓然还只是一个碌碌无为的白丁，根本没有能力去争取自己的幸福。

“事后，卓慕莲因犯下大错被鸩酒赐死，卓然便将这份仇恨埋藏于心。从表面证据来看，当初给九卿下毒的是姚天寿，但真正在暗中策划这件事的，却是卓然。”

容锦若有所思地揉了揉下巴：“朕没想到，这个卓然不显山露水，背后竟然藏了这么一手，朕可真是小看这个男人了。”

凤九卿也觉得这个变故来得有些突然，仔细回想卓然这几年的作为，悄无声息地上位，慢慢扩大自己的势力，就像一个运筹帷幄的复仇使者，在别人毫无防备的情况下给对方致命一击。

思及此，她又问：“卓然和卓清莲究竟有什么交易？”

说到这个，骆逍遥唇边笑意渐深：“按卓然原来的计划，他想利用姚天寿挑拨帝后的关系，坐收渔翁之利。没想到姚天寿和周国安都被问斩，于是才想到远在西域的卓清莲这枚棋子。”

凤九卿又是一惊：“也就是说，他早就知道卓慕莲还有一个孪生妹妹？”

“是！要不是卓清莲这个蠢货在挨打之后暴露本性，直到现在，咱们都抓不住证据来证明卓然参与此事。可以说，卓清莲是卓然用来对付朝廷的最后一颗棋子，如果卓清莲乖乖听话，再忍两天，没有让刘义这个心腹暴露，说不定卓然真的可以利用朝廷和民间的舆论，将九卿从皇后的位置上逼下来。”

容锦道：“如果卓然对卓慕莲有那方面的心思，为什么不将卓清莲当成卓慕莲的替身，干脆豢养在身边聊以慰藉？”

骆逍遥嗤笑：“卓清莲和卓慕莲虽然外表长得一样，可是无论是气质还是谈吐，卓慕莲都甩卓清莲两条街。卓然喜欢的是卓慕莲本人，对替身什么的并无兴趣。不过，为了让卓清莲替他卖命，他可是许了卓清莲不少好处，其中最吸引卓清莲的，便是可以扶她坐上皇后之位。而他真正的目的就如九卿之前所料，想要逼宫，趁机夺位。”

贺明睿叹了口气："他大概做梦也没想到，没等他夺位成功，皇上便已经宣布要将皇位让给七王来坐。"

"糟了！"凤九卿忽然拍案而起，"他该不会因为这个，做出对小七不利的事情吧？"

容锦安慰道："你放心，朕为了防止那臭小子逃跑，提前在他身边安排了暗卫，有那些暗卫保护，那臭小子一时半会儿还死不了……"

怎能如此

完全不知道计划已经被人识破的卓清莲，在召见刘义之后，顶着一张被木板子抽过的大肿脸，美滋滋地在雪月宫等着喜讯降临。结果等来等去，非但没有等到皇后被废，反而迎来一个令她措手不及的消息，为了凤九卿，轩辕容锦居然在早朝的时候宣布退位。

这让一心想要坐上皇后之位的卓清莲受到了不小的打击。

“不，这不是真的，你在骗我！皇上怎么可能会为了一个女人，连皇位都不要？绿柳，你马上去把刘义叫来，我昨天明明将凤九卿独占御书房，代替皇上批奏折的事情让他对外散播出去，为什么今天早朝，大哥没有将这件事公之于众？只要大哥抓住凤九卿参政的把柄，就算皇上对她再怎么维护，她也别想再坐稳那个位置。”

绿柳见自家小姐陷入了一种疯狂的状态，忍不住劝道：“公子那边今天一大早派人来回复，刘义莫名失踪，直到现在还不见踪影。另外，皇后的位置还保不保得住现在根本就不是事情的重点。重点是，皇上为了皇后要放弃皇位。皇上的目的很明显，他要用实际行动向世人证明，有皇后的地方才有皇帝，如果皇后不在了，皇帝也就没有再存在下去的必要。”

“啪！”深受刺激的卓清莲不留情面地抽了绿柳一巴掌：“你胡说！区区一个凤九卿，我就不信皇上会为了这么一个女人而放弃他好不容易得来的皇位。”

说完，她气势汹汹地就要往宫外走，被挨了一巴掌的绿柳强行拉了回来：“小姐，你要去哪里？”

“我要找皇上问问清楚……”

“你不能去！公子早上派人来警告过咱们，未经允许，不可以再离开雪月宫半步。现在正值敏感时期，而且昨天被小姐找进宫的刘义离奇失踪。公子怀疑刘义已经被皇上的人给秘密抓捕。我们现在唯一能做的就是等……”

“我等不了！”

这要是往常，以卓清莲的智慧，肯定会捕捉到绿柳话中的重点。刘义失踪，意味着她替身的身份将会败露。

可此时她将所有的注意力都集中在皇上为了凤九卿宣布退位这件事上，因此忽略了刘义失踪会给她带来什么样的影响。

她一把将绿柳挥开，厉声道：“别以为我不知道卓然心里究竟在打什么主意，他表面把我当成他的妹妹来对待，实际上我就是他手中的棋子，把我送进宫来破坏皇上和凤九卿之间的感情。”

绿柳死死抓住她的手臂，声嘶力竭道：“你误会公子了，公子花了这么多时间和心血，真正的目的是想扶你坐上皇后之位……”

“皇后之位？”卓清莲怒不可遏，“皇上都要退位了，我给谁去当皇后？”

不甘心美梦就这样破碎的卓清莲，挥开绿柳的束缚，不顾一切地向龙御宫的方向闯去。

龙御宫可不比御书房那样好闯，这里被安插了无数暗卫，别说一个大活人，连一只苍蝇都休想轻易飞进去。

卓清莲已经顾不得什么尊严和面子，她今天必须见到轩辕容锦，说服他放弃退位的心思。

要是旁人敢擅闯龙御宫，早就被当成刺客一剑刺死。

凤九卿在听说卓清莲在外面闹着有事求见，吩咐内侍将卓清莲带进来。

“皇上呢？我要求见皇上。”

卓清莲觉得这个凤九卿真是阴魂不散，无论走到哪里，都能看到她的影子。

“大胆，皇后面前，岂容你撒泼无礼？看到皇后，还不跪下！”出言怒斥的正是宁儿。

卓清莲并没有将宁儿的警告放在眼里，重复着刚刚那句话：“我要见皇上！”

“皇上是你想见就能见的吗？”

“我要见皇上……”

凤九卿拍了拍宁儿的肩膀，对宁儿道：“你先出去，我和卓三小姐单独聊聊。”

“娘娘……”宁儿欲言又止，原本担心娘娘会被卓清莲伤害，一想到两个人之间武功的差距，又打消了这个念头。

宁儿一走，凤九卿才抬头看向卓清莲：“皇上召见大臣在御书房议事，你有什么话，与我说也是一样。”

卓清莲转身要走，凤九卿在她身后道：“如果你真的是卓慕莲，应该知道轩辕容锦是什么脾气。他不喜欢的人，任你貌似天仙、才高八斗，也不会高看你一眼。”

这句话就像一道雷，在卓清莲面前重重劈下。

“你什么意思？难道你怀疑我是假的？”

凤九卿挑唇一笑，漫不经心道：“你是不是假的，这不重要。重要的是，不管你是真是假，容锦都不可能会给你任何回应。”

卓清莲又折返回来，与凤九卿四目相对：“好，既然我见不到皇上，与你说也是一样。我听说皇上为了你，居然宣布退位。”

凤九卿耸了耸肩：“看不出你消息还很灵通。”

卓清莲面色一变：“这消息是真的？”

“我有必要为了骗你一个无足轻重的人，撒这样的弥天大谎吗？”

“凤九卿，发生了这么大的事情，你居然还能坦然地说出这种话？难道你不知道皇上之于朝廷来说究竟有多重要？你就眼睁睁看着他为了你，放弃稳固的皇位？”

凤九卿向她投去一个气死人不偿命的微笑：“我早就告诉过你，容锦为了我，可以付出一切，包括皇位，甚至生命。”

“可他是皇上……”

“就因为他是皇上，我才觉得他对我的付出难能可贵。”

卓清莲语气有些急切：“为了你一个微不足道的女人，害得一个男人放弃江山大业。凤九卿，你不觉得自己在世人眼中是一个罪大恶极的毒妇吗？”

凤九卿笑了：“你说这话可就有些不中听。我和容锦的日子过得本来好好的，要不是你突然打着福星转世的旗号出现在我们的生命里，怎么会发生这么多事？卓慕莲，从一开始，你就不该介入这段感情。就算有一天黑阙失去容锦这样一位英明的帝王，那也是被你这个拼命想破坏别人感情的女人给逼的。”

卓清莲想要破口大骂，又怕在这种关键时刻破坏了卓家三小姐温柔优雅的名声。

她咬了咬牙，放低了姿态：“既然咱们都是女人，而且还刚好喜欢上了同一个男人，从某种意义上来说，你我之间上辈子肯定也有不可割舍的缘分。我知道你和皇上情比金坚，可我也是皇上当初风风光光娶进家门的妻子。不如这样，你我各退一步，只要你将皇后的位置让给我，你可以继续留在宫中陪伴在皇上身边，你日后生下的孩子，我也可以大度一点儿，将他过继到我的名下，给他一个至高无上的身份……”

“卓慕莲，你脑子没病吧？”

有生以来，凤九卿头一次听到这么离谱的请求。明明所有的便宜都让她给占去了，居然还摆出一副施舍的姿态来彰显她的无私和伟大。

卓清莲见凤九卿满脸的嘲笑，失声叫道：“你就非要跟我一争到底吗？”

这次没等凤九卿应声，不知什么时候回到龙御宫的容锦，听到卓清莲这厚颜无耻的质问，再也按捺不住心底的火气，径自走进门，在卓清莲惊愕的目光中，一巴掌将她抽飞出去。

容锦从来都没有不打女人的好习惯。世上除了凤九卿，其他女人在他眼中的存在价值连一枚鸡蛋都不如。

“皇上……”当卓清莲看清抽了自己一巴掌的竟然是她日思夜想的男人，顾不得脸上的疼痛，连滚带爬地就要向容锦飞扑过去。

“皇上，我有很重要的话要对你说！我知道你讨厌我，可你不能为了区区一个凤九卿，就放弃你好不容易得来的皇位。她能为你做的，我也能为你做。我师父一明大师测过天机，他说我是福星转世，只要你将我宠在身边，无论权势还是地位，都可以在我的帮助下唾手可得。”

容锦被卓清莲这番疯话给气得直翻白眼，他一脚将扑过来想要抱住自己的卓清莲踢开，怒道：“你以为你是个什么东西？权势、地位朕已经有了。至于福星转世，你还是回去拿面镜子好好照照你现在的德行吧。来人，将这个女人给朕丢出去！”

很快便有内侍将还要继续发疯的卓清莲架了出去。

直到屋子里恢复安静，容锦才皱着眉看向凤九卿：“你怎么将这么一个人放进咱们的私人领地？就不怕被她恶心到吗？”

他那句“私人领地”将凤九卿逗笑了，她拉着他的手坐了下来：“其实卓清莲也蛮可怜的。”

容锦的声音一下子就拔高了：“她可怜？她哪里可怜？别说她只是一个冒牌货，就算她是真品，也是一个厚颜无耻，连最起码的尊严都没有的贱女人。”

女人活到卓清莲这个份儿上，用“可怜”两个字已经不足以形容。

她不是可怜，而是可恨兼可恶！

“好了！”凤九卿拍拍他的手臂，“我都没有因为你的前妻来闹而生气，你气个什么劲儿。”

“九卿，有些话你可不能乱说，从朕记事起，就只认一个妻子，便是你凤九卿。至于其他那些山猫野兽，休想以朕前妻的身份自居，更何况那家伙还是个冒牌的。”

凤九卿知道他在这个问题上非常执着，也就不再和他计较：“明天便是我给出期限的最后一天，你到底是怎么打算的？”

容锦直接送她两个字：“退位！”

凤九卿心尖儿微微一颤：“你真的要这么做？”

容锦点头：“朕刚刚在御书房已经接见了几个心腹大臣，并让明睿给朕选一个黄道吉日，朕将在那天正式将皇位让给小七。”

凤九卿见他不像在开玩笑，有些忧心道：“可是小七对这个安排似乎很抗拒。”

“凡事都有一个适应的过程，等他慢慢接受了这个新身份，说不定朕赶他下位他都不肯了。”

见凤九卿脸色忧郁，容锦笑着拍了拍她的脸：“你放心吧，朕已经安排明睿及一些忠心于朕的臣子，交代他们日后好好辅佐小七。”

“容锦，其实这件事有很多种解决方法……”

“可朕却只想用现在这一个。”

第八十八章 恶人自有恶人欺

退位风波

容锦语气无比坚定："等朕脱下皇袍，摘去龙冠，离开金銮殿，就带着你天南海北四处走一走。喜欢哪里的风土人情，咱们就在那里购置一幢宅子，顺便再让人将尔白和它媳妇也一并接来。"话落，他声音一顿，又改口道，"不行，你现在还怀着身孕，不能舟车劳顿，那就等你生完孩子咱们再启程，第一站就去太华山见你爹和你师父……"

他以为这样的生活才是凤九卿真正想要的，可当他为她勾画出这样一幅美丽的蓝图，她竟然愁容满面，丝毫没有开心。

他的声音慢慢变小，眉头微微蹙了起来："九卿，你不开心吗？"

"容锦，我不值得你这样做。"

曾几何时，凤九卿的确幻想过容锦放弃皇位，与自己一起浪迹天涯。可当这个幻想归于现实，她才意识到做出这样的决定，对他来说究竟意味着怎样的牺牲。

被他放弃的不仅仅是一个皇位，更是他对整个天下的责任。

虽然明睿和朝中的大臣可以辅佐小七管理好这片大好河山，可一个强国若失去英明神武的君主，不但会让百姓失去主心骨，同时也会引来外敌的觊觎。

像看出她心底的担忧，容锦拉住她的手，用力捏了捏，用无比认真的语气道："朕觉得值，便足够了！"

荣祯二年十二月十五，在皇位上坐了仅仅两年的轩辕容锦，在那些自以为是的三朝元老的逼迫下，正式宣布退位。

没错！就是被逼退位。这是容锦在退位前夕，故意让人对外放出去的口风。

他要让世人知道，并不是他这个皇帝不负责任，由着性子想上位就上位，想退位就退位。

朝中那些元老级大臣整天不厌其烦地逼他放弃当初在立后时，对皇后的誓言。

这让注重承诺的皇帝，不得不在大臣的逼迫下做出妥协。

此消息一出，之前还以三朝元老的资格，在金銮殿上义正词严地指责帝王种种不是的那些大臣，一下子就傻了眼。

什么情况？

难道皇上退位，是被他们硬生生给逼的吗？

他们的确看不惯皇上为了一个女人不顾一切，所以才动不动就搬出祖宗家法给皇上施压。希望他能广纳妃嫔，扩充后宫。

谁能想到，皇上为了一个凤九卿，居然真的做出退位的决定。

他们可从未否定过皇上在政局上的决策啊。

黑阙要是没有轩辕容锦，不可能会有今天的繁荣昌盛。一旦皇上真的退位，必会给朝廷带来巨大影响。

这下，那些曾在大殿上搬出祖宗家法逼迫皇上的大臣全都傻了眼。

就算他们再怎么嚣张，也担不起逼皇帝退位的罪责。

万一史官将这件事载入史册，到了阴曹地府，他们还有什么脸面去见地下的列祖列宗？

于是，这些大臣一反之前逼皇上废后的执着，苦苦哀求皇上千万不要做出这么鲁莽的决定。

皇后的位置由谁来坐并不重要，重要的是皇上的位置可千万不能被其他人取代。

容锦并没有给这些大臣反悔的机会，荣祯二年十二月十五，在玄武门举办了一场隆重的禅位大典。

玄武门是专门供两代帝王用来举办禅位仪式的正规场所，从玄武门走到玄武大殿，一共要经过三十六级台阶。

按照禅位的规矩，新帝要一步步走完三十六级台阶，到了玄武大殿门前，由上任皇帝亲手为他戴上龙冠，披上皇袍，再对上任皇帝行三拜九叩之礼，交接仪式才算正式完成。

轩辕赫玉顶着一双熊猫眼，不情不愿地被两个宫中内侍哄着往台阶上走。

没人知道他此时的内心究竟有多么崩溃。对他来说，这场所谓的禅位仪式，就是一场闹剧。

他从来都没想过会有这么一天，属于他的天真烂漫，会在皇兄的扼杀下变成永远的过去。

要不是来此之前，接到凤九卿临时派人带给他的一道口谕，偷偷告诉他，会在禅位仪式正式开始之前，给他一份大大的惊喜，不然他死都不会同意在众目睽睽之下来到这么一个见鬼的地方。

随着最高的台阶近在眼前，轩辕赫玉在内心中狂喊：说好的大大的惊喜在哪里？

他一边迈着沉重的步子向台阶处慢慢移动，一边在人群中寻找凤九卿的身影。

找了一圈，哪里有凤九卿的踪迹？那女人该不会是在耍他吧？

很快，三十六级台阶在他几近绝望的挪动下全部走完。

看着与自己近在咫尺的皇兄，神情倨傲地站在玄武大殿门口等着与他进行交接仪式，轩辕赫玉觉得自己都快要哭了。

不会吧？难道接下来他真的要这么稀里糊涂地从皇兄手中接下皇位，从此之后过上束手束脚的宫廷生活？

比轩辕赫玉更崩溃的是站在臣子行列中的卓然。

他精心策划了这么多年，本以为待自己羽翼渐丰之时，便是大功告成之日，万万没想到，轩辕容锦突然退位，将他原本周密的计划破坏得支离破碎。

轩辕容锦，你够狠！

为了区区一个凤九卿，竟然连皇位都可以说扔就扔。都怪自己一时疏忽，一心将轩辕容锦和凤九卿视为前进路上最大的绊脚石。

以为只要将轩辕容锦这个“暴君”给除掉，就能堂而皇之地取代他的身份，坐上那个位置。

结果中途又杀出轩辕赫玉这匹黑马，将他布好的棋局，给杀得一子不留。

卓然在心底怒骂的同时，轩辕容锦已经从内侍递来的托盘里取过代表帝王身份的龙冠，在万众瞩目之下准备将其戴在轩辕赫玉的头上。

这时，台阶下传来一个年轻侍卫洪亮的嗓音：“启禀皇上，驻守皇陵的肖将军有急事求见。”

轩辕容锦向台阶下看了一眼，脸色不太好地斥了一句：“朕正在进行禅位大典，有什么事，等禅位仪式结束之后再行召见。”

那侍卫回得不卑不亢：“肖将军说，此事十万火急，刻不容缓。”

站在群臣首列的贺明睿轻轻咳了一声：“肖将军既然敢在禅位大典之际求见皇上，必是有重要的事情要与皇上相谈，皇上还是见他一面吧。”

容锦扫视了文武群臣一眼，慢慢将手中的龙冠重新放回内侍举着的托盘里，对那个侍卫道：“叫肖将军过来吧。”

不多时，一个四十岁出头的中年男人，迈着急切的步伐从玄武门的方向小跑了过来，他在台阶下撩袍跪倒，恭恭敬敬地给皇上行了一个君臣大礼。

轩辕容锦和轩辕赫玉的交接仪式还没完成，就意味着他帝王的身份还没有正式卸下。

容锦看了台阶下给自己行跪拜大礼的中年男人一眼，道：“肖将军平身，有什么话起来再说。”

那中年男人这才起身，无视两旁文武官员频频向自己投来的目光，铿锵有力道：“皇上，您之前命臣调查皇陵莫名塌陷事件，经过臣连日调查，真相已经浮出水面。”

此言一出，两旁文武官员传来唏嘘之声。

肖将军无视旁人的好奇，继续道：“皇陵塌陷，并非意外事件，而是有人事先在皇陵四周挖了一圈深约二十尺的地道，最终才导致皇陵出现塌陷事故。”

挖地道？听到这个解释的众位大臣，包括台阶上负手而立的轩辕容锦全部惊呆了。

谁这么缺德，竟然跑去皇陵四周挖那么深的地道？

容锦眉头微蹙，面色严厉地说道：“可有证据？”

肖将军打了个响指，不多时，就见两个侍卫拖着一个二十多岁、满身狼藉的年轻男子从不远处走了过来。

那两个侍卫将年轻男子压跪在地，男子不敢反抗，哆哆嗦嗦跪在地上一个劲儿地发抖。

“皇上……”肖将军指着跪在自己身边的年轻男子，“臣在调查此案的时候，在塌陷的地道里发现了四十七具尸体，这个叫陈阿福的人，是这四十七具尸体中唯一还喘气的生还者。找到他时，因为长期脱水脱食，已经奄奄一息。经过大夫几天的治疗，总算捡回了一条命。”

说着，他对陈阿福道：“皇上就在这里，有什么冤情，你尽管对皇上说便是。”

那陈阿福在听到“冤情”两个字时，忽然“哇”的一声哭了出来，边哭边喊：“皇上，草民冤枉啊！”

他忽然一手指向站在群臣之中的卓然：“是他！他当初花三千两银子收买我们族长，带着全族的男人让我们在他指定的地点挖一圈地道。当时草民并不知道那附近就是皇陵。全族四十七个男人，花了整整半个月的时间，挖了一条圆形的密道。密道首尾接通的那一刻，突然出现塌陷状况。当草民和族人准备顺着原路离开时，出口居然被人给堵死了。草民的爷爷、父亲、大伯、二伯、叔叔、堂哥、堂弟全部被憋死在密道里。族长临咽气前才说，若我们死在地道里，罪魁祸首非卓家大公子卓然莫属。”

如此毫不遮掩的指控，一下子就让卓然陷入了危机之中。

这要是换了旁人，肯定要声嘶力竭地为自己辩解。可被陈阿福指控的卓然非但面不改色，唇边反而还扯出一个浅浅的笑容。

他神色坦荡地看着频频向自己投来疑惑目光的同僚，而后，向前走了几步，仰着头冲台阶上的轩辕容锦拱了拱手，不急不缓地说出三个字：“臣冤枉！”

陈阿福一听这话立刻就怒了，他哆哆嗦嗦从怀中掏出三张银票：“这是族长临死前交出的银票，三张银票，一共三千两银子，银子上面盖着卓府的印章，上面还有手印为证。”

卓然继续面不改色，反问那个陈阿福："小兄弟，你究竟是受了谁的指使，竟然选择这么一个日子来这里诬陷朝廷命官？你知不知道你这样的行为，已经犯了死罪！"

贺明睿哼笑一声："卓将军，先不要这么急着撇清你与此事的关系。身为同僚，咱们对驻守皇陵的肖将军为人品性都有所了解，如果没有足够的证据，肖将军绝不敢在今天这个场合将证据呈上。所以在你说自己是被人冤枉之前，能不能解释一下，陈阿福手中那三张印有你们卓家印章的银票，究竟是从何而来？"

卓然淡然解释："对于一些手脚利落的人，想从我身上偷几张银票，根本就是小菜一碟。"

贺明睿笑得有些放肆："堂堂朝廷正二品武将，无论走到哪里，身边都有侍卫跟随，哪个扒手吃了熊心豹子胆，居然敢不要命地去偷卓将军身上的财物？"

卓然向贺明睿投去冷冷的一眼："贺丞相是铁了心要将这个屎盆子扣在我的头上了？"

贺明睿道："屎盆子扣在谁的头上目前并不是最重要的。重要的是，如果肖将军真的在皇陵附近的地道里发现四十多具尸体，这足以证明，之前被传得神乎奇神的皇陵意外塌陷事件，是有人在暗中故意为之，与天灾人祸并无关系。那么，针对皇后的种种不利传言，经此一事也就不攻自破。"

卓然的眉头一下子就皱了起来，心中暗骂，这贺明睿还真是精得过分。

还没等众人从这个悬案中回过神来，之前那个侍卫再一次从不远处跑了过来："启禀皇上，京城东大街同春堂的李大夫有重要的事情想要求见皇上一面。"

原本脸色就沉得厉害的轩辕容锦，听到这话，眼神更是阴郁得吓人。

"放肆！今天是朕正式禅位的日子，哪有多余的空闲去接见什么东大街同春堂的大夫？"

容锦觉得这个侍卫实在是太没眼力见儿，也不看看今天是什么日子，随便什么阿猫阿狗想要求见，他都敢过来禀报。

那侍卫并没有因为皇上大发雷霆而退却，反而振振有词道："东大街同春堂的李大夫说，他有十万火急的事情要求见皇上，刻不容缓。"

容锦差点儿被这个侍卫给气到吐血，又是十万火急，又是刻不容缓。

贺明睿再次咳了一声："皇上，这个李大夫既然敢在这样的场合求见皇上，说不定他要说的事情还真是十万火急，不如您先见他一面再下决定也不迟。"

容锦咬了咬牙，瞪了那个不识好歹的侍卫一眼："将人带过来吧。"

不一会儿，就见一个六十来岁的矮瘦小老头儿，一颠儿一颠儿地小跑了过来，规规矩矩在台阶前面跪了下来。

"草民李忠义，拜见皇上，皇上万岁万岁……"

“行了！”容锦不耐烦地冲那老头儿挥了挥衣袖，“你有什么十万火急的事情求见于朕？”

老头儿仰起头：“回皇上，草民代表前阵子因疫病致死的一百六十七人，以及染病之后虽然被及时治疗却落下终身病根的二百六十四人，向皇上申冤！”

听他提到那场疫情，离这个老头儿比较近的几位大臣下意识地向后退去，生怕他带着病毒染到自己身上。

容锦倒是没想到这个姓李的老头儿会提到这么一个话题，当下顾不得生气，拧着眉问：“什么叫因病落下终身病根，落下了什么病根？”

老头儿一下子就哭了，声音哽咽道：“回皇上，前阵子京城忽然闹出的那场可怕的疫病，是有人故意在井水中投了毒。

“凡是喝了那口井的水的人，不出两个时辰，就会出现重风寒的症状，且根本无药可医。那段日子，城中接二连三死了一百多人。

“草民几乎每天都在研制治病良方，却对这种诡异的症状无从下手。就在草民一筹莫展之际，有人秘密给草民提供了解药的配方。

“草民按照配方给病人服药，病情果然得到了控制。本以为有了解药，一切便可以得到解决。

“结果被治愈的患者，不同程度地出现心悸、心绞痛等症状。这些患者有一部分是苦力，病愈之后，都失去了干重活的能力，和废人几乎无异。”

一口气说完这番话，在场的大臣无不倒吸了一口凉气。

有大臣替皇上问出心底的疑问：“你怎么知道那井水事先被人投了毒？还有，那个告诉你治病配方的究竟是何人？”

老头儿答得毫不含糊：“给草民送配方的是一个神秘人，此人每隔两天会出现一次，会根据患者恢复的情况，提供不同的治病配方。前两次此人出现的时候草民根本抓不到他的踪迹。后来草民为了逮到此人，在他每次必经的地方挖了个陷阱，到他第三次来送配方的时候，草民和那些患者将他抓了个措手不及。仔细询问过后才知道，这个人就是当初在井里投毒的凶手，之所以这么做，是为了在民间制造恐慌。”

此时轩辕容锦再顾不得什么交接仪式，语气急切地问：“那个投毒之人现在何处？”

老头儿哭丧着脸道：“事情被揭发的时候他选择了服毒自尽，死前只留下一句话，说那毒是卓府的三小姐卓慕莲从西域带回来的剧毒。解药也是卓三小姐给他提供的，为的是在制造恐慌之后，由她出面，来化解危机，来坐实她是福星转世的谣言。”

听到这里，就算再笨的人也明白这里面的弯弯绕。

皇陵塌陷和京城疾病，这两件事的矛头，皆指向不显山露水的卓家。

看来，什么煞星转世、福星降临，分明就是卓家在幕后策划出来的一场阴险至极的闹剧。

卓然的脸色已经不能用“难看”来形容。

到底是怎么回事？

本来这些被他处理得万无一失的事，竟然统统在这样一个满朝文武皆在的重要日子里，被一点儿一点儿揭露于光天化日之下。

就在众人沉浸在这个意外获知的真相中时，那个没眼力见儿的侍卫又溜了过来：“启禀皇上，一位姓刘的犯人有十万火急的事情想要面见皇上。”

容锦已经被这个侍卫给气得没脾气了，要不是现场这么多大臣在这儿盯着，他真的很想上去踢这个不长眼的侍卫两脚。

贺明睿这次没等容锦发火，替皇上决定：“带上来吧。”

当朝中的大臣看到“姓刘的犯人”究竟是何许人也，不约而同地将目光落到卓然的脸上。

刘义！与卓然互有走动的大臣，几乎都认识卓将军身边的这个心腹。

看到刘义出场，容锦心中忽然明白了什么。

他不动声色地看着刘义被侍卫推搡着跪在台阶下，跪下之后，侍卫还在刘义的腰上踢了两脚。

容锦皱眉，眯着眼仔细打量那个侍卫。这一打量，他鼻子都气歪了。

他就奇怪怎么会有侍卫胆子如此之大，敢无视他的怒气，当着这么多人的面跟他呛声。

合着这侍卫不是别人，正是每次出场都能将他气个半死的骆逍遥。

他面带不解地看向贺明睿，贺明睿心领神会，冲他露出一抹心照不宣的笑容。

刘义出现之后，卓然再也没办法保持淡然。他刚要开口，就被伪装成侍卫的骆逍遥呵斥了一句：“没轮到你讲话，就给我乖乖闭嘴！”说完，又踢了刘义一脚，“你先说！”

也不知刘义之前受过什么折磨，他身体不受控制地瑟缩了一下，没敢去看卓然的脸色，一股脑地将卓然让他做的那些勾当，一五一十当着众人的面全部交代了出来。

这下，大臣们算是彻底炸开了锅。

这消息来得实在劲爆，谁都没想到，民间百姓的舆论之所以会处处针对凤皇后，居然是受人指使，利用卓家先后制造出来的两场所谓天灾，来丑化她皇后的形象。

至于“死而复生”的卓慕莲，根本就是卓然找来的一个替身。

不愧是卓然最受器重的心腹，刘义对他这个主子的情况了解得那叫一个详细。

从卓然爱慕卓慕莲，到卓然想办法从西域找回卓慕莲的孪生妹妹卓清莲，并让她假扮卓慕莲，以福星转世的身份进宫试图取代凤九卿的来龙去脉，原原本本交代了一通。

就连发生在太庙的那一连串离奇事件，都是卓然派人在暗中搞的小动作。

这下，被蒙在鼓里的大臣总算知道自己被愚弄得有多惨。

原来从头到尾，都是卓家在暗中搞鬼。

不但害得他们误会皇后是灾星下凡，还逼得皇上为了信守诺言，不得不用宣布退位的形式来阻挡世人对皇后的伤害。

“既然那些乱七八糟的事情都是卓家在暗中操作，就证明我黑阙的皇后根本不是什么灾星下凡。”一直看着事态进展的轩辕赫玉，忽然开口，大声对众人道，“若皇后不必被口诛笔伐，皇上也就没必要再为了皇后宣布退位。那么现在，这里应该没有我什么事儿了吧。”

轩辕赫玉终于知道凤九卿送给自己的惊喜是什么。的确是一个大大的惊喜，让他喜不自胜！

轩辕赫玉这清脆的一嗓子，顿时让在场的众人将注意力又移回皇上让位这件事情上。

贺明睿第一个跪倒在地，朗声道：“自皇上登基以来，便带领整个黑阙走上了强国之路。皇上的龙威震慑四方，令周边国家丝毫不敢对我黑阙生出觊觎之心。所谓国强才能民富，民富才能繁荣。臣今日在这里恳请皇上，为了黑阙的江山，朝廷的将来，收回退位成命，继续留在皇位之上，带领众臣及天下百姓，迈出更辉煌的一步。”

贺明睿突如其来的举动，让那些还沉浸在震惊中的大臣幡然醒悟。

霎时，玄武门前呼啦啦跪了一地大臣，齐声说道：“臣等恳请皇上留在皇位，继续统御黑阙江山！”

看着身边的同僚一个个屈膝跪倒，只身一人站在原地的卓然，忽然觉得自己这些年来所做的一切，从头到尾就是一个天大的笑话。

隐忍了这么多年，策划了这么多事，就在他以为自己终于看到胜利曙光之际，事情竟然出现了这样的逆转。

一个手上染满父兄鲜血，且为了一个叛逆的女人，便将自己的结发妻用一杯鸩酒活活毒死的残佞暴君，他有什么资格站在这里承受百官跪拜，万民景仰？

这一刻，卓然再也按捺不住心中浓浓的恨意。

趁所有的人都跪下去，他猛然从袖口甩出一只飞镖，对着轩辕容锦的胸口猛射了过去。

凭容锦往常的反应，定不会被一只飞镖偷袭成功。

可此时此刻，他还在震惊中久久不能恢复。明明都已经做好了禅位让贤的准备，却没想到在禅位当天，发生这样的变故。

他隐隐意识到这一切很可能与九卿有关，可九卿为什么要这么做？

她不是一直向往自由，想要与他离开宫闱，去过无拘无束的日子吗？

就在容锦失神的工夫，卓然的飞镖已经接近他的胸口了。耳边响起一阵叮当脆响，卓然的飞镖被不知何时出现在容锦面前的凤九卿一剑挡开。

还没等众人从这突如其来的变故中反应过来，离卓然最近的骆逍遥忽然飞身，对着卓然狠踢一脚。顿时冲过来一群侍卫，把被踢倒在地的卓然团团围住，将他绑了个结结实实。

凤九卿略带埋怨地瞪了容锦一眼："你怎么如此大意，竟然差点儿遭了别人的暗算。"

容锦这才从震惊中醒过神来，看向凤九卿："九卿，你何时来的？到底是怎么回事？那些人……"

他想问肖将军、刘义和莫名其妙来这里告御状的李老头儿为什么会出现在这里。当目光和凤九卿四目相对时，他从她的眼睛里看到了隐隐的笑意。

"容锦，你真的对皇位再无眷恋？"

"你以为朕决定的这一切都是在做戏？"

"可是朝廷需要你，大臣需要你，天下百姓也需要你！"

凤九卿话音刚落，以贺明睿为首的一群大臣再次跪倒在地，齐声说道："请皇上留任皇位，与臣等共创江山大业！"

看着台阶下跪了满地的臣子，轩辕容锦此时的心情是汹涌澎湃的。

他做梦也没想到，向往自由生活的凤九卿，会为了他放弃这个脱离束缚的大好机会，并费尽心机，在退位大典上安排这样一出反转的戏码。

有那么一刻，容锦竟不知该如何表达心中的感激之情。

凤九卿见他神色激动，忍不住将嘴唇凑到他的耳边，轻声道："虽然你总说和江山相比，我才是更重要的那一个，可我并不想因为我们之间的感情，而让你放弃这个好不容易被你争来的皇位。"见他要开口反驳，她轻轻将食指掩在他的唇边，"有些话说出来可能会让你觉得夸大其词，可我还是想将黑阙江山作为咱们相识、相知、相恋十年的礼物，送给我生命中最重要的你。容锦，你愿意接受吗？"

看着凤九卿炯炯有神的双眸，从容不迫的微笑，自信飞扬的语气，容锦的心情也变得和她的笑容一样灿烂。他紧紧将她拥入怀中，用只有两个人才听得到的声音回道："朕愿意！"

第八十九章

生贵子百年好合

江山为聘

事情发展到了这个地步，禅位大典无法再进行下去。

经过以贺明睿为首的朝中众臣极力劝阻，容锦最终顺应民意，留在皇位上继续当政。

至于之前那些针对皇后的谣言，经玄武门前这么一闹，没人再敢将煞星降世的罪名落到她的头上。

而且，皇上用实际行动告诉众人，皇后在他心中的地位比皇位还要重。

谁要是再敢对皇后生出任何不满，皇上不介意冲冠一怒为红颜，直接撂挑子走人。

有了这次的教训，那些仗着自己是三朝元老的大臣，再不敢对皇上独宠中宫一事有任何不满。而且这次要不是皇后机智，在关键时刻揭穿卓家的阴谋，说不定日渐稳定的朝廷会再次迎来动荡。

经历过这起事件，凤九卿的皇后之位没有人再敢动摇。

谁都没有想到，就在这时，一心觊觎皇后之位的卓清莲，居然惨死于雪月宫内。

尸体被发现的时候，她已经死透了。

凶手不是别人，正是一直在卓清莲身边伺候的婢女，绿柳。

面对闯进雪月宫捉拿卓清莲去问罪的内侍，绿柳慢慢将那柄夺了卓清莲性命的匕首，放在自己的脖子上。

她冲众人勾出一个浅笑，失魂落魄道："公子说了，他入狱那天，便是我们主仆结束性命之日。你们要是有机会看到我家公子，替我转告他一声，绿柳不负使命，完成任务。黄泉路上，绿柳会与他一路相随，共待来生。"说完，她手下一狠，毫不留情地用匕首结束了自己短暂的生命。

卓然被问斩的前一天，容锦亲自去了一趟天牢。

看着牢中披头散发，早已失去往日英俊形象的卓然，像乞丐一样被关在阴冷潮湿的牢房中。

负手而立的容锦，不由得失望地摇了摇头。

“卓然，你本来有似锦的前程、坦荡的政途，以及朕对你的期望和信任，为什么到头来你会为了一个已经亡故多年的女人，做出这样天理不容的蠢事？”

“蠢？”卓然缓缓抬起头，目光阴郁地与容锦遥相对望，“你说我蠢，你自己难道不蠢？为了一个凤九卿，你不是差点儿连皇位都要舍弃吗？”

容锦微微一笑：“你错了，在这方面，朕与你完全不同。朕之所以肯为了九卿舍弃皇位，是建立在九卿爱朕如命的基础上。你呢？”

容锦向牢门的方向走了几步，一字一句道：“卓慕莲给过你什么？”

这句话，就像一个重锤，狠狠砸在卓然的胸口，他的心瞬间就要炸裂。

隔着牢门的空隙，他清楚地看到牢房外的帝王年轻俊美、英姿勃发。

与自己的狼狈相比，简直一个在天，一个在地。

同样都是顶天立地、运筹帷幄的铁骨男儿，轩辕容锦不但能坐上皇位、掌控大权，并且还能在茫茫人海中找到爱他如命的女人。

他却成了被囚在牢房中的困兽，一边品味失败的苦水，一边等待着死亡的降临。

而那个被他深爱多年的卓慕莲，明知道当年的自己爱她如命，却弃他的感情于不顾，迫不及待地投奔到一个根本就没把她放在眼中的男人怀里。

如果她的爱最终能够感化那个男人也就罢了。

可笑就可笑在，那个男人最后竟然为了另一个女人，赐她一杯鸩酒，亲手将她送进了阎王殿。

思及此，他抬头看向容锦，笑容中充满了讽意：“这么迫不及待地在我问斩之前前来探望，是想要在我面前炫耀你现在的胜利吗？”

容锦看着他那张狼狈至极的面孔，心平气和道：“朕只是想过来通知你一声，那个被你当成替身送进皇宫的卓清莲，已经死了！”

卓然丝毫没有因为这个消息产生任何情绪，冷笑了一声，说出极其无情的三个字：“死得好！”

容锦无视他眼中的讥讽，又道：“明天便是你被问斩的日子，念在咱们曾君臣一场的分儿上，等你死后，朕会让人将你和卓清莲的尸体放在同一个棺木中进行合葬。这样，黄泉路上，你也能有伴儿相陪。”说完，不给卓然惊愕和抗议的机会，容锦投给他一个胜利者的笑容，带着身后的心腹，潇洒地离开天牢。

耳边传来卓然的嘶吼和怒骂……他骂得越凶，容锦的心情便越好。

容锦迈着胜者的步子，气定神闲地离开牢房。

第二天，声名赫赫的卓然卓大将军，以造反罪，被推去午门行斩首之刑。直到尸首分离的前一刻，他还在拼命抗议，求着要见皇上一面。

可惜现在已经没有人再理会他的胡言乱语，刽子手一刀下去，结束了卓然的性命。

至于卓清莲，在容锦的安排下，将她和绿柳的尸体一起置放到卓然的棺木中进行合葬。

不管人死之后究竟有没有另外一个世界，容锦这么做，算是给卓然荒唐愚蠢的人生画上了一个完美的句号。

卓然死后，他手中的八万兵权顺理成章地被朝廷收回。

为了避免留下祸患，轩辕容锦虽然没有下令将卓家其他子女与卓然同罪论处，可属于卓家的辉煌，在卓然被问斩的那一天，便成了永久的过去。

卓家上至老，下到小，全部被贬为庶民，发配边境，后世子孙被取消入仕资格，有生之年未经召唤，不准再踏足京城半步。

事情到这里并没有彻底结束，之前那些仗着资格老便动不动就搬出祖宗家法，在金銮殿上对皇上指手画脚、逼他废后的大臣，先后被皇上以公事为由挑了不少错处。

有人被贬，有人被辞，短短不到半年时间，在轩辕容锦的铁血统御之下，朝堂重新换了新血，真正开启了荣祯皇帝的统治篇章。

荣祯三年五月初五，大腹便便的凤九卿，正与她的皇帝夫君在奉天殿招待邻国使臣，腹部忽然传来一阵剧痛。拿在手中的茶杯应声落地，吓得她身边的轩辕容锦面色大变。

“九卿，你怎么了？”

凤九卿捂着肚子，额头冷汗直冒：“我……我可能要生了。”

此言一出，整个奉天殿顿时乱成一团。

容锦一边动作迅速地将凤九卿打横抱去接生殿，一边又吩咐侍从赶紧准备接生事宜。

听着接生殿里传来尖锐刺耳的号叫声，第一次当爹的轩辕容锦简直要被九卿那凄厉的惨叫声给吓得魂飞魄散了。他再也顾不得什么男女有别，飞也似的就要闯进产房，却被手疾眼快的贺明睿一把拦住。

“皇上，女人产子的时候，男子是不能随意接近的。”

听着产房里频频传来的呼痛声，容锦急得都要掉眼泪了：“朕从来都不知道生孩子会让人疼到这种地步。不生了！就算朕一辈子膝下无子，也不会让九卿再遭这样的活罪……”

贺明睿被他的话给气笑了：“皇上，孩子已经在皇后的肚子里养足了十个月，这马上就要降世，哪有说不生就不生的道理？”

随着产房里忽高忽低的尖叫声，容锦六神无主道：“朕不管那些。小七，快把小七给朕叫来，他鬼点子多，肯定能想到办法将九卿肚子里的孩子给解决了……”

“解决了？皇上，那可是您的亲生骨肉！”

“朕才不要什么亲生骨肉，朕只要九卿能够安然无恙。”

贺明睿极度无语：“皇后只是在经历天底下每个女人都会经历的过程……”

容锦霸气侧漏道：“天底下其他女人能和九卿相比吗？”

贺明睿简直想要翻一个白眼，在轩辕容锦眼中，凤九卿虽然是无价之宝，可说到底，她也只是凡人，与其他女人并无任何区别。

皇上平时挺精明干练的一个人，到了这个时候，怎么会变得如此幼稚又不讲理?

好在贺明睿平日里威信够高，成功拦下了皇上。

凤九卿在接生殿里因产痛哭喊了两个时辰，容锦就在接生殿外煎熬了两个时辰。

好在老天怜恤，临近午夜之时，产房里传来一道响亮的婴儿啼哭声。

贺明睿听到这道啼哭声，眉头一展，兴高采烈道：“皇上，娘娘生了！”

那句“娘娘生了”，对容锦来说无疑是一道救命符。

很快，接生嬷嬷便抱着一个白白胖胖的小娃娃从产房中走了出来。

“恭喜皇上，贺喜皇上，娘娘喜得贵子，给我黑阙王朝添了一位小皇子。”

容锦稀里糊涂地看了那个扯着嗓门啼哭的小不点儿一眼，便直奔产房冲了过去。

产房里，经过一番“生死搏斗”的凤九卿，正虚弱地躺在床闭目休养。

宁儿及几个帮忙接生的婢女，在一旁擦汗、喂水。

看到皇上不顾一切地从外面闯了进来，宁儿赶紧将他拦在帐外：“皇上，这里是产房，男子不得随意入内……”

容锦一把将宁儿推开，没好气道：“什么产房不产房，朕只关心朕的媳妇。”

没人知道，在接生殿外煎熬了整整两个时辰的他，此时此刻有多么想要见九卿一面。

容锦那霸道又不讲理的声音闯进了凤九卿的耳内，她缓缓睁开眼，正对上容锦那双充满担忧的眼。

“九卿……”

容锦飞也似的向她的床边扑了过来，语气急切地问：“你还好吗？”

凤九卿嘴边扯出一个牵强的笑容：“还活着！”

“呸呸呸！什么叫还活着，你不但要活着，而且还得活到一百岁。”

他紧紧握住她被汗水打湿的双手：“要不是明睿拦着，朕死活都不会让你受这份活罪。你知不知道，朕在产房外听到你的哀叫，最想做的事情就是替你承受这份痛苦。九卿，朕以前从来都不知道女人生娃竟然会痛到这种地步，以后咱们不生了，就这一次，再也不生了。”

凤九卿被他那一脸紧张的样子逗得哭笑不得：“哪里就有你说得那么夸张，虽然当时是痛了一点儿，可一想到马上就要面世的那个小孩子是你和我的骨肉，所有的痛就全都变成了享受。”说着，她四下里寻找了一圈，“孩子呢？”

帐外候着的产婆很快将小皇子抱了过来。

完全没有抱孩子经验的容锦下意识地就要去将孩子抓过来给九卿看。

没错，就是抓，而不是抱。

在他看来，这么小的孩子，想要抱，根本就无从下手。

所以想效仿拎小猫一样将孩子直接拎过来，被大惊失色的产婆及时阻止。

“皇上，刚出生的孩子骨头还没长成，身体又小又软，您要是想抱，要先托着屁股，再轻轻捧着后脑勺，动作必须轻一些，免得力气过大，会伤到小皇子的身体。”

容锦哪里知道这些，忍不住反问：“尔白它媳妇生的那窝小虎崽，朕就是提溜着它们的后颈一个个拎起来的。”

产婆和凤九卿同时抽动嘴角。

人和动物怎么能比？

说到尔白，几个月前，宫中兴建的虎园终于落成，尔白夫妇也被人从行宫接了回来，安安稳稳在宫中落了户。

尔白娶的那只母虎很争气，两个月前，平安顺利地生下两只小虎崽。

容锦以为虎崽和婴儿没啥区别，没想到他这个想法，却连连遭来媳妇好几个白眼。

凤九卿小心翼翼地将儿子从产婆那里接到自己的怀中，看着襁褓里又小又丑又干巴的小娃娃，她忽然叹了口气：“这娃不是咱俩亲生的吧，怎么丑成这个德行？”

容锦这才抽空扒开儿子的小被子，打量着儿子只有拳头大的小脸蛋。

的确够丑，就像个干巴巴的小老头儿。

容锦默默地将被角又掖了回去：“应该是隔代遗传。”

凤九卿挑眉看他一眼：“随你爹？”

容锦咳了一声：“随你爹！”

凤九卿立马不乐意了：“我爹曾经可是黑阙王朝赫赫有名的翩翩佳公子。”

容锦也据理力争：“朕的父皇曾经也是黑阙王朝赫赫有名的一代美男子。”

“那就随你娘。”

“朕的母后当初是黑阙王朝的第一美人，一定是随你娘。”

“我娘当年在京城的名声，并不比你娘差多少。”

“那就是随了你爷爷……”

“随你爷爷……”

眼看帝后二人争得不死不休，旁边看不下去的宁儿忍着笑劝道：“皇上，娘娘，你们快别争了。刚出生的小孩子都是这个模样，等五官渐渐长开，就会变得越来越漂亮……”

凤九卿无比疼爱地看了看怀中的儿子：“我儿子长大之后要是像我，那就无人可比了。”

轩辕容锦顿时不干：“什么叫像你就无人可比，应该像朕才对，朕才是天底下难得一见的美男子。”

“你这话说得都不亏心？”

“难道你敢否认朕的英姿？”

见二位又有要吵起来的架势，宁儿强忍着笑出了门，将温馨甜蜜的一家三口，独留在属于他们的小天地之中……

双喜临门

皇上皇后喜得贵子，对朝廷来说无疑是喜事一件。

小皇子的名字最终被定为轩辕尔桀，这名字是容锦和九卿在孩子出生之前便提前取好的。

贺明睿帮小皇子测过名字和生辰八字，得出来的结论十分喜人。

不愧是轩辕容锦和凤九卿共同努力创造出来的结晶，此子天姿聪颖、才貌双全，长大之后必会成为黑阙江山最合格的继承人。

说到贺明睿，不得不提一下轩辕赫玉。

这家伙自从在玄武门侥幸“重生”，自知自己可以不必再被皇位绑住手脚。

之后便如脱缰的野马，撒了欢儿地开始为所欲为，享受着他无拘无束的生活。

还三番五次跑到贺明睿的府上蹭吃蹭喝，顺便在堆了满案公文等着处理的贺明睿面前，炫耀他闲散王的日子究竟有多么令人羡慕。

正逢那天贺明睿被几件琐事缠身，心情极度烦躁。

见轩辕赫玉在自己面前嘚瑟的样子，贺明睿一怒之下，便在第二天早朝过后，去御书房找皇上打小报告，说轩辕赫玉吃着朝廷俸禄，对朝廷却没有贡献。

他提议，既然七王医术高明，应该在太医院兼个职，不能由着性子想怎样就怎样。

皇家子弟，应该在朝廷起到表率作用。

容锦觉得贺明睿此提议甚是不错，当即便下了一道圣旨，任命轩辕赫玉为太医院副院使，每天必须去太医院报到。

接到圣旨之后，轩辕赫玉才知道自己被贺明睿给算计了。

为了报复贺明睿，某日他趁户部尚书李大人家的小姐李诗诗去丞相府做客时，忽然闯进丞相府，当着李诗诗的面宣布，他和贺明睿在“恋爱”。

李小姐当场就被吓得花容失色，落荒而逃。

贺明睿也被轩辕赫玉那句“恋爱”给气得直想杀人。

这家伙究竟有没有脑子，先不说李诗诗之所以会上门拜见，只是想替她爹来府上借几本诗集，并无任何男女之意。

就算李家真的想与贺家联姻，那也是天经地义，水到渠成。

结果他树立了整整三年的完美丞相形象，被轩辕赫玉一句话给破坏得淋漓尽致。

其实轩辕赫玉这么做，真的只是想借这个机会捣捣乱，并无任何多余的想法。

可别人并不这么认为，尤其是他的皇兄轩辕容锦。

平时见明睿和小七在一起逗逗闷子，开开玩笑也就算了，真要是传出什么禁忌的传闻，被毁掉的不仅是小七的名声，皇家的名声也会因为他的愚蠢而受到折损。

为了将小七带回正轨，容锦直接下令，凡是朝中大臣没有出嫁的姑娘，全都被列为七王妃的候选人。

只要小七肯走上正路，无论他想娶哪家的姑娘，他这个当皇兄的都会为他做主到底。

轩辕赫玉简直要被皇兄这道命令给气哭了。

之前的事情真的只是一场他随口而出的玩笑话啊！

可皇兄根本不给他解释的机会，死活要给他府里塞个女人生个娃才肯罢休。

从那天起，轩辕赫玉过上了被逼婚的悲惨生活……

结束了皇子的百日宴，一直驻留在京城治疗眼疾的骆逍遥，终于在轩辕赫玉的悉心治疗下痊愈。

“你要离开？”

凤九卿没想到消息来得这么突然。

自从当初她联手贺明睿、骆逍遥一起对付卓然和卓清莲，这些日子大家在一起一直都像一家人一样和平相处。

骆逍遥一如既往地住在七王府，时不时会溜达进宫，与容锦、明睿和小七坐在一起小酌几杯。

在外人眼中，容锦是身份高贵、指点江山的帝王。

关起门来，他和明睿、逍遥相处得就像亲兄弟。

凤九卿以为这样的日子可以持续到老，没想到在儿子百日宴之后，还是等来骆逍遥这么一个突然的决定。

看着她眼底流露出来的浓浓不舍，骆逍遥嬉笑道：“你和那家伙儿孙满堂，小日子过得恩爱甜蜜、红红火火，我却孤家寡人，每晚只能独守空房……”

“谁儿孙满堂了？”凤九卿没好气地打断他的话，“我儿子才四个月大。”

骆逍遥轻哼了一声：“那只被你当成儿子来养的白老虎，几个月前不是给你生了两只小虎孙吗？”

凤九卿被他的话给气乐了：“你还能扯得更远一些吗？”

骆逍遥耸耸肩：“好了，不跟你开玩笑，我是真的决定要离开。东西已经收拾得差不多，明天一早就启程，今天特意进宫跟你打个招呼，顺便跟你说句道别！”

凤九卿诧异：“这么快？”

“不算快！其实早就想跟你说要离开，只是一直没机会开口。现在你婚姻稳定，有了儿子，我这个朋友继续留在这里，也帮不上什么忙……”

凤九卿用力摇头：“你可以留在朝廷，帮容锦做事。”

骆逍遥摆了摆手：“我对仕途不感兴趣。”

凤九卿心里有些难受：“京城那么多名门淑媛，你就一个姑娘都没看上？”

骆逍遥道：“那些名门淑媛都不是我的菜，看久了就会生腻，完全激不起我追求的兴致。也许真正属于我的缘分并不在这里，所以，我得四处去找找。说不定哪一天，就遇到了我命定的那个人，到时候我一定会带着她回京城探望你们。”

说到这里，他对她笑了笑：“在这个世上，我已经没有其他亲人。对我来说，你便是我生命中唯一的亲人。你放心，无论天涯海角，无论我走得多远，有朝一日，我会回到京城与你相聚。说不定到了那个时候，我身边已经多了一个她，以及一个小小的他或她。”

凤九卿知道自己继续用友情羁绊住他的脚步过于自私。

她拍了拍他的肩膀：“好，既然你去意已决，我也不多留你。逍遥，记得你今天说过的话。无论走多远，无论去哪里，都不要忘了，这世上还有一个凤九卿，是你一辈子的亲人。”

骆逍遥离开那天，容锦和凤九卿一起去码头送别。

临上船前，容锦将一大沓银票亲自递到骆逍遥面前：“这是朕当日与九卿住在你梧桐小居的时候，欠你的住宿费。你之前不是一直嚷嚷朕在那里白吃白喝不讲究吗？喏，十万两银票，你仔细点点。”

骆逍遥一点儿都没客气地从他手中接过十万两银票，还当着容锦的面，认认真真数了起来。

容锦被他那一脸小家子气的样子气得直翻白眼，催促道：“船就快开了，你赶紧走吧。”

得知骆逍遥终于要滚蛋了，容锦忽然觉得整个世界都美好了。

虽然他早就知道九卿和骆逍遥只是单纯的朋友关系，可作为男人，而且是一个喜欢吃醋的男人，实在容忍不了像骆逍遥这么优秀，又肯为了九卿付出生命的男人，一天到晚在自己的眼皮子底下晃悠。

之前肯忍他，是为了让他乖乖接受小七的治疗。

现在他的眼疾已经彻底恢复，大家互不相欠，所以骆逍遥越早滚蛋，容锦便越早心安。

数完银票的骆逍遥冲容锦投去一个灿烂的笑容："兄弟，果然大方，十万两银票不多不少，足够我花上好几年。"

容锦瞪他一眼，自动忽略他口中刚刚喊出来的那句兄弟，阴阳怪气道："十万两银子，足够你花一辈子。要是看到哪里山好水好人也好，就直接在那里安家落户、生儿育女，甭回来了！"

骆逍遥玩世不恭道："那怎么行？等我哪天在外面野够了，还得回来探亲呢。"

"谁是你亲人？"

"当然是九卿。你不知道吧，我已经与九卿结拜为义兄妹了。"

容锦眯了眯眼："朕可不承认这个关系。"

"你不承认不要紧，只要九卿承认就好了。是吧，九卿？"

凤九卿早已习惯两个人斗来斗去。以前觉得这样的斗充满了浓浓的火药味，现如今却觉得两个人互斗的过程中，居然也充满了浓浓的兄弟之爱。

她拍了拍骆逍遥的肩膀，郑重道："等你回来，一路顺风。"

骆逍遥刚要回她一个拥抱，容锦手疾眼快地将九卿拉到身后，代替了凤九卿，受了骆逍遥一抱。

骆逍遥没好气地哼道："真没见过你这么小气的男人，抱一下都不准。"

容锦振振有词："朕的媳妇，凭什么给你抱，赶紧走吧！"

骆逍遥非但没走，反而上前一步，很有义气地又给了容锦一个拥抱："兄弟，今日一别，不知日后何时相见，替我好好照顾九卿，咱们来日再见！"

说完，拍了拍容锦的后背，在容锦极度不爽的目光中，转身上船。

直到船只渐行渐远，容锦才拍了拍被骆逍遥碰过的肩膀，没好气地骂道："什么叫替他好好照顾九卿？九卿本来就是朕的，这个骆逍遥真是越来越不招人待见了。"

凤九卿看着他那一脸傲娇的样子，知道他嘴上说着抱怨的话，其实心底对骆逍遥这个兄弟兼朋友也是有千般不舍。

毕竟两个人年幼之时曾有过那么深厚的友谊，就算后来发生了很多误会，可人与人之间的感情却是永远也改变不了。

尤其当骆逍遥最后抱他的时候，容锦非但没有抗拒，眼底反而流露出些许动情。

见九卿似笑非笑地看着自己，容锦赶紧解释："那个家伙太不要脸，居然敢对朕动手动脚。"

凤九卿忍着笑意对他道："他不但对你动手动脚，还顺便拿走了你的东西。"

"什么？"容锦大惊，"他拿走了朕的什么东西？"说着，赶紧摸了摸周身上下。

当他意识到什么的时候，脸色骤然大变："糟了！那块代表如朕亲临的令牌被那个浑蛋给顺走了。"

恍然觉得自己被算计的容锦，赶紧抬头，就见骆逍遥站在已经远去的船上，手中晃着那块令牌，正龇着一排洁白的牙齿向他露出得意的微笑。

容锦咬了咬牙，指着骆逍遥，冲他做了一个杀无赦的动作。

骆逍遥回了他一个"你能耐我何"的坏笑，当着他的面，转身进了船舱……

不知第几次在骆逍遥那里吃了闷亏的容锦，忍不住问自家媳妇："那浑蛋处心积虑偷了朕的令牌，是不是想借着朕的名义去做伤天害理的事？"

凤九卿耸了耸肩："我猜他只是想捉弄你，气气你罢了。"

"他好可恶！"

"不，他很可爱！"

"九卿，你该不会又变心了吧？"

"又？"凤九卿眉毛高挑，声音拔高，"我曾变过心吗？"

容锦赶紧讨好媳妇："虽然朕每次都会被那个浑蛋气得想要宰了他，可一想到天底下最好的女人已经被朕所拥有，骆逍遥什么的，对朕来说，什么都不是！"

凤九卿笑着挽住他的手，语带深情道："容锦，你变成熟了。"

被媳妇这么一夸，容锦哪里还记得被骆逍遥偷了令牌的窝囊事，反拉住九卿的手，心情不错地带着心爱的女子离开码头。

归隐山林

六年后。京城外的一条宽敞的官道上，轩辕容锦和凤九卿这对皇家夫妇，将自己扮成普通老百姓的样子，骑着骏马，渐渐离开了京城的管辖范围。

“容锦，咱们将儿子一个人留在皇宫不管不顾，真的没问题吗？”

到底是做娘的人，凤九卿心底不忍，总觉得这次突然出宫，至少应该把儿子带在身边。

轩辕容锦毫无愧意地笑道：“尔桀已经六岁了，对于一个将来要当皇帝的人来说，时刻要父母陪在身边，将来恐怕难成大器。九卿，孩子是教出来的，不是溺爱出来的。”

闻言，凤九卿忍不住白了他一眼。

前些日子接到师父发来的信函，得知爹爹伤风感冒病了一阵，她心底担忧着急，便想着出宫去太华山探望。

如今凤莫千的年纪越来越大，而且天下局势逐渐稳定，凤九卿不希望她爹留在太华山孤独终老。所以这次她前往太华山，就是想将父亲接回京城亲自照顾。

轩辕容锦嘴里说着让尔桀学会独立，培养他治国之道，实际上这男人就是个黏人精，死活要跟她一同前往，想和她出宫过二人世界。

轩辕容锦厚颜无耻地笑了笑：“九卿，反正宫里有明睿照顾着儿子，你不需太过担心。好不容易出宫一次，咱们在宫外头好好地玩一玩吧！”

被他这么一说，凤九卿心底那点儿对儿子的愧疚很快就烟消云散。

此时，黑阙的皇宫里，当今太子轩辕尔桀正冷着一张小脸，将手中的一封信捏成一团。

看着小家伙气极败坏的模样，坐在一旁喝凉茶的当朝相爷贺明睿，嘴角扯出一个浅浅的笑容：“皇上带着皇后娘娘又离宫外出了？”

年仅六岁的轩辕尔桀，不满地嘟着红艳艳的小嘴，委屈道："这已经是父皇第十九次趁我不注意，带着母后离开皇宫了。上次父皇明明说好，再带着母后离宫的时候，一定会把我带在身边见见世面，可是贺叔叔您瞧……"

小太子将被自己捏皱了的信纸递到对方手中："父皇居然说我身为太子，不可玩物丧志，一定要留在宫里多与太傅学习治国之道，将来才能成为无愧于祖宗，无愧于百姓的一代明君。可是他自己呢……"

贺明睿慢条斯理地将手中皱巴巴的信纸展开，扫了里面的内容一眼，无奈叹息。

这皇帝两口子没事就闹翘宫出走的戏码，谁让当今皇上是个爱妻好男人，把皇后娘娘惯得无法无天。

只是苦了他这个当相爷的，皇上皇后一出宫，他就要身肩重职，一边帮着那不负责任的两口子照顾年幼的太子，一边还要帮当今皇上照顾这黑阙江山。

拍了拍轩辕尔桀的肩膀，他笑着道："不是还有尔白陪着你吗？"

不提这个还好，一提到尔白，轩辕尔桀更加不满："尔白两个月前又当爹了，现在每天忙着照顾小尔白，哪有空闲来理我？"

"那你想不想让你父皇母后早些回宫？"

轩辕尔桀的眼神顿时一亮，扯着贺明睿的衣袖道："贺叔叔有什么好主意？"

贺明睿的唇边扯出一个坏坏的笑容，对小太子道："既然你父皇母后如此不负责任地说走就走，咱们就给他们搞些乱子出来，让他们在外面玩得不得安宁。"

轩辕尔桀像模像样地揉了揉自己可爱的小下巴："乱子？"灵动的大眼珠滴溜儿一转，妙计顿上心头，小家伙坏坏一笑，对贺明睿道，"咱们拟一道旨意，就帮父皇纳妃吧！"

话音刚落，贺明睿神情一怔，随即忍不住哈哈大笑了起来。

而正在与凤九卿享受二人世界的轩辕容锦，忍不住打了一个大大的冷战。

他突然间有一种很不祥的预感，虽然不知道这预感是否灵验，但他知道不久的将来，他可能有大麻烦了！

荣祯十九年九月初三，轩辕容锦当着朝中大臣的面正式宣布退位，以太上皇的身份，带着他心爱的皇后，以及白老虎尔白夫妇出宫云游，浪迹人间。

而年仅十六岁的皇太子轩辕尔桀则被扶持上位，改年号为荣德，正式开始了他的统治生涯。

——全文完——

意林品牌书系推荐

意林女生文学·《小小姐》品牌书系 为中国女生量身打造，纯正、阳光、向上，优质女孩喜爱的文学品牌

萌灵小说系列

《悠莉宠物店 I》	18.80
《悠莉宠物店 II》	18.80
《悠莉宠物店 III》	19.90
《悠莉宠物店 IV》	19.90
《悠莉宠物店 V》	19.90
《悠莉宠物店Ⅵ（大结局）上》	19.90
《封印之书·九尾狐》	19.80
《封印之书·独角兽》	19.80
《玛丽晴异闻录》	19.90
《薇妮天使旅行》	19.90
《苍岛有风①·人鱼过境》	19.90
《萌物委托社①世外萌龙天然呆》	22.80

冒险励志系列

《迷藏·海之迷雾》	18.80
《迷藏 II·月影迷踪》	19.90
《迷藏Ⅲ·幻梦迷城》	19.90
《花与梦旅人 I》	19.80
《花与梦旅人 II》	19.90
《花与梦旅人Ⅲ》	19.90
《花与梦旅人Ⅵ（大结局）》	19.90
《花与守梦人①·大公的苏醒》	19.90
《花与守梦人②·占星师的眼泪》	19.90
《萌侦探纪事 I》	18.80
《萌侦探纪事 II》	19.80
《萌侦探纪事Ⅲ》	19.90
《萌侦探纪事Ⅳ（大结局）》	19.90
《迷宫街物语》	19.80
《艾蜜儿宇航日记》	19.90

幸福蔷薇系列

《蔷薇少女馆 I》	18.80
《蔷薇少女馆 II》	18.80
《蔷薇少女馆 III》	19.80
《蔷薇少女馆 IV》	19.90
《蔷薇少女馆Ⅴ》	19.90
《蔷薇少女馆Ⅵ》	19.90

浪漫古风系列

《七寻记 I》	18.80
《七寻记 II》	19.90
《七寻记Ⅲ》	19.90

果绿年华系列

《蝴蝶飞过旧时光》	19.80
《第一女执政官》	19.90
《风之少女琪琪格》	19.90
《霓裳小千金》	19.90
《两生花开时》	22.00
《风云俏萝莉》	19.90

月舞流光系列

《前方江湖请绕行》	19.90
《三色堇骑士之歌》	19.90
《守望彼岸星海》	19.90

萌淑女驾到系列

《萌淑女驾到之美女训练营》	19.80
《萌淑女驾到之天使候补生》	19.80
《萌淑女驾到之人鱼的信奉》	19.90
《萌淑女驾到之天鹅公主成人礼》	19.90

星愿大陆系列

《星愿大陆①·天命巫女》	19.90
《星愿大陆②·白银蔷薇》	19.90
《星愿大陆③·幻月手杖》	19.90
《星愿大陆④·永恒星钻》	19.90
《星愿大陆⑤·夜之王子》	19.90
《星愿大陆⑥·晨光微曦》	19.90
《星愿大陆⑦·琉光暗影》	19.90

浪漫星语系列

《处女座：完美年华初相见》	20.90
《天蝎座：假面黑桃 Q》	20.90
《双子座：闯进你的孤单星球》	20.90
《巨蟹座：追梦的水晶鞋》	20.90
《天秤座：优雅走过下雨天》	20.90
《白羊座：裙摆是花开的地方》	20.90
《摩羯座：寄给青春一座城》	20.90
《双鱼座：浪漫满分灰姑娘》	20.90
《金牛座：微笑天使倔强心》	20.90
《狮子座：再会，骄傲小时光》	20.90

淑女风尚馆·气质养成系列

《我要我的淑女范儿》	18.80
《优雅女孩的秘密》	18.80
《清新森女在路上》	18.80
《俏女孩的甜美主义》	18.80

小 MM 迷你爱藏本

《蝴蝶停在十六岁》	18.80
《焦糖玛奇朵天使咒》	18.80
《那一年，花开半夏》	18.80
《雨季微凉时》	18.80
《只穿一天公主裙》	18.80
《月色银蔷薇》	18.80
《傲娇公主的美丽回旋》	18.80

《花田明月照年少》 18.80
《亲爱的小气鬼》 18.80
《青春如诗，静谧花开》 18.80

重磅作家系列

《薄荷香女孩》 19.80
《不说再见好吗（上）》 17.90
《不说再见好吗（下）》 17.90
《风走过树林》 17.90
《忆棠的夏天》 17.90

唯美新漫画系列

《钢琴小淑女（第一季）》 17.90
《钢琴小淑女（第二季）》 17.90
《钢琴小淑女（第三季）》 17.90
《钢琴小淑女（第四季）》 17.90
《钢琴小淑女（第五季）》 17.90
《最佳女主角（第一季）》 18.80
《七寻记·鎏金龙纹镯（漫画版）》 15.00
《七寻记·夔龙黄玉佩（漫画版）》 15.00
《天鹅座·鹅黄》 18.80
《天鹅座·柳青》 18.80
《天鹅座·冰蓝》 18.80
《天鹅座·禧红》 18.80
《天鹅座·蜜粉》 18.80
《天鹅座·浅紫》 18.80

绘色缤纷系列

《淑女绘·花的学校》 22.00
《淑女绘·童话诗人》 22.00
《淑女绘·雪花的快乐》 22.00

日光倾城系列

《巧克力色微凉青春Ⅰ》 20.90
《巧克力色微凉青春Ⅱ》 20.90
《巧克力色微凉青春Ⅲ》 20.90
《浅蓝色时光舞步Ⅰ》 20.90
《女生宿舍Ⅰ·南栀向暖》 20.90

纯美小说系列

《少女果味杂志书①：甜心草莓号》 14.80
《少女果味杂志书②：蜜桃慕斯号》 14.80
《少女果味杂志书③：焦糖布丁号》 16.80
《少女果味杂志书④：香草海绵号》 16.80
《少女果味杂志书⑤：可可森林号》 18.80
《少女果味杂志书⑥：果果米苏号》 18.80
《少女果味杂志书⑦：香橙泡芙号》 18.80
《少女果味杂志书⑧：樱桃芝士号》 18.80
《少女果味杂志书⑨：蓝莓布朗号》 18.80
《少女果味杂志书⑩：薄荷方糖号》 18.80
《少女果味杂志书⑪：樱花紫苏号》 18.80
《少女果味杂志书⑫：柠檬红茶号》 18.80
《少女果味杂志书⑬：红豆奶昔号》 18.80
《少女果味杂志书⑭：芒果西多号》 18.80

蝴蝶蓝系列

《蝴蝶蓝（第一季）·千面桃花姬》 19.90
《蝴蝶蓝（第二季）·紫莲山庄》 19.90
《蝴蝶蓝（第三季）·落跑小郡主》 19.90

班花朵朵系列

《班花朵朵①·我是艺术生》 20.90
《班花朵朵②·电影初体验》 20.90
《班花朵朵③·偶像保卫战》 20.90

现在是女生时代系列

《现在是女生时代！》 28.80
《现在是女生时代！②·我们闺蜜吧》 28.80
《现在是女生时代！③·女生都是小怪物》 28.80
《现在是女生时代！④·嗨，女孩，你好漂亮》 28.80

小 MM 六周年主题书

《淑女王冠》 29.80

欢乐联萌系列

《养只萌呆镇镇宅①》 19.90
《养只萌呆镇镇宅②》 19.90
《养只萌呆镇镇宅③》 19.90
《养只萌呆镇镇宅④》 19.90
《养只萌呆镇镇宅⑤》 19.90
《萌师上线，顽徒请签收①》 19.90
《千金当道（一）》 19.90

天使在身边系列

《路过心上的哈士奇》 20.90
《当心！浣熊出没》 20.90
《萌动之森①·雪地精灵伶鼬》 20.90

公主天下系列

《清河公主·洙宛传》 22.80

小 MM 花漾青春版

《少女说①·花醒了》 22.80
《少女说②·青春里的不速之客》 22.80

极致小清新系列

《女孩子的清甜小说绘①·淡白栀子号》 20.90
《女孩子的清甜小说绘②·浅草茉莉号》 20.90
《女孩子的清甜小说绘③·鸢尾蝴蝶号》 20.90
《女孩子的清甜小说绘④·冰蓝花楹号》 20.90

意林·轻文库品牌书系 倡导校园小说阅读新潮流

绘梦古风系列

《公主驾到》 23.80
《花颜错》 23.80
《山寨世家》 23.80
《倾世迷迭书》 23.80
《凤九卿（一）》 23.80
《凤九卿（二）》 23.80
《凤九卿（三）》 23.80

《凤九卿（四）》 23.80
《凤九卿（五）》 24.80
《凤九卿（六）》 24.80
《美人千千泪西楼》 23.80
《郡主驾到·壹》 24.00
《郡主驾到·贰》 24.00
《木兰帝（上）》 23.80
《木兰帝（下）》 23.80
《俏娇小仙闹皇宫》 23.80
《连城赋（上）》 23.80
《连城赋（下）》 23.80
《千凰令（一）凤鸣倾城》 20.80
《千凰令（二）情牵一线》 20.80
《千凰令（三）君心不负》 20.80
《千凰令（四）万兽听封》 20.80

恋之水晶系列

《致淡玫瑰色的你》 22.80
《宁负流年不负君》 22.80
《世界第一的假面殿下》 25.00
《脱线萌星易容记》 25.00
《脱线萌星易容记Ⅱ》 25.00
《指尖花凉忆成殇》 22.00
《欢歌犹在意微醺》 22.00
《欢歌犹在意微醺Ⅱ》 22.00
《绯色樱花圆梦纪Ⅰ》 23.80
《见习保镖呆呆兽》 25.00
《可可少女梦想纪》 25.00
《后天男神Ⅰ》 25.00
《后天男神Ⅱ》 25.00
《后天男神Ⅲ》 26.80
《世界第一的公主殿下Ⅰ》 23.80
《世界第一的公主殿下Ⅱ》 23.80
《世界第一的公主殿下Ⅲ》 26.80
《挥手告别小时光》 23.80
《少年住在云之彼岸》 23.80
《我的青春，以你为名①偶像来了！》 23.80
《我的青春，以你为名②蜜炼偶像》 23.80

奇幻仙境系列

《彼渡少年与妖怪契约》 23.80
《神典·末夜公主》 23.80
《御灵骑士团·诺茵与彩狸》 23.80
《逆世界之瞳》 23.80
《玫瑰帝国·荆棘鸟之冠》 25.80
《玫瑰帝国·黑羽蝶之翼》 25.00
《玫瑰帝国·白蔷薇之祭》 26.80

暗影迷踪系列

《终极推理事件簿》 22.80
《超级学园探案密码》 22.00

新炫武侠系列

《邻家武圣》 23.80

星光璀璨系列

《轻星球·仙女星云号》 19.80

灵气少女系列

《星有灵犀遇见你》 20.80
《萌熊改造计划》 20.80
《守护极速甜心》 20.80
《元气星女倾城记》 20.80
《公主病》 20.80

轻舞飞扬系列

《毛毛熊的浪漫樱花雨》 19.80
《发梢轻绾茉莉香》 19.80
《迷迭香在青春里绽放》 19.80

私人定制少女馆

《恋恋星煌十二宫》 25.00
《守护十二生辰石》 25.00

暖爱青春馆系列

《少年北顾，唯愿君安（上）》 25.00
《少年北顾，唯愿君安（下）》 25.00
《若你离去，后会无期》 22.80
《想你的时候，抬头微笑》 22.80

美少年系列

《辰荒学院的美少年①奇异校规》 22.80

《意林·小文学》品牌书系 阳光阅读·快乐写作

成长物语系列

《艾丽鲨半成年》 19.90
《换双翅膀飞翔》 19.90
《琥珀青春》 19.80

魅力悦读系列

《桯家兄妹·永不毕业的少年》 19.90
《逃之“妖妖”》 20.90

幻之星球系列

《地球假日①：寻找洛神》 19.90

爆笑学园系列

《鬼马女神捕①：绝密卧底（上）》 14.80
《鬼马女神捕①：绝密卧底（下）》 14.80
《鬼马女神捕②：绝命预言（上）》 14.80
《鬼马女神捕②：绝命预言（下）》 14.80
《天神学院·魔女见习生》 19.90

动物奇缘系列

《萌兽报到，请多关照》 19.90

五周年主题书

《青春，是与七个自己相遇》 26.80

独家策划系列

《长大，是不期而遇的温暖》 26.80
《谢谢你，出现在我的青春里》 26.80